Un confrère irrésistible

*

Un été à Sydney

TRACI DOUGLASS

Un confrère irrésistible

Traduction française de
CAROLINE JUNG

BLANCHE

HARLEQUIN

Collection : Blanche

Titre original :
SINGLE DAD'S UNEXPECTED REUNION

HARPERCOLLINS FRANCE
83-85, boulevard Vincent-Auriol, 75646 PARIS CEDEX 13
Service Clients — www.harlequin.fr
ISBN 978-2-2804-9807-4 — ISSN 0223-5056

Édité par HarperCollins France.
Composition et mise en pages Nord Compo.
Imprimé en avril 2024 par CPI Black Print (Barcelone)
en utilisant 100% d'électricité renouvelable.
Dépôt légal : mai 2024.

FSC
www.fsc.org
MIXTE
Papier issu de sources responsables
FSC® C159065

Pour limiter l'empreinte environnementale de ses livres, HarperCollins France s'engage à n'utiliser que du papier fabriqué à partir de bois provenant de forêts gérées durablement et de manière responsable.

1

— En conclusion, je crois que l'usage de la technique de planification virtuelle et d'imprimerie 3D Metamorphosis permettra d'optimiser les résultats dans les cas de traumatismes faciaux graves et de révolutionner la chirurgie cranio-maxillo-faciale en impliquant l'équipe médicale complète – chirurgiens, radiologues, ingénieurs et designers biomédicaux. Je vous remercie pour votre attention.

Le Dr Cassandra Murphy sourit poliment au public composé des plus éminents chirurgiens plastiques du pays devant qui elle venait de faire une présentation à l'hôtel Westin Copley Square, à Boston. C'était la première fois qu'elle revenait dans le Massachusetts depuis qu'elle était partie travailler en Californie, plus de cinq ans auparavant, et elle se demandait encore si elle avait pris la bonne décision.

Elle s'était installée à San Diego pour changer de vie. C'était l'associée la plus jeune du cabinet médical où elle travaillait. La plus récemment formée, elle était au fait des technologies les plus avancées développées dans son métier. Raison pour laquelle elle avait été envoyée au congrès national annuel de chirurgie plastique et reconstructrice qui s'était déroulé à Boston pendant quatre jours. Elle avait prévu de rester dans la région quelques semaines pour voir son père, ancien pêcheur qui venait de déménager dans une maison de retraite. De plus, le nouvel administrateur de l'hôpital général de Wyckford, sa ville natale, lui avait demandé de programmer la reconstruction faciale d'une jeune femme victime d'un accident de voiture six mois plus tôt et dont les séquelles faisaient d'elle la candidate parfaite pour la technique qu'elle venait de présenter à ses confrères et consœurs.

Le présentateur annonça la deuxième conférence de la journée. Cassie quitta la salle et se dirigea vers la sortie de l'hôtel.

Une heure et demie plus tard, elle était attablée dans le petit café aux banquettes rouges de Wyckford. Ces quelques jours intenses l'avaient épuisée. Elle était tendue, énervée, et se demandait si elle n'aurait pas mieux fait de rester en Californie. Elle avait quitté sa ville natale des années auparavant mais avait l'impression d'en être partie la veille.

— Cassie !

Cassie se retourna. Son amie Madison Scott, l'une des amies avec lesquelles elle était restée en contact, venait d'entrer dans le café.

C'était elle qui, avec son autre amie Luna, la tenait au courant des derniers ragots de la ville et lui donnait régulièrement des nouvelles de son père – lequel se contentait de lui dire que tout allait bien quand elle l'appelait.

Madi était infirmière aux urgences de l'hôpital général de Wyckford. Sa blouse était froissée et ses yeux, cernés, signes qu'elle venait de faire la nuit. Elle avança vers Cassie et la prit dans ses bras avant de s'affaler sur la banquette face à elle.

— Tu es magnifique, Cassie ! La vie en Californie te réussit.

— Ça fait tellement longtemps que nous ne nous sommes pas vues ! s'exclama le troisième membre du groupe, Luna Norton.

Sous son tablier au logo du restaurant – une buse stylisée – Luna portait un T-shirt noir, un pantalon noir et, aux pieds, des Converse roses. En plus de son métier de kinésithérapeute, elle donnait un coup de main dans le café de ses parents.

Cassie eut l'impression d'être projetée quelques années en arrière. Comme si rien n'avait changé.

Luna la prit à son tour dans ses bras.

— Avant qu'on commence à discuter, dites-moi ce que vous voulez boire, dit-elle.

— Un thé, s'il te plaît. Vert, si c'est possible, dit Cassie en réprimant un bâillement.

Elle s'était couchée tard la veille. Entre la préparation de son intervention au congrès et un appel vidéo avec ses confrères de San Diego pour discuter de certains cas, elle n'avait pas beaucoup dormi.

— Et un scone, s'il te plaît, ajouta-t-elle.

— Pour moi, un café, s'il te plaît, Luna, dit Madi. Le plus fort possible. Et amène une assiette entière de scones.

Luna sourit.

— Je vous apporte ça tout de suite.

Elle revint, quelques minutes plus tard, avec la commande qu'elle déposa sur la table avant de s'asseoir à côté de Madi, face à Cassie.

— Ça fait du bien de s'asseoir. Je suis debout depuis 8 heures.

— Bienvenue au club, dit Madi. Moi, j'ai enchaîné les gardes. Je ne me suis pas posée depuis hier matin.

— La journée a été longue pour tout le monde, apparemment, fit Cassie en pensant au stress du séjour à Boston.

Elle avait déployé beaucoup d'efforts pour sortir major de sa promotion, à la faculté de médecine, puis avait trouvé l'opportunité d'aller travailler sur la côte Ouest et d'y commencer un nouveau chapitre de sa vie, loin de Wyckford et de l'homme dont elle était tombée amoureuse – et qui ne l'avait jamais su.

Le Dr Brock Turner.

Cassie et lui avaient fait l'internat ensemble. Brock Turner avait du succès dans tous les domaines de sa vie. Il avait suivi un double cursus médical – médecine générale et chirurgie traumatologique. D'après ce que Madi et Luna lui avaient dit, il avait repris le cabinet de médecine générale de son père, à Wyckford, quand ses parents étaient morts, victimes d'un accident de voiture, quelques années auparavant.

Ce deuil n'avait pas été le seul drame de sa vie. Brock avait aussi perdu sa femme, quelques années plus tôt, morte elle aussi d'un accident de la route, pendant une tempête de neige. Cassie se demandait quel impact ces deuils répétés avaient eu sur cet homme qu'elle avait jadis admiré et adoré – de loin. À l'époque, Brock Turner était drôle, intelligent et séduisant. Son sourire nonchalant de vedette de cinéma séduisait tout le monde, amis et admiratrices.

Tout le contraire de Cassie. À la fac de médecine, elle était timide et coincée et passait son temps le nez dans ses bouquins. Sa mère était décédée d'un cancer quand elle avait cinq ans et son père, Ben, avait fait de son mieux pour l'élever seul et payer ses études de médecine avec ses modestes revenus de pêcheur. Prendre ses études au sérieux était la moindre des choses, après tout ce qu'il avait fait pour elle.

Elle avait donc cravaché jusqu'à obtenir le diplôme qui lui permettrait d'être chirurgienne. Tout en fantasmant, à ses heures, sur Brock Turner et en rêvant au jour improbable où il tomberait follement amoureux d'elle et lui déclarerait sa flamme. Elle n'était pas naïve au point d'imaginer qu'il pourrait avoir la moindre attirance pour elle, d'autant qu'il avait déjà une petite amie aussi belle et aussi adorable que lui, prénommée Kylie. Ils formaient un couple parfait. D'ailleurs, ils avaient annoncé leurs fiançailles juste au moment où Cassie avait décidé d'aller travailler en Californie.

Cassie but une gorgée de thé et regarda par la fenêtre du café. Elle éprouva un petit pincement au cœur en pensant à Kylie, morte noyée dans la baie qu'elle avait à présent sous les yeux. C'étaient Madi et Luna qui lui avaient appris la nouvelle. Ce soir-là, la météo était exécrable. Kylie avait perdu le contrôle de sa voiture qui avait dérapé sur la glace avant de sombrer dans la baie. Quand les secours étaient arrivés, il était déjà trop tard. Cassie n'osait imaginer la douleur que Brock avait dû éprouver en perdant sa femme aussi brutalement. Depuis, il s'occupait seul de l'enfant née peu de temps avant l'accident.

Cassie posa sa tasse et mordit dans un scone en gémissant de plaisir.

— Ils sont toujours aussi délicieux, Luna, dit-elle.

— Tu es là pour combien de temps ? demanda Madi en coupant son scone pour le beurrer.

— Je ne sais pas. Ça dépend de l'évolution de la situation chez la patiente que je suis venue traiter. Quelques semaines, en tout cas. J'ai envie de passer un peu de temps avec mon père et avec vous avant de repartir en Californie.

Cela faisait cinq ans qu'elle travaillait d'arrache-pied pour se créer un avenir dans la chirurgie reconstructrice. Elle avait envie de se faire un nom dans la profession, et que son père soit fier d'elle. Elle souhaitait atteindre les objectifs qu'elle s'était fixés et même les dépasser, pensant que cela lui permettrait peut-être de se débarrasser de la sensation de vide qu'elle éprouvait constamment depuis la mort de sa mère.

— Comment s'est passée ta présentation ? demanda Madi.

— Super, merci.

Elle avait parlé pendant deux heures, heureuse d'être partie prenante dans le développement d'outils technologiques qui allaient changer la vie des patients et révolutionner le secteur de la chirurgie.

La seule chose qui lui manquait, en réalité, c'était une vie personnelle aussi réussie que sa vie professionnelle. Elle n'avait pas beaucoup de temps à consacrer à ses relations avec les autres mais ce séjour à Wyckford lui permettrait peut-être de s'améliorer sur ce plan et de rattraper le temps perdu. En tout cas, le rythme de ses journées ne serait plus aussi frénétique et, maintenant que le congrès était terminé, elle allait pouvoir lever le pied.

Elle regarda les arbres dont les feuilles s'agitaient sous la brise de cette matinée de juin. Il était temps qu'elle s'occupe d'elle et de sa vie privée, aussi effrayante que cette pensée paraisse. Jusqu'à présent, elle avait été trop occupée par son métier pour s'octroyer autre chose que des aventures sans grand avenir. Elle avait envie de se poser et de fonder une famille, un jour ou l'autre. Les années passaient et chaque anniversaire lui rappelait qu'elle n'avait pas toute la vie devant elle, si elle comptait avoir des enfants. Elle voyait les couples autour d'elle s'installer et n'avait pas envie d'être la seule célibataire de son entourage. Sans parler de l'insistance avec laquelle son père lui demandait quand il serait enfin grand-père.

Elle avait loué un petit appartement de vacances et espérait se reposer un peu, en se tenant, autant que faire se pouvait, à l'écart des commérages qui allaient bon train dans leur petite ville. C'était même l'activité la plus florissante de Wyckford, après le tourisme.

— Il faut que nous profitions à fond de ta présence ici, dit Madi.

Cassie sourit et prit une autre bouchée de scone. Pour le peu qu'elle en avait vu, Wyckford était restée la petite ville qu'elle avait connue. Elle comptait vingt-quatre mille habitants mais tout le monde était au courant de tout ce qui se passait dans la vie de ses voisins. Cela avait contribué à son départ après ses études et à son envie de repartir sur de nouvelles fondations, dans un endroit où son passé ne viendrait pas se rappeler à son bon souvenir à chaque coin de rue.

Cela avait été le début d'une nouvelle vie, et pas seulement sur le plan professionnel. Elle avait aussi beaucoup changé physiquement. Elle avait toujours été menue, avec des cheveux châtains un peu ternes et d'épaisses lunettes. Mais une opération l'avait libérée de sa myopie et, grâce au talent de son coiffeur, une cascade de cheveux aux reflets cuivrés et dorés lui tombait à présent sur les épaules. Elle portait des vêtements confortables mais coûteux, qu'elle achetait dans les boutiques de créateurs les plus tendance. Elle ne faisait pas étalage de sa richesse mais sa situation financière était plus que satisfaisante. Elle n'avait besoin de rien ni de personne. Sur le plan matériel, du moins.

Elle termina son scone et en prit aussitôt un deuxième.

— Il me tarde de retrouver tout ce qui m'a manqué d'ici, dit-elle.

— Tout ce qui t'a manqué de Wyckford ? Comme Brock Turner, par exemple ? demanda Luna.

— Pourquoi me parles-tu de Brock Turner ?

Madi fit les gros yeux à Luna.

— Cassie l'a certainement oublié, dit-elle. De toute façon, il est débordé, en ce moment. Il s'occupe d'Adi et de Riley à plein temps, ce qui ne lui laisse pas beaucoup de disponibilité pour autre chose en dehors du travail. Et Cassie est là pour se détendre, pas pour ressasser le passé.

Riley était la petite sœur de Brock. Elle avait réchappé à l'accident qui avait tué leurs parents. Mais elle en avait gardé de lourdes séquelles. Quant à Adi, ce devait être la fille de Brock. Son cœur se serra à l'idée de tout ce que Brock et sa fille avaient enduré.

Deux heures plus tard, les trois amies s'étaient séparées et Cassie roulait vers l'appartement qu'elle avait loué quand son téléphone se mit à vibrer. Elle cliqua sur une touche du tableau de bord pour prendre l'appel. Elle avait gardé son ancien téléphone, sur lequel l'appelaient uniquement son père, Madi et Luna. N'étant pas de garde, elle avait rangé dans son sac de voyage son autre portable, qu'elle utilisait dans le cadre professionnel.

— Allô ?

— J'appelle au sujet de votre annonce, dit une voix d'homme. Je cherche quelqu'un pour promener mon chien. Quelqu'un qui soit ponctuel, responsable et fiable.

Son annonce ? Quelle annonce ?

Cassie s'arrêta au feu rouge et regarda l'écran du tableau de bord.

— Pour promener votre chien ?

— Oui. Et c'est assez urgent. En fait, j'aurais besoin de vos services dès aujourd'hui, si c'est possible.

Elle s'apprêtait à dire à l'homme qu'il avait composé un mauvais numéro quand quelque chose dans sa voix la retint. Ce timbre grave, un peu rauque, avec un soupçon d'impatience...

Non, ce ne pouvait pas être lui.

Elle scruta le numéro affiché mais ne le reconnut pas. Pourtant, quelque chose lui disait que c'était lui. Le Dr Brock Turner. L'homme dont elle avait rêvé pendant toutes ses études.

Elle n'avait aucune intention de le voir pendant son séjour à Wyckford – elle comptait même plutôt l'éviter, autant que possible. Mais le destin semblait s'inviter. Une fois encore.

Il fallait qu'elle raccroche, qu'elle oublie cet homme et se concentre sur ce qu'elle était venue faire dans sa ville natale. Elle avait passé cinq ans à essayer de tourner la page, et tout contact avec lui risquait de réduire ses efforts à néant. Poursuivre cette conversation était une très mauvaise idée.

Elle s'apprêtait à prendre congé quand il reprit la parole.

— Je travaille à l'hôpital ce matin et je ne rentrerai que ce soir, tard. J'ai un chiot qui m'attend à la maison et qui doit avoir une sérieuse envie de faire ses besoins. Il me faut juste quelqu'un pour le sortir. Je vous paierai le double du tarif que vous demandez dans votre annonce, parce que je vous appelle au dernier moment. Cinquante dollars.

Sa voix grave et posée lui avait toujours donné envie de se faire remarquer ou de lui dire bonjour de la manière la plus sexy possible. Chose qu'elle n'avait jamais faite, évidemment, ailleurs que dans ses rêves. Le fait que le reste de sa personne soit tout aussi séduisant – il était grand, brun, avec des yeux bleus, en prime – rendait toute résistance quasiment impossible.

Ne fais pas ça. Raccroche !

La partie rationnelle de son cerveau lui intima de rentrer chez elle, comme prévu. D'éviter Brock Turner et de reprendre le cours de sa vie. Mais la partie d'elle en proie aux émotions, ce cœur trop longtemps négligé, qu'elle était venue reposer et ranimer, lui suggérait de lui rendre service. De toute façon, elle n'était plus amoureuse de lui. Elle avait eu cinq ans pour faire le deuil d'une relation qui ne s'était et ne se matérialiserait jamais. Elle avait changé, et lui aussi, sans aucun doute, après tout ce qui lui était arrivé ces dernières années. C'était idiot d'esquiver quelqu'un à cause de circonstances qui remontaient à l'époque de l'internat. De toute façon, il y avait des chances qu'il ne se souvienne pas d'elle. Qu'est-ce que cela lui coûtait d'aller sortir son chien ? Quelques minutes de sa journée, c'était tout. Elle ne croiserait même pas Brock Turner, puisqu'il avait précisé qu'il travaillerait tard.

— D'accord, s'entendit-elle dire. Dites-moi où et quand.

À l'heure convenue, elle se rendit à l'adresse qu'il lui avait donnée. Elle prit une profonde inspiration et descendit de la voiture, en se demandant dans quelle aventure elle s'était lancée. C'était un peu délirant d'avoir accepté d'aller promener le chien de Brock. Il ignorait à qui il avait parlé au téléphone mais il avait besoin d'un service. Quant à elle, elle en profiterait pour vérifier si elle avait bien tiré un trait sur l'homme qui avait occupé ses pensées pendant des mois. Elle ferait d'une pierre deux coups.

La maison de Brock Turner était magnifique. Elle avait été construite sur une parcelle boisée donnant sur la baie, où des falaises s'étendaient sur des kilomètres, formant de petites criques idylliques à perte de vue.

Elle se gara sous un abri, près la maison, et marcha jusqu'à la porte d'entrée, où un petit mot avait été accroché.

C'est ouvert. Entrez et détruisez ce petit mot. N'en parlez pas à Brock. Il me tuera s'il apprend que j'ai laissé la maison ouverte sans mettre l'alarme.

Riley

Cassie relut le message en se demandant si elle devait écouter la petite sœur de Brock ou simplement tourner les talons. Maintenant qu'elle se trouvait sur le seuil de la porte, tous ses raisonnements antérieurs s'étaient évanouis et l'idée d'entrer et d'aller promener le chien de Brock lui parut soudain moins judicieuse. D'autant qu'elle s'apprêtait à pénétrer dans une maison sans clé, ce qui était gênant, pour ne pas dire totalement illégal.

Elle jeta un coup d'œil autour d'elle pour vérifier que personne n'était en train de la regarder. Passer la nuit au poste ne figurait pas dans son plan de carrière. Elle ne s'était pas changée après sa présentation et portait toujours son tailleur-jupe noir et strict, avec des escarpins, noirs eux aussi. Ce n'était pas vraiment la tenue idéale pour se balader avec un chien au bout d'une laisse.

Elle entendit un jappement derrière la porte, puis un deuxième, qui lui rappelèrent ce pour quoi elle était venue jusque-là. De toute façon, Brock l'avait embauchée. Si la police débarquait, elle pourrait toujours justifier sa présence dans sa maison. Derrière la porte, les jappements se faisaient insistants. Le chien devait vraiment avoir besoin de sortir.

Elle ouvrit la porte et jeta un coup d'œil à l'intérieur, aussi somptueux que l'extérieur de la maison. De grands espaces aux couleurs naturelles et neutres. Des meubles élégants et sobres, sur un parquet en bois massif. Des baies vitrées donnant sur la baie de Buzzards et le soleil couchant.

Elle entra et suivit les aboiements qui la conduisirent jusqu'à une cuisine américaine digne d'un magazine de décoration d'intérieur qui lui fit regretter de ne pas savoir cuisiner beaucoup plus que des soupes et des sandwichs. Puis jusqu'à la buanderie dont une barrière de sécurité pour les enfants barrait l'entrée.

Derrière la barrière se trouvait un adorable petit bouledogue couleur crème, avec des oreilles de chauve-souris, de grands yeux noirs et la langue pendante. Un vrai chiot de dessin animé ! Il sautait et faisait des cercles, l'implorant de le libérer.

— Salut, toi ! dit-elle en s'accroupissant près de lui.

Le chiot vint renifler sa main et se coucha pour qu'elle lui gratte le ventre. Puis il se redressa sur ses pattes et se remit à sauter et tourner. Trop mignon !

— Viens, on va aller se promener, ajouta-t-elle en ouvrant la barrière.

Mais le chien sortit de la buanderie, telle une fusée, lui fit perdre l'équilibre et se mit à courir dans la cuisine. Puis poursuivit sa course hors de la cuisine. Et hors de sa vue.

— Viens ici ! cria-t-elle en se relevant. Viens, on va se promener !

Mais le chiot ne l'écoutait pas. Elle le retrouva dans le salon, tournant autour du canapé comme un fou, jappant avec un enthousiasme communicatif. Elle tenta de le rattraper mais il changea brusquement de direction et fonça de nouveau vers la cuisine.

Elle renonça à lui courir après et retourna dans la buanderie où elle trouva un collier et une laisse accrochés à la poignée de la porte. Le collier portait une inscription brodée :

WINNIE

Elle retraversa la cuisine et trouva le chiot haletant devant la porte d'entrée, comme s'il faisait une pause après s'être défoulé un moment.

— Bien, dit Cassie en s'approchant avec la laisse. Tu veux aller te promener ?

Elle avait bien fait de venir. Elle était bien placée pour savoir que la médecine était un métier prenant. Brock avait besoin d'aide et elle était contente de pouvoir lui apporter la sienne.

Mais elle n'eut pas le temps d'attacher la laisse. Winnie la regarda avec une sorte de sourire avant de détaler par la porte restée entrouverte, en direction de la mer.

— Winnie ! Viens ici ! cria-t-elle.

Son cœur se mit à tambouriner dans sa poitrine. Winnie ne l'écoutait pas et continuait à courir comme un dératé vers le rivage.

— Non ! Winnie ! hurla-t-elle, à présent totalement paniquée.

Mais le chiot s'approcha du rivage et se mit à sauter dans les vagues. Cassie jura et se débarrassa de ses escarpins pour lui courir après. Elle s'arrêta au bord de l'eau et scruta la mer. Aucun signe du bouledogue.

Elle fit quelques pas mais le chien était invisible, comme s'il s'était évaporé. Ou noyé ?

Son sang ne fit qu'un tour. Le cœur tambourinant, elle composa le numéro duquel Brock l'avait appelée. Le sang battait à ses tempes.

— Dr Turner, dit-il en décrochant.

Le timbre grave la ramena à l'époque de l'internat, où elle était follement et désespérément amoureuse de lui. Elle le revit, sa blouse froissée après des heures en service à l'hôpital, les cheveux en bataille, les yeux cernés. Un cerveau de génie scientifique dans un physique de star de cinéma. Leurs regards s'étaient croisés quelques fois et ils avaient travaillé ensemble sur des cas pendant leurs stages. Elle avait la sensation que l'air se chargeait chaque fois d'une tension palpable.

Mais cinq ans plus tard, elle était là, désespérée, en tailleur, pieds nus sur le rivage, parce qu'elle avait perdu le chien de cet homme. Comme s'il n'avait pas déjà suffisamment perdu d'êtres chers dans sa vie !

— Allô ? dit-elle, la gorge serrée. Je suis le Dr Cassandra Murphy. Nous avons fait l'internat ensemble, je ne sais pas si vous vous souvenez de moi. En fait, c'est moi que vous avez appelée tout à l'heure pour que j'aille sortir votre chien. Je sais que c'était une erreur et que j'aurais dû vous le dire tout de suite mais…

Elle déglutit tout en scrutant la mer immobile.

— Je me suis dit que je pouvais vous rendre ce service. Et je suis sortie avec votre chien mais il se trouve qu'il s'est enfui.

Il s'ensuivit un silence à l'autre bout de la ligne.

— Je suis vraiment désolée, ajouta-t-elle.

Mais son interlocuteur demeura silencieux.

— Brock ? Vous êtes toujours là ?

— Cassie Murphy ? dit-il calmement, comme s'il avait besoin de temps pour comprendre. Que faites-vous à Wyckford ? Je croyais que vous aviez quitté la région.

— Je suis effectivement partie m'installer en Californie mais j'ai été invitée à faire une présentation à Boston, lors du congrès annuel de chirurgie plastique et réparatrice. J'en profite pour rendre visite à mon père et à mes amis.

— Et pour perdre mon chien.

— Je suis désolée. Je voulais vous rendre service mais…

— Vous avez vraiment perdu Winnie ?

— Je suis sur la plage, en bas de chez vous, et je ne le vois nulle part.

— Dans ce cas, je devrais vous remercier.

Cassie sentit son cœur se serrer.

— Je ne me suis pas bien fait comprendre. Votre petit chien s'est enfui quand j'ai voulu le sortir. Il a foncé vers la mer et je ne le retrouve pas.

Brock murmura quelques mots qu'elle ne saisit pas.

Elle ignorait combien de temps un chien pouvait survivre sous l'eau mais elle se doutait que Winnie avait déjà dépassé la limite. Le problème était qu'elle ne le voyait même pas flotter quelque part, auquel cas elle aurait pu essayer de le réanimer. La réanimation d'un chien ne devait pas être très différente de celle d'un humain. Il s'agissait d'insuffler de l'air et de faire des compressions thoraciques en attendant l'arrivée des secours.

— Je ne suis pas loin, j'arrive, dit-il soudain. J'avais justement prévu de faire un saut chez moi pour m'assurer que vous étiez bien passée.

— Bien sûr que je suis passée, mais...

Il avait raccroché. Elle glissa son portable dans sa poche et scruta de nouveau la mer. Il lui restait deux minutes pour retrouver le chien de Brock avant que ce dernier n'arrive, et elle ne pouvait pas se permettre de perdre une seconde.

2

Brock s'était levé à 5 heures du matin pour aller faire du sport avec ses deux meilleurs amis, Mark Bates, pompier, et Tate Griffin, ambulancier aérien dans l'équipe de transports sanitaires de l'hôpital général de Wyckford.

À 6 h 30, il était arrivé au cabinet de médecine général qu'il avait hérité de son père et qu'il faisait tourner du mieux qu'il pouvait. Puis il avait été appelé aux urgences de l'hôpital pour ausculter un jeune homme qui avait pris un coup de couteau au visage pendant une bagarre d'ivrognes, dans un bar. Ce dernier aurait pu se rendre aux urgences de Beantown mais il était rentré à Wyckford sans même se rendre compte qu'il avait le visage en sang. La police l'avait arrêté sur son lit d'hôpital et emmené en prison dès la fin de la consultation médicale. Ensuite, Brock s'était occupé d'un cas d'arrêt cardiaque et d'une petite fille de trois ans qui avait avalé un Lego resté coincé en travers de sa gorge.

À midi, il avait l'impression d'avoir fait une journée entière de travail. Il gara sa voiture devant sa maison. Il se sentait épuisé, accablé, à la limite du burn-out. Il éprouvait cette sensation par moments, quand il s'y attendait le moins, comme en cet instant précis où il s'apprêtait à retrouver une personne qu'il n'aurait jamais imaginé revoir un jour.

Le Dr Cassandra Murphy.

La dernière fois qu'il l'avait vue, c'était à Boston, lors des feux d'artifice de la fête nationale, le 4 juillet, où leur petit groupe d'étudiants s'était retrouvé pour une dernière fête avant les examens finaux. Ils étaient internes, à l'époque. L'image de Cassie lui revint en mémoire. Elle portait toujours une queue-de-cheval et d'immenses lunettes qui lui donnaient un air passe-partout qu'on ne remarquait pas vraiment. De toute façon, à l'époque, il n'avait d'yeux que pour Kylie et ne voyait pas grand-chose d'autre. D'ailleurs, c'est lors de ce même pique-nique que Kylie et lui avaient annoncé leurs fiançailles. Ils s'étaient mariés six mois plus tard, puis leur premier enfant été né.

Mais une tragédie avait fait voler leur vie en éclats.

Il marcha sur les rochers en direction du rivage, s'efforçant d'ignorer le chagrin qui lui serrait la poitrine. Il aperçut Cassie, scrutant la mer, les mains sur la tête, l'air catastrophé.

Il accéléra le pas et quelque chose apparut dans son champ de vision périphérique. Une petite boule de muscles et poils couleur crème.

Winnie !

Le chien accourut dans sa direction. Il l'attrapa d'une main et le tint un peu à l'écart, pour ne pas se retrouver plein de sable. Le bouledogue frétillait de joie, suspendu en l'air, manifestement heureux de retrouver son maître. Il tourna la tête en direction de la jeune femme désespérée.

— Et maintenant, murmura-t-il, que va-t-il se passer ?

Cassie appela de nouveau le chien d'une voix cassée. Un jappement la fit se retourner. Elle se figea.

Brock Turner se tenait là, tenant Winnie à bout de bras. Il portait une blouse bleue et semblait aussi beau que dans son souvenir. Winnie haletait tranquillement comme si de rien n'était. Cassie se demanda même si le chiot n'était pas en train de sourire.

Elle s'avança vers Brock mais trébucha sur un rocher et perdit l'équilibre. Mais deux bras robustes la rattrapèrent de justesse avant que ses genoux ne touchent le sol. Il lui fallut quelques secondes pour se remettre du choc. De la chute et de la vision de Brock Turner sur la plage.

— Merci, finit-elle par dire.

— Ça va aller ?

— Oui, ça va.

Brock hocha la tête mais ne la lâcha pas. Quelques secondes s'écoulèrent avant qu'elle se rende compte qu'il ne la tenait plus. C'était elle qui était restée accrochée à lui et s'agrippait à ses biceps puissants, comme pour s'imprégner de leur force et de leur chaleur...

Elle le lâcha et s'écarta soudain de lui. Elle épousseta son tailleur en essayant de recouvrer un peu de sa dignité. Puis elle leva la tête. Elle avait oublié qu'il était aussi grand. Ils étaient si proches qu'elle vit aussi qu'il ne s'était pas rasé le matin. Une barbe naissante ombrait légèrement ses joues. Il n'en était que plus séduisant.

Winnie aboya au loin. Ils se tournèrent vers le chiot, juste à temps pour le voir s'emparer de l'un de ses escarpins abandonnés sur le sable. Le chien grogna puis se mit à mordiller le talon de la chaussure.

Brock récupéra l'escarpin et ramassa le second en essayant de se concentrer sur la situation plutôt que sur la femme qui se tenait près de lui. Cassie Murphy avait changé. En mieux. Beaucoup mieux. Elle avait changé de coiffure. Ses cheveux étaient plus longs, avec des reflets qui lui donnaient envie d'y plonger les mains. Elle ne portait plus de lunettes et il put remarquer qu'elle avait de très jolis yeux noisette. Elle s'était remplumée un peu mais seulement aux bons endroits. L'ensemble était séduisant. Vraiment très séduisant.

Et il y avait sa bouche. Comment se pouvait-il qu'il n'ait jamais remarqué ses lèvres aussi pleines et aussi sensuelles ? Pour être honnête, tout en elle était attirant et lui donnait envie d'elle. Mais pas seulement physiquement.

Ce qui était troublant. Depuis la mort de Kylie, il n'avait pas eu de relation digne de ce nom avec une femme. Il pensait qu'avec Kylie son destin était tout tracé. Leur avenir se déroulait devant eux, chargé de promesses, d'amour et d'engagement. Mais la vie avait pris un tour différent. Brutal et douloureux. Qui l'avait laissé seul et perdu. Jamais il ne pourrait supporter un choc aussi violent dans sa vie. Il avait appris la leçon : les promesses, l'amour et l'engagement ne duraient pas. Autant ne pas se bercer d'illusions.

Même si l'opportunité se présentait et qu'elle était particulièrement tentante.

Cassie portait un chemisier dont le col entrouvert laissait voir le petit creux, entre ses clavicules, où battait son pouls qui, lui sembla-t-il, était fort et rapide. Peut-être trop. Aussi fort et rapide que les battements de son propre cœur. Il fallait qu'il cesse de penser à autre chose qu'à déboutonner ce chemisier jusqu'à la taille pour découvrir ce qui se cachait dessous.

Que lui prenait-il ?

Ce dont il avait besoin, en réalité, c'était de cinq minutes de sommeil profond et réparateur. Ou d'une lobotomie. Ou d'une bonne partie de jambes en l'air.

Mais aucune de ces options ne risquait de se produire tant qu'il travaillerait plus de quatre-vingts heures par semaine.

Il prit une profonde inspiration et souleva Winnie de terre. Il soupçonnait Riley d'avoir adopté le bouledogue seulement pour le rendre fou.

— Je suis vraiment désolée de ce qui s'est passé, dit Cassie en remettant ses chaussures. Heureusement que tu l'as retrouvé.

— Mmm, fit Brock pour toute réponse, en évitant que le chien lui lèche le visage.

Il fallait qu'il retourne travailler. Il laissa Cassie près de l'abri des voitures et se dirigea vers la porte d'entrée, le chiot coincé sous le bras comme un ballon de football.

— Je suis désolée pour ce qui est arrivé à ta femme et à tes parents, entendit-il dire dans son dos en ouvrant la porte.

Il s'immobilisa. Cela faisait des années que personne ne lui avait pas parlé de ses parents et de sa femme, ce qui lui avait permis d'enfouir ses sentiments au fond de lui. Mais Cassie n'était pas là quand les drames s'étaient succédé.

Il se retourna. Pourquoi fallait-il qu'elle remue le passé, pourquoi maintenant, avec son petit tailleur sexy, ses cheveux en cascade et sa nouvelle confiance en elle ? Il était épuisé de travailler comme un forcené et de ne pas dormir suffisamment. Il aurait dû rentrer avec le chien et en rester là. Au lieu de rejoindre Cassie sous l'abri.

— Qu'est-ce que vous faites là ? demanda-t-il.

— Je vous l'ai dit. Je suis venue voir mon père et travailler sur un cas à l'hôpital de Wyckford. Et, accessoirement, promener votre chien.

Winnie, toujours sous son bras, dut sentir qu'on parlait de lui. Il le regarda, ne serait-ce que pour détourner le regard de Cassie, dont la vue provoquait toutes sortes de réactions indésirables dans son corps.

— Ce n'est pas *mon* chien. C'est celui de ma fille, Adilyn. Et c'est ma sœur Riley qui le lui a offert. Elle se l'est probablement procuré chez le diable.

— Vous ne pouvez pas la rendre, si vous ne la voulez pas ?

Brock pouffa de rire.

— Manifestement, vous n'avez pas d'enfant, dit-il en souriant.

— Non.

— Croyez-moi, je n'ai pas d'autre choix que de le garder.

Winnie jappa en guise d'acquiescement.

L'air s'épaissit soudain, comme s'il s'emplissait de possibilités et de promesses.

Il fallait que cela cesse.

— Bien, je suis content de t'avoir revue, Cassie.

Il fit un signe de tête et reprit la direction de la maison.

— Profite bien de tes vacances à Wyckford.

3

— Tout est de ta faute, dit Brock à Winnie une fois qu'ils furent à l'intérieur.

Le chiot se fichait bien de ce qu'il pouvait lui dire. Il avait déjà repéré son jouet préféré dans un coin de l'entrée et se tortillait pour que son maître le repose à terre.

Mais Brock ne le lâcha pas. De sa main libre, il prit son téléphone, pour constater que la batterie était à plat. Vu tout ce qui s'était déjà passé dans la journée, plus rien ne l'étonnait.

— Pourquoi n'es-tu pas allé te promener dans les collines ?

Winnie lui lécha le menton.

— C'est ça, c'est ça...

Il ne cessait de penser à Cassie. Qu'avait-elle en tête quand elle avait proposé d'aller promener son chien ?

Adi était entrée à la maternelle cette semaine, si bien que la maison était relativement tranquille et relativement rangée. On n'entendait plus le son de son droïde, Lola, qu'elle ne lâchait pas de la journée et qui était le seul « être » avec qui elle acceptait de communiquer. Elle ne parlait que de cette princesse galactique à laquelle elle s'identifiait. Quand elle parlait, du moins.

Quant à Riley, elle avait repris son travail de radiologue à l'hôpital général de Wyckford dès qu'elle avait pu, après l'accident et des mois de rééducation. Elle travaillait au moins autant que son frère. Ils avaient décidé de vivre sous le même toit, davantage pour des raisons pratiques qu'autre chose.

Il déposa Winnie dans la buanderie et remplit ses gamelles d'eau et de croquettes. Lois, la femme de ménage qui travaillait chez lui, avait été claire sur le fait qu'elle ne voulait s'occuper de rien qui soit lié au chien. Il ne tenait pas à ce qu'elle démissionne.

Il retira sa blouse froissée et la jeta dans le panier à linge. Le chiot renifla sa couche et y tourna un moment avant de se laisser tomber en grognant et de fermer les yeux, manifestement satisfait du chaos qu'il avait laissé dans son sillage.

Le téléphone fixe de la maison se mit à sonner. On avait probablement cherché à le joindre sur son portable qui n'avait plus de batterie. Il prit une blouse propre et sortit sans décrocher. Qui que ce soit, la personne le rappellerait, il s'occuperait de cela plus tard.

Voilà comment il survivait à la frénésie de sa vie quotidienne : en organisant ses journées et ses semaines par ordre de priorité. Prendre soin de sa famille était important. Répondre au téléphone quand on l'appelait pour lui rappeler qu'il était en retard ? Superflu, il le savait déjà.

En dehors des quatre journées qu'il passait dans le cabinet de son père, il travaillait deux fois par semaine aux urgences de l'hôpital. C'était bizarre : ses parents étaient morts depuis quatre ans mais il n'avait toujours pas l'impression que le cabinet était le sien, même s'il en assumait la gestion et toutes les responsabilités. Quand il le pouvait, il donnait aussi de son temps au dispensaire gratuit de l'hôpital. Le travail l'occupait mais pesait lourd sur sa vie de famille et sur sa fille.

Il fallait que cela change, et vite. Sans quoi il y perdrait la santé, physique et mentale. Pour l'instant, il était attendu pour une réunion du conseil à l'hôpital.

L'ordre du jour ne le surprit pas. Le conseil voulait lui racheter le cabinet familial pour l'incorporer au réseau hospitalier de la région. Nombre d'autres médecins locaux leur avaient déjà vendu leur cabinet. Il était question que, non seulement on lui rachète le cabinet, mais aussi que le conseil le paie pour qu'il y travaille et embauche un autre médecin avec qui diviser le travail. Et le cabinet jouirait des avantages de faire partie du réseau.

Ce n'était pas la première fois que les membres du conseil lui faisaient cette proposition. Cela faisait un an qu'ils le relançaient régulièrement, de manière de plus en plus agressive. Mais Brock n'aimait pas qu'on lui force la main. De plus, il ne pouvait pas s'empêcher de penser à son père et à ce qu'il éprouverait si Brock décidait de vendre le fruit du travail d'une vie.

Il était 20 h 30 quand il rentra chez lui. Adi était couchée depuis une demi-heure. La veille, elle dormait déjà à cette heure-là. Elle était allée se coucher juste après le bain. Ses longs cheveux bruns étaient collés sur l'oreiller, comme les siens quand ils étaient mouillés et pas peignés. Il s'était agenouillé pour caresser sa tête perpétuellement ébouriffée. Elle avait bougé et... émis un bip. Comme elle le faisait depuis que Riley lui avait acheté ce jouet de science-fiction. Sa sœur lui avait assuré qu'il s'agissait d'une phase, que cela lui passerait. Brock espérait qu'elle ait raison.

Physiquement, Adi était le portrait craché de Brock mais elle avait l'imagination et le tempérament de sa mère. Il les retrouvait dans chaque centimètre de son petit corps insouciant quand elle dormait. Il se demandait si Kylie le voyait aussi, de là où elle était.

Il pria pour qu'Adi soit encore réveillée et marcha jusqu'à la porte d'entrée. Mais il s'arrêta net quand Riley déboula sur deux roues dans son fauteuil roulant. Comment une jeune femme si menue pouvait-elle rouler aussi vite ? Avec Riley, tout était possible. Il avait appris à ne jamais sous-estimer sa sœur de vingt-neuf ans.

Elle avait créé un circuit en forme de huit entre les canapés et la table de la salle à manger et prenait de la vitesse. Assise sur ses genoux, Adi hurlait de peur et de plaisir. Les yeux brillants d'excitation, les joues rougies par l'effort physique, elle souriait de toutes ses dents.

Winnie les suivait de près et aboyait, ravi, courant aussi vite que ses petites pattes le lui permettaient.

L'espace d'un instant, Brock se trouva submergé par une douleur indéfinie mais profonde. Le chagrin se mua rapidement en terreur quand Riley prit un virage trop serré. Le fauteuil roulant vacilla puis se renversa, éjectant ses passagers.

Brock se précipita vers le tas de membres entremêlés.

— Ne bouge pas ! ordonna-t-il à Riley avant de retirer Adi du tas. Ça va, ma chérie ?

Adi sourit et passa les bras autour de son cou. Son humeur était versatile – un autre trait de caractère qu'elle avait pris de sa mère –, mais elle aimait avec une spontanéité et un élan qui l'émouvaient toujours. Il la serra fort contre lui.

Il exhala un gros soupir et posa Adi sur le canapé pour pouvoir aider Riley à se relever. Elle n'avait pas bougé, mais certainement pas parce qu'il le lui avait demandé. La seule personne qui pouvait donner des ordres à Riley, c'était Riley elle-même.

— Riley ? Ça va ?

Il écarta ses cheveux de son front en sueur. Elle ouvrit les yeux et éclata de rire.

— On s'est éclatés, dit-elle avant de rire de plus belle.

Brock s'agenouilla et se passa la main sur le visage.

— Adi devrait être couchée depuis longtemps. Et tu aurais pu te faire mal, Riley.

Riley se mit à ramper vers le fauteuil roulant.

— Je sais, je sais, dit-elle avec un agacement à peine voilé.

Brock releva le fauteuil roulant puis la souleva de terre et la rassit en fronçant les sourcils.

— Ça va, détends-toi, murmura Riley à son frère qui la regardait, les mains sur les hanches.

Puis elle se tourna vers Adi.

— Allez, ma puce, c'est l'heure d'aller se coucher.

— Bip, bip, répondit Adi avant d'obtempérer.

— Lave-toi les dents avec du dentifrice, ce soir, lança Brock.

Adi plissa le nez. Mais Brock avait appris à ne jamais céder.

— Allez, je te rejoins dans cinq minutes.

Adi recouvra sa joie en quelques secondes : son père la rejoignait, il allait donc lui lire une histoire. Brock sentit sa poitrine se serrer de nouveau. Rentrer le soir, épuisé, et s'écrouler sur le canapé était une chose. Rentrer et passer quelques minutes avec sa fille avant qu'ils s'écroulent l'un et l'autre était autrement plus satisfaisant.

— Choisis un livre ! dit-il.

— Bip ! répondit Adi.

Riley passa devant lui en l'ignorant. Elle était menue mais pas fragile. Elle avait la beauté envoûtante d'une princesse de conte de fées et la force d'un guerrier.

Elle avait survécu à l'accident qui avait tué leurs parents mais elle était restée paraplégique. Elle avait eu la chance de survivre, quoi qu'elle en dise. Elle ne supportait pas qu'on ait pitié d'elle et refusait souvent qu'on l'aide. Elle était entêtée. Comme lui.

— Si tu ne couches pas Adi à une heure décente, je rentrerai plus tôt pour le faire, dit-il.

— Je t'en prie, dit Riley en revenant pour lui faire face, tout en regardant ostensiblement derrière lui. Je constate que tu es toujours aussi coincé, frère.

Puis elle roula jusque dans l'entrée et prit son sac posé sur le banc.

— Je sors, ne m'attends pas.

— Riley, reviens ! dit Brock sans grand espoir de la convaincre.

Leur cohabitation se passait bien. Parfois. Quand Brock avait besoin d'une grande sœur pour Adi et qu'elle ne travaillait pas. Le reste du temps, pas si bien que cela.

— Il est tard. Où est-ce que tu vas ?

— À un endroit qui s'appelle « Ça ne te regarde pas ». À plus !

— Réveille-moi quand tu rentres.

Elle leva les yeux au ciel et sortit. Brock attendit qu'elle soit installée dans sa voiture et démarre avant de refermer la porte d'entrée.

Il était conscient des difficultés auxquelles sa sœur était confrontée depuis la fin de la rééducation. Sa vie avait changé du tout au tout. L'accident qui avait tué ses parents et envoyé Riley en soins intensifs pendant des semaines l'avait privé de leur soutien. Au bout de trois mois, Riley était sortie du centre de réadaptation et Brock était devenu, par la force des choses, le seul adulte responsable d'un enfant en bas âge et d'une sœur handicapée, entêtée et en colère. Il s'en sortait tant bien que mal, mais la transition ne s'était pas faite sans douleur et, plus d'une fois, il s'était demandé où il trouvait l'énergie d'aller de l'avant dans ces conditions.

Parfois il doutait d'y parvenir.

Il ferma la porte, mit l'alarme, éteignit la lumière dans la cuisine et le salon. Adi l'attendait, sautant sur son lit, son ours en peluche sous le bras.

Brock attrapa sa fille en plein vol, la coucha et s'allongea à côté d'elle. Elle avait préparé une petite sélection de livres. Elle se blottit contre lui, la tête dans le creux de son épaule, et choisit le premier de la pile, *La famille, c'est le plus important*, en indiquant le personnage de la mère sur la couverture.

— Adi, fit-il en lui caressant la tête. Tu te souviens de ce que je t'ai dit au sujet de ta maman ? Elle est là, avec toi, même si tu ne la vois pas. Dans ton cœur.

— Adi leva la tête vers lui et le regarda de ses grands yeux bleus en hochant la tête.

Et, pour la énième fois en cinq ans, il maudit intérieurement la baie de Buzzards qui lui avait pris sa femme adorée, la mère d'Adi. Mais jurer n'arrangeait rien. Alors il déposa un baiser sur le front de sa fillette et soupira.

— On lit l'histoire ?

Brock se réveilla, le cœur battant. Il ne respirait plus. Il ouvrit les yeux et comprit qu'il s'était endormi dans le lit d'Adi. Elle occupait la moitié du matelas, son ours en peluche, l'autre moitié. Ils dormaient l'un et l'autre comme des bienheureux, étalés de tout leur long.

Brock, quatre fois plus grand qu'eux deux réunis, ne disposait que d'un petit coin du matelas. Le livre qu'il avait lu à Adi était collé sur son visage. Il grimaça en se redressant et massa ses membres endoloris. Puis il borda Adi et sortit doucement de la chambre.

Il prit une douche et descendit. Lois faisait le ménage dans la cuisine et préparait le déjeuner d'Adi.

— Est-ce que vous pourriez sortir Winnie, aujourd'hui ? Une fois le matin et une fois dans l'après-midi ?

Lois referma soigneusement la boîte dans laquelle elle avait rangé le repas d'Adi.

— Non, répondit-elle sans ambages.

Lois était italienne. Elle mesurait un mètre quarante et avait des yeux noirs capables de vous fusiller sur place. Elle possédait aussi la capacité incroyable de donner à sa maison l'apparence d'un logement humain et non pas de l'habitat d'une horde d'animaux sauvages. Mais elle ne s'occupait pas de Winnie, ne cuisinait pas et ne maternait pas. La seule raison pour laquelle elle préparait le repas d'Adi, c'était parce qu'Adi était la seule personne de la maisonnée pour laquelle elle avait une vraie affection.

— Je ne m'occupe pas de ce chien, dit-elle avec son fort accent. Il me lèche tout le temps.

— C'est normal, c'est un chiot. Les chiots font cela tout le temps.

— C'est un cauchemar, dit Lois.

Fin de la discussion.

4

Une demi-heure plus tard, après s'être assuré qu'Adi était dans le bus scolaire, Brock prit la direction de son bureau. Qui allait bien pouvoir s'occuper de Winnie ?

Il pouvait demander à Cassie Murphy, mais il redoutait d'être attiré par elle comme il l'avait été la veille. De plus, elle avait parlé de passer du temps avec son père et ses amis et également évoqué un cas médical à Wyckford – mais pas proposé d'aller de nouveau promener son chien quand il en aurait besoin. Le fait que Winnie se soit enfui la première fois l'avait probablement trop stressée pour qu'elle ait envie de réitérer l'expérience.

Il soupira et fouilla dans ses contacts, en quête d'une personne susceptible de prendre le relais. En vain.

Il regarda la fenêtre de son bureau et se demanda sur quel cas Cassie était venue travailler. Il était vraisemblable qu'il connaisse la patiente. Il pourrait lui poser la question et en savoir davantage, s'il osait l'appeler pour lui demander de s'occuper de Winnie.

Il se vit composer le numéro auquel il l'avait appelée la veille mais tomba sur la messagerie vocale. Soit Cassie était occupée, soit elle filtrait ses appels et ne souhaitait pas lui parler. Vu la manière surréaliste dont s'étaient déroulées leurs retrouvailles, la veille, il misa plutôt sur la seconde option.

Il sortit de sa voiture et décida de passer par le dispensaire situé dans les locaux de l'hôpital avant de se rendre à son cabinet.

Madison Scott, l'infirmière qui le dirigeait, lui sourit quand il passa la porte.

— Bonjour, docteur, dites-moi que vous venez consulter !

— Non, pourquoi ? Vous avez besoin d'aide ?

— Le médecin programmé pour aujourd'hui a été retenu à Boston pour une urgence.

Brock jeta un coup d'œil à la salle d'attente bondée.

— Je ne sais pas ce qui m'attend au cabinet mais j'essaierai de repasser tout à l'heure, si je peux.

— Merci ! dit-elle, reconnaissante.

Elle fronça les sourcils.

— Si vous n'êtes pas ici pour travailler, qu'est-ce que vous êtes venu faire ?

— Je me demandais si vous saviez où je peux trouver Cassie Murphy.

Madi le regarda d'un air intrigué.

— Pourquoi la cherchez-vous ? Vous avez encore besoin de quelqu'un pour sortir votre chien ?

Il grimaça. Il avait espéré que Cassie n'en parlerait à personne, mais Madi était l'une de ses meilleures amies. Comment ne pouvait-elle pas lui raconter ce qui lui était arrivé ? Cela dit, il n'avait pas envie de s'attarder sur le sujet. Ni Madi ni lui n'en avaient le temps, vu le monde qui attendait dans la salle d'attente.

— Savez-vous où je peux la trouver ? répéta-t-il.

Madi soupira.

— Elle m'a dit qu'elle allait voir son père, aujourd'hui, à la maison de retraite Sunny Village.

— Merci, dit-il en se dirigeant vers la porte.

Il s'arrêta et se retourna.

— Pourriez-vous appeler mon bureau et leur dire que je vais avoir une demi-heure de retard, s'il vous plaît ?

— Cela va vous coûter cher ! dit-elle en riant.

— Laissez-moi deviner... Du gâteau au chocolat ?

L'infirmière sourit.

— De chez Buzzy Bird, si possible.

— C'est noté.

Brock quitta le dispensaire, reprit sa voiture et traversa la ville jusqu'au quartier où se trouvait la maison de retraite. Il s'agissait d'une ancienne bâtisse victorienne pleine de charme et de caractère. Il se gara et entra dans le bâtiment, faisant retentir un carillon. Ben Murphy, le père de Cassie, passa la tête dans l'entrebâillement d'une porte.

Il avait près de quatre-vingts ans et les traits burinés qu'ont les marins du monde entier. C'était l'un des piliers de la ville, au courant de tout sur tout et sur tout le monde.

— Docteur Turner ! s'écria-t-il en le rejoignant dans le hall, un large sourire illuminant son visage. Vous venez pour les cours de dessin ?

— Non, en fait, je cherche votre fille, Cassie. Est-ce qu'elle est ici ?

Ben fronça les sourcils.

— Oui, elle est dans l'atelier. C'est elle qui pose pour le cours de dessin, aujourd'hui.

Plus grand-chose n'étonnait Brock mais cette nouvelle le surprit. Il avait du mal à imaginer Cassie telle qu'il l'avait connue – timide, effacée – poser devant un public. Cela dit, à en juger par ce qu'il avait vu d'elle la veille, elle semblait beaucoup moins timide et beaucoup moins effacée. L'image de ses longs cheveux en cascade se présenta avant qu'il ait le temps de l'empêcher. Il s'éclaircit la gorge.

— Elle pose pour le cours de dessin ? répéta-t-il.

— Oui, c'est un cours pour débutants, sur les proportions du corps humain, dit Ben. Notre modèle habituel n'a pas pu venir alors j'ai demandé à Cassie si elle voulait bien la remplacer. Elle venait me voir, de toute façon.

Ben l'invita à le suivre. Il traversa le hall et ouvrit la porte de l'atelier. Cassie se trouvait sur une estrade, heureusement vêtue de la tête aux pieds, dans une posture de danseuse classique gracile et souple.

— Elle s'en sort bien, dit Ben avec fierté.

Sans changer de position, Cassie jeta un coup d'œil dans leur direction.

— Qu'est-ce que tu fais là ? demanda-t-elle à Brock.

— Il est venu te voir, répondit son père.

— Pour quoi faire ?

— J'ai encore besoin de quelqu'un pour sortir Winnie aujourd'hui. Je venais voir si tu serais disponible.

Sans dire un mot ni bouger un muscle, elle parvint à dire non. Tout était dans le regard.

Il ne s'était jamais rendu compte qu'elle avait d'aussi beaux yeux.

— Tu as l'air un peu tendue, ma chérie, dit Ben. Est-ce que tu peux te détendre ?

Elle se détendit. Brock pencha la tête et se concentra sur le bout de ses chaussures. Il avait plutôt confiance en lui, en général, mais, dans ce cas précis, le retour de Cassie à Wyckford semblait lui couper ses moyens. Mieux valait laisser tomber. Il n'avait pas de temps à perdre.

Pourquoi, dans ce cas, ne parvenait-il pas à tourner les talons et à retourner au cabinet ?

— C'est courageux de ta part de me solliciter de nouveau aujourd'hui alors que j'ai failli perdre ton chien hier. Je ne suis sûrement pas la personne la plus adéquate pour s'occuper de lui. Je vais me contenter de faire ce que je sais faire, à savoir la chirurgie.

— Tu ne t'en es pas si mal sortie, bredouilla-t-il.

— Tu dis ça parce que tu as besoin de quelqu'un de toute urgence.

Ce n'était pas faux. Il s'était mis dans un drôle de pétrin.

— Alors ? dit-il, plein d'espoir.

Toutes les personnes présentes au cours de dessin suivaient la conversation comme si elles assistaient à un match de tennis. Les regards convergèrent vers Cassie, impatients de voir si elle céderait ou non.

— Je ne pense pas que ce soit une bonne idée, docteur, finit-elle par dire.

Les têtes se tournèrent de nouveau vers Brock.

Elle s'était mise à l'appeler docteur. Soit. Il prit une inspiration et retenta sa chance.

— Je suis désolé pour ce qui s'est passé hier, docteur, dit-il. C'était un malentendu. Pouvons-nous repartir sur de meilleures bases ? En tant que collègues, cette fois ?

Ses mots piquèrent suffisamment la curiosité de Cassie pour qu'elle change de position. En réalité, ils piquèrent la curiosité de l'assistance tout entière.

Même le pinceau de Ben s'immobilisa.

— Qu'en pensez-vous, dit ce dernier au public composé essentiellement de dames aux cheveux mauves. Faut-il que ma fille aille promener le chien du Dr Turner ?

Elles se mirent à chuchoter entre elles comme des jurés discutant d'une sentence. Brock croisa le regard amusé de Cassie.

— Six pour, deux contre, annonça Ben. À la majorité, il faut qu'elle laisse une deuxième chance au Dr Turner.

Cassie ne réagit pas et il craignit le pire. Puis elle sourit. Et quel sourire !

Il éprouva une sensation qu'il n'avait pas connue depuis longtemps, et qu'il pensait ne plus jamais ressentir de sa vie.

— Le peuple a parlé, semble-t-il.

Cassie descendit de l'estrade et avança vers lui. Ses yeux noisette lui firent comprendre qu'il marchait sur un terrain glissant.

— Enfin, il me semble, ajouta-t-il prudemment.

Ben frappa dans ses mains.

— On fait une pause ! lança-t-il avant de jeter un regard entendu à Brock. Essayez de ne pas laisser passer votre deuxième chance !

Cassie le regarda et sourit.

— Tu es convaincu que c'est une bonne idée ?

Non, il n'en était vraiment pas convaincu. Il avait même des tas de bonnes raisons de ne pas lui demander de garder son chien. Mais, au lieu de mettre un terme à leur discussion, il se rapprocha d'elle et scruta son regard en quête d'un signe.

— Tu es la seule option que j'aie, murmura-t-il.

Elle leva les sourcils.

— C'est flatteur ! dit-elle en feignant d'être choquée.

Elle se moquait gentiment de lui et cela lui plaisait. Ce qui aurait dû l'alarmer. Il avait déjà suffisamment à faire avec sa fille et sa sœur, en plus d'être débordé de travail. Cassie repartirait aussi vite qu'elle était revenue et ne ferait bientôt plus partie de son paysage. Ce qui signifiait qu'il valait mieux ne pas la présenter à Adi. Il ne tenait pas à ce qu'Adi s'attache tant soit peu à une personne qui, à son tour, disparaîtrait de sa vie.

Mais que lui prenait-il ? Il pouvait très bien fréquenter Cassie sans la présenter à sa famille. Qu'avait-il en tête, exactement ? Une relation amicale ? Une aventure sans lendemain ? Cette dernière option lui parut excitante. Et exaspérante. Tout ce qu'il savait de Cassie, c'était que c'était une chirurgienne brillante et une promeneuse de chiens médiocre. Elle était peut-être mariée, fiancée ou dans toutes sortes de situations qui excluaient un quelconque rapprochement entre eux.

Qu'importe ! Il en avait assez de se poser des questions. Alors il se pencha et déposa un baiser léger sur ses lèvres. Pourquoi ? Il n'en savait rien. Peut-être un effet de la fatigue ? Et du désir. Et du besoin de savoir si ces lèvres étaient aussi délicieuses qu'elles en avaient l'air.

Aussi surprise que lui par ce qu'il venait de faire, Cassie se raidit.

Pêche. Ses lèvres avaient un goût de pêche, un goût exquis. Et il sentit que, tout chaste qu'il était, ce baiser venait de mettre sa vie sens dessus dessous.

5

Cassie écarquilla les yeux de surprise. Brock Turner venait de l'embrasser sur la bouche. Son geste l'avait choquée, l'espace d'un instant, mais ses lèvres étaient exactement comme elle se les était imaginées pendant des années. Peut-être même plus sensuelles, plus douces. Le baiser, si léger soit-il, avait éveillé en elle un tourbillon de sensations et d'émotions.

Brock s'écarta légèrement d'elle. Elle décela une lueur de surprise dans ses yeux bleus, qu'il tenta aussitôt de dissimuler.

— Vous voulez bien vous occuper de mon chien, aujourd'hui ? demanda-t-il d'une voix un peu rauque.

Elle le dévisagea. Il avait l'air encore plus fatigué que la veille. Et elle était encore plus sensible à la proximité de son corps, à la manière dont il était habillé – chemise et pantalon de toile noirs, tous deux décontractés mais de belle facture, comme s'il sortait tout droit d'un shooting photo pour une publicité.

Elle prit conscience que toute la classe du cours de dessin les regardait depuis la porte, y compris son père.

Génial.

Elle recula d'un pas et croisa les bras.

— D'accord, je vais m'occuper de Winnie.

Brock lui tendit une clé et le code de l'alarme, avant de tourner les talons et de quitter la salle.

— Brock, attends ! s'écria-t-elle en le rattrapant dans le hall.

Il s'arrêta, se retourna.

— Qu'est-ce qui t'a pris ? demanda-t-elle.

— Tu sais ce qui m'a pris.

Il n'avait pas tort. L'attirance était mutuelle. Elle ne pouvait pas le nier.

Mais pourquoi cela se produisait-il maintenant ? Pourquoi avec *cet* homme, qu'elle avait passé des années à essayer d'oublier ? Il suffisait d'un baiser à peine esquissé pour réduire à néant tous ses efforts.

De plus, ils n'avaient rien en commun. Ils étaient trop différents l'un de l'autre pour que ce baiser soit autre chose qu'un acte impulsif et inconsidéré, une erreur qu'ils ne commettraient plus jamais.

Le regard de Brock s'obscurcit et elle sentit son pouls accélérer. L'espace d'un instant, elle s'imagina prête à commettre la même erreur mais se ravisa. Elle jeta un coup d'œil par-dessus son épaule. Son père et ses comparses étaient toujours rassemblés devant la porte et tendaient l'oreille. Elle leur jeta un regard noir et leur fit signe de s'éloigner. Ils s'exécutèrent.

— Impressionnant, dit Brock sur un ton ironique. J'espère que vous ferez preuve de la même autorité avec Winnie aujourd'hui.

— J'ai vraiment eu peur, hier. J'ai cru qu'il s'était noyé, dit-elle.

— Il adore jouer à cache-cache.

— Je suis contente de l'apprendre.

Il prit une profonde inspiration.

— Comment s'appelle la patiente que tu es venue voir à Wyckford ?

— Pardon ?

— La patiente dont tu m'as parlé hier.

— Serene Ogden.

Brock hocha la tête.

— Je la connais. J'étais aux urgences le jour où elle a eu son accident. C'est moi qui l'ai opérée. Je peux te trouver le compte rendu de l'opération, si tu veux.

Il lui décocha un sourire – un sourire franc et spontané qu'il ne devait pas accorder à tout le monde, lui sembla-t-il, et qui la laissa un peu sonnée. À moins qu'elle soit encore sous l'effet du baiser.

— Avec plaisir ! s'entendit-elle répondre, en dépit du bon sens.

— Très bien, dit-il en avançant vers la sortie. N'hésite pas à m'appeler si Winnie te pose encore problème.

— Tout va bien se passer, fit-elle en essayant de s'en convaincre elle-même.

Mais ce n'était pas le chien qui la tracassait, curieusement. En fait, tout irait bien dès qu'elle se serait remise de ses émotions et du fait qu'il existait un lien entre Brock et elle, un lien plus fort qu'elle ne l'aurait voulu.

Elle n'était pas revenue dans le Massachusetts pour nouer des liens. Et encore moins avec Brock Turner. Elle était là pour voir son père, ses amies et une patiente en particulier. Après quoi elle rentrerait à San Diego et reprendrait le cours de sa vie là-bas. Le mieux était donc de se tenir à distance de tout ce qui pouvait la détourner de ses objectifs.

Quelques heures plus tard, elle entra sans incident dans la maison de Brock. Cette fois, elle prit soin de mettre sa laisse à Winnie *avant* d'ouvrir la barrière de sécurité et, par mesure de précaution supplémentaire, le prit dans ses bras jusqu'à ce qu'ils soient sortis de la maison.

Elle évita la plage et se contenta de le promener sur le large trottoir de la rue calme où le chiot s'arrêta tous les mètres pour renifler les buissons et les troncs d'arbre.

Une fois qu'il eut fait ses besoins, Cassie le ramena à la maison et l'enferma dans la buanderie. Elle prit son sac et s'apprêtait à sortir. Riley se trouvait devant la porte, toujours en fauteuil roulant.

— Bonjour, Cassie, dit-elle en écartant les bras pour l'embrasser. Je crois que je ne t'aurais pas reconnue si je n'avais pas vu la photo.

Cassie fronça les sourcils.

— Quelle photo ?

— Celle-ci, dit Riley en sortant son portable.

Cassie regarda l'écran et sentit son cœur s'arrêter de battre en voyant, en plein milieu de la page Facebook de la ville de Wyckford, une photo de Brock et elle à la maison de retraite. Leurs lèvres s'étaient à peine effleurées et cela n'avait duré qu'une seconde ou deux, mais l'auteur du cliché avait saisi cet instant fugace. Les deux mains de Cassie reposaient sur le torse de Brock. Brock avait posé la sienne sur la joue de Cassie en un geste tendre et terriblement sexy à la fois.

Elle ne se souvenait pas de tous ces détails, seulement d'avoir perçu la chaleur émanant du corps de Brock sous la paume de ses mains. Et de son odeur délicieuse de santal et d'épices.

— Intime, lança Riley, tirant Cassie de ses pensées.

— Ce n'est pas ce que tu crois, dit-elle en lui rendant le portable.

— Ah bon ? fit Riley en scrutant de nouveau l'écran. Je ne crois rien de particulier. Je vois simplement que mon frère et toi êtes en train de vous embrasser.

— Bon, d'accord, nous nous sommes embrassés, mais c'est simplement parce que...

Elle s'interrompit, ne sachant plus vraiment comment ils en étaient arrivés là. Et, non seulement toute la maison de retraite avait assisté à la scène, mais, à cause de cette photo, tout Wyckford serait bientôt au courant, si ce n'était déjà fait.

— Parce que quoi ? demanda Riley, d'un air interrogateur.

Cassie soupira.

— Nous ne... En fait, Brock et moi ne...

— Ne t'inquiète pas, dit Riley en tapotant sur le clavier de son portable. Voilà. Je l'ai envoyée à tout le monde. J'adore quand mon frère fait des trucs idiots. C'est tellement rare ! Par contre, quand ça lui arrive, il fait vraiment n'importe quoi !

Elle sourit et fonça jusqu'à la buanderie pour libérer Winnie. Au même moment, une petite fille entra par la porte d'entrée en brandissant un objet qui ressemblait à une petite soucoupe volante. Winnie se rua sur elle.

Elle portait un jean et un T-shirt rose sur lequel était écrit

« Science » en lettres pailletées, ainsi que des baskets roses qui s'éclairaient à chacun de ses pas. Au pied gauche, les lacets de sa chaussure étaient défaits. Elle devait avoir cinq ou six ans et avait les mêmes yeux bleus que Brock. Elle s'arrêta net en voyant Cassie. Winnie en profita pour lui sauter dessus et se mit à japper.

— Adi, ma chérie, voici Cassie, dit Riley. C'est une amie de ton papa et de moi. Elle va te garder une heure pendant que je vais faire des courses, d'accord ?

Il fallut quelques secondes à Cassie pour comprendre ce que Riley venait de dire.

— Quoi ? Non. Je suis venue là pour sortir le chien, pas pour garder Adilyn.

Mais Riley était déjà dehors. La porte claqua derrière elle. Quand Cassie retourna dans la cuisine, Winnie était en train de mordiller le pied de la table. Elle l'écarta mais le chiot avait déjà laissé l'empreinte de ses dents dans le bois.

La petite fille la regardait, le visage sérieux et impassible. Cassie conduisit Winnie dans la buanderie puis s'accroupit devant la petite fille.

— Bonjour ! dit-elle, sans obtenir de réponse.

Elle se releva et se demanda comment elle allait pouvoir occuper une petite fille de cinq ans pendant une heure. Ce serait sans doute l'heure la plus longue de la journée.

— C'est une soucoupe volante ? demanda-t-elle en indiquant l'objet qu'elle tenait toujours sous le bras.

Adi brandit son jouet. Qui s'illumina et se mit à biper.

Derrière la barrière, Winnie se remit à sauter et à japper, ce qui incita Adi à recommencer. Le jouet percuta un verre de jus de fruits qui se renversa sur la table. Par chance, le verre était en plastique mais le jus rouge se répandit sur la table et le sol, en éclaboussant tous les meubles alentours. Ainsi qu'Adi, le chiot et elle-même.

Adi lâcha sa soucoupe volante comme si elle lui brûlait soudain la main, et ses yeux s'emplirent de larmes.

— Ce n'est rien, dit Cassie en prenant un rouleau d'essuie-tout.

Elle commença par frotter les vêtements de la petite fille contrite. Winnie léchait le jus qui était à sa portée. Dès qu'elle en eut fini avec la petite fille, cette dernière alla ouvrir le réfrigérateur. L'incident était manifestement déjà oublié.

— Où est la poubelle, Adi ?

Adi fit un geste vague en direction de la porte de derrière puis retourna fouiller le frigo.

Cassie sortit et trouva la poubelle où elle jeta l'essuie-tout. Elle profita de ce moment de relative intimité pour composer le numéro de Brock et l'informer des nouveaux événements.

— Dr Turner, fit-il d'une voix stressée en décrochant.

— C'est Cassie, dit-elle sur un ton qu'elle espérait détendu.

Elle avait la réputation d'être calme mais efficace, après tout. Organisée. Posée. Du moins l'était-elle, avant son retour à Wyckford.

Elle voulut retourner dans la cuisine et actionna la poignée de la porte. En vain. Le problème était que son sac et la clé que Brock lui avait donnée se trouvaient à l'intérieur.

— Que se passe-t-il ? demanda Brock.

— Rien, répondit-elle en regardant par la fenêtre.

Adi n'était plus dans la cuisine.

— À part le fait que ta sœur et Adi sont arrivées au moment où je partais, et que Riley m'a confié Adi pendant qu'elle allait faire des courses.

— Tu veux dire qu'elle t'a laissée avec Adi et qu'elle est partie ?

— Oui.

Elle entendit un juron étouffé à l'autre bout de la ligne.

Elle se souvint tout à coup de la photo que Riley lui avait montrée. Peut-être valait-il mieux qu'elle en parle à Brock avant qu'il ne la découvre sur les réseaux sociaux. Mais elle se ravisa. Ce n'était pas le moment et il ne semblait pas être dans les meilleures dispositions.

— Ne t'inquiète pas, je peux la garder une heure. Je voulais juste t'en informer.

Elle réessaya d'ouvrir la porte, en vain. Elle frappa.

Winnie se remit à japper mais Adi ne réapparut pas. Par la fenêtre, elle vit le chien se diriger vers une corbeille contenant des blouses médicales sous plastique et les renifler. Il se mit à mordiller le plastique et tira jusqu'à ce que la corbeille tombe et que les blouses s'éparpillent sur le sol.

Oh non !

— Cassie ? Que se passe-t-il ? demanda Brock à l'autre bout de la ligne.

— Rien, dit-elle en se dirigeant vers les deux portails qui étaient fermés à clé, eux aussi.

Elle revint vers la fenêtre. Winnie se défoulait sur une blouse. Elle frappa plus fort à la porte. Winnie grogna mais personne ne vint lui ouvrir. Elle décida de faire le tour de la maison, dans l'espoir de trouver une autre clé cachée quelque part. Mais il n'y avait aucun pot de fleurs ni paillasson près de l'entrée.

— Cassie ? Tout va bien ? Où est Adi ? demanda Brock.

Elle jeta un autre coup d'œil par la fenêtre. La petite fille la regardait avec ses grands yeux bleus. Elle lui indiqua la poignée de la porte.

— Elle est dans la cuisine, dit-elle, soulagée de pouvoir répondre quelque chose.

Adi ne bougeait pas et continuait à la regarder fixement.

Elle soupira et se massa le front. Cela pouvait durer longtemps. Autant dire la vérité à Brock.

— En fait, je suis enfermée dehors. Est-ce qu'il y a une clé de secours cachée quelque part ?

— Dans un pot sur la terrasse, dit Brock, sur un ton dont elle ne sut dire s'il était chargé d'agacement, d'inquiétude ou de colère.

Probablement les trois, maintenant qu'il savait que sa fille se trouvait livrée à elle-même dans la maison, et que la personne censée la garder était celle qui avait laissé s'enfuir son chien la veille.

— Dans le boîtier du système d'arrosage automatique, précisa-t-il.

Elle fit à Adi un sourire qu'elle espérait rassurant et lui indiqua de nouveau la poignée de la porte afin qu'elle la lui ouvre. Mais Adi quitta la pièce pour se rendre Dieu sait où, son lacet toujours défait.

— Adi ! cria-t-elle. Reste dans la cuisine !

— Où est-elle ? Cassie ? Il y a une piscine, à l'arrière de la maison, à laquelle on n'a pas accès depuis la terrasse sur laquelle tu te trouves. Adi sait nager mais...

Cassie se refusa de penser au pire et se précipita sur la terrasse, trouva le boîtier et la clé. Puis elle alla ouvrir la porte, traversa la cuisine et s'arrêta net dans le salon en voyant Adi, sur le canapé, en train de lancer sa soucoupe volante.

Elle faillit tomber de soulagement.

Elle avait effectué certaines des opérations chirurgicales les plus complexes du monde sans ciller mais, après quelques dizaines de minutes passées avec cette petite fille et son chiot, elle se sentait prête à aller se coucher.

— C'est bon, dit-elle à Brock. Tout va bien. Adi joue avec sa soucoupe volante. C'est moi qui ai besoin de repos, je crois.

— Winnie ne s'est pas enfui ?

— Non.

— Tu as fait des progrès par rapport à hier, dit-il avec humour. Je reviens dès que possible.

Il ajouta quelque chose qu'elle ne comprit pas et raccrocha.

Elle regarda l'écran vide de son portable puis releva la tête. Adi la regardait, les cheveux en bataille, la soucoupe volante dans une main. Winnie se tortillait à côté d'elle.

Elle inspira profondément et se dit que tout allait bien. Elle était sortie major de sa promotion, elle pouvait bien s'occuper d'une petite fille de cinq ans et d'un chiot pendant une heure. Ce n'était pas pire que la réunion hebdomadaire avec ses confrères du cabinet.

Mais Adi grimaça et s'écarta brusquement du chien, qui se mit à vomir.

Cela, en revanche, n'était jamais arrivé en réunion, à aucun de ses confrères.

Winnie, manifestement soulagée, se coucha et s'endormit.

— Bip ! dit Adi.

6

Cassie était épuisée. Winnie avait trouvé un tensiomètre dans la maison et le traînait derrière lui dans le salon, autour du canapé, sur et sous la table basse, jusqu'à ce qu'il s'enroule et se coince au pied d'une chaise. Puis Cassie avait entendu un bruit d'explosion. Winnie était tombé à la renverse, les quatre pattes en l'air. Cassie s'était approchée, inquiète, mais le chiot s'était redressé et, cinq minutes plus tard, mâchonnait l'un de ses jouets. Ainsi que les pieds des chaises de la cuisine. Puis la balustrade en bois. Et les mitaines que quelqu'un avait laissées traîner par mégarde...

La porte d'entrée s'ouvrit et Brock apparut enfin, en blouse blanche, le stéthoscope toujours autour du cou. Adi se précipita vers lui. Il la souleva de terre et la mit sur son épaule, comme un gros sac, ce qui la fit hurler de joie.

Il avait les traits tirés.

— Riley n'est toujours pas rentrée ? demanda-t-il.

— Je suis là ! dit sa sœur en entrant derrière lui. Désolée, j'ai dû retourner à l'hôpital finir de régler quelques affaires.

— Pourquoi ne m'as-tu pas appelé ? demanda Brock. Tu sais bien que...

Riley grimaça.

— Désolée. L'école m'a appelée, il a fallu que je me fasse remplacer pour pouvoir aller la chercher et...

Elle secoua la tête.

— J'aurais dû t'appeler, je sais. Mais je voulais te rendre service. Désolée de vouloir te simplifier la vie, frérot !

Quelques instants plus tard, une porte claqua - celle de sa chambre, probablement.

Cassie et Brock échangèrent un long regard gêné.

— Merci, finit-il par lâcher.

— Je t'en prie, fit-elle.

— Je voulais te dire... Pour Adi...

— Elle est adorable, le coupa-t-elle, en allant chercher son sac dans la cuisine. Mais je ne suis pas sûre d'être élue la meilleure baby-sitter de l'année.

Elle émit un petit rire pour dissimuler son anxiété. Elle s'était toujours dit qu'elle ferait une bonne mère, même si elle avait été privée de la sienne. Mais après ce qu'elle venait d'endurer, elle n'en était plus vraiment sûre.

Il se rapprocha d'elle et sortit son portefeuille.

— Je suis désolé. Accepte au moins que je te paie.

— Non, il n'y a pas de quoi. Vraiment. Cela m'a permis d'éviter d'aller poser pour le cours de dessin à la maison de retraite. C'est moi qui devrais te remercier.

— À charge de revanche, dans ce cas.

Leurs regards se croisèrent de nouveau et elle sentit tout son corps vibrer. L'air se chargea d'une tension palpable. Elle s'éloigna promptement et ne se retourna qu'une fois devant la porte.

— D'accord, à charge de revanche ! dit-elle sur un ton qu'elle voulut léger et convaincant.

Le lendemain, Brock eut une journée tellement chargée qu'il ne rentra chez lui qu'à 3 heures du matin. Il s'écroula dans son lit et s'endormit aussitôt en pensant à une chirurgienne aux yeux noisette qui faisait battre son cœur. Il fit le rêve le plus idiot du monde, dans lequel il embrassait ladite chirurgienne.

Il n'avait jamais imaginé qu'Adi et Cassie se rencontreraient.

Cela ne faisait pas partie de ses plans. Adi en avait suffisamment bavé dans sa courte vie pour ne pas s'attacher à quelqu'un qui aurait disparu d'ici quelques semaines. Raison pour laquelle il n'avait jamais ramené de femme à la maison. Et pour laquelle il n'avait d'ailleurs jamais eu d'histoire sérieuse depuis la mort de Kylie. Il était père célibataire. Il avait des responsabilités, qu'il prenait très au sérieux. Faire entrer quelqu'un dans leur vie, quelqu'un qui ne resterait pas, n'avait aucun sens. Cassie vivait en Californie, pas à Wyckford, ce qui réduisait à néant l'idée même de construire quoi que ce soit avec elle.

Quoi qu'en dise son cœur tambourinant dans sa poitrine.

Il parvint à dormir un peu avant que Riley le réveille en se préparant pour aller travailler à l'hôpital. Quand il arriva au bureau, il s'aperçut qu'on avait doublé le nombre de ses consultations. Cela n'avait malheureusement rien d'exceptionnel.

Sa première patiente, Mme Dupree, avait des bouffées de chaleur et autres signes de périménopause. Elle venait au cabinet une fois par semaine, et lui apportait systématiquement de bons petits plats préparés, en plus de sa liste de symptômes. Et, à la fin de chaque consultation, elle l'invitait à sortir avec elle, ce qu'il refusait poliment en expliquant qu'il ne mélangeait jamais le travail et le plaisir.

— Ah bon ? Ce n'est pas l'impression que donne cette photo, dit-elle ce matin-là en brandissant son portable.

Brock scruta la photo, surpris que l'alchimie qu'il y avait entre Cassie et lui transparaisse aussi clairement sur un cliché. Et soit étalée au grand jour.

— Cette femme n'est pas une patiente.

— Je sais, elle est médecin, et je sais de source sûre qu'elle s'occupe aussi de votre chien.

Inutile de s'énerver contre les commérages. C'était peine perdue, dans une petite ville comme Wyckford.

— Nous nous voyons la semaine prochaine, dit-il poliment.

Mme Dupree se rengorgea. Brock accueillit le patient suivant,

M. Stanley, souffrant de calculs rénaux. Il enfila des gants propres en se demandant combien de paires il utilisait par jour, par semaine, par an. Il préféra ne pas compter.

Les patients se succédèrent sans trêve toute la matinée. À midi, Brock eut l'impression que sa tête allait exploser. Il ne pouvait pas continuer comme cela. Il fallait qu'il réduise le nombre de ses consultations au cabinet ou qu'il arrête de travailler aux urgences.

— Pourquoi ne vends-tu pas le cabinet ? dit Mark, qui avait apporté des sandwichs pour la pause déjeuner.

Ils s'étaient installés devant l'ordinateur, dans le bureau de Brock, pour regarder les meilleurs moments de base-ball sur le site d'une chaîne de sports.

— Ils embaucheraient un autre médecin, tu pourras enfin choisir tes horaires, souffler un peu.

La solution de vendre lui paraissait de plus en plus séduisante. Ce n'était pas ce que son père avait en tête quand il avait créé ce cabinet, mais il fallait se rendre à l'évidence : Brock ne pouvait pas assumer seul le rêve de son père. Il avait essayé et fait son possible pour honorer sa mémoire, mais il ne pouvait pas continuer à vivre de cette manière.

Quand Mark retourna travailler, Brock rouvrit le contrat qu'il avait déjà lu des dizaines de fois. Il avait demandé à son avocat de le passer au peigne fin. Tout ce qu'il lui restait à faire, s'il acceptait l'offre du conseil d'administration, c'était d'apposer sa signature électronique et d'appuyer sur « envoyer ».

Il hésita un moment puis posa la tête sur son bureau pour réfléchir.

C'est Darlene, l'infirmière praticienne, qui le réveilla.

— Si vous faites la sieste, je vais la faire aussi, dit-elle par la porte entrebâillée.

Darlene, la cinquantaine, était un mélange parfait de sang-froid et d'empathie vis-à-vis des patients. Elle était légèrement moins empathique vis-à-vis de lui.

— Il faut vous bouger, docteur, dit-elle. Nancy Kessler vous attend en salle 1 avec une infection urinaire. Randy Lyons est en salle 2, il s'est blessé au pouce avec une cloueuse. Et Mme Munson est dans la 3, à l'agonie à cause de son allergie au pollen.

— Occupez-vous de l'allergie, je m'occupe des deux autres.

— Tenez, dit Darlene en lui tendant son gobelet de café. Vous en avez sûrement plus besoin que moi.

— Merci.

Le café contenait trop de sucre et trop de lait, mais Darlene avait raison, il avait vraiment besoin de caféine.

— Votre père n'avait pas autant de patients, dit Darlene.

— Nous avons doublé la patientèle.

— *Vous* avez doublé la patientèle, rectifia-t-elle avant de lui tapoter le bras. Votre père serait fier de vous, mais vous ne pouvez pas continuer comme ça, docteur, sans quoi vous finirez par faire un burn-out.

— Je n'en suis pas là, protesta-t-il.

— Dans ce cas, signez le contrat ou embauchez un autre médecin, sans quoi c'est *moi* qui vais faire un burn-out...

Le personnel du cabinet était composé de deux employées de bureau, Monica et Sherry, et d'une aide-soignante, Coco. Une heure plus tard, Monica vint le voir dans la salle de consultation.

— J'ai Mme Preston sur la ligne 2. Elle veut vous voir aujourd'hui.

Mme Preston n'avait pas *besoin* d'aller chez le médecin aujourd'hui, c'est juste qu'elle se sentait seule. Ses enfants vivaient dans l'Oregon. Elle venait, elle aussi, toutes les semaines au cabinet pour qu'on lui accorde un peu d'attention. La semaine précédente, sa paupière tressautait. Elle en avait conclu qu'elle avait une tumeur au cerveau.

— Dites-lui qu'elle passe demain.

— Elle dit que demain, ce sera trop tard.

— Je vois. Trouvez-lui un créneau aujourd'hui, entre deux patients.

Une heure plus tard, la salle d'attente était toujours bondée. Darlene lui jeta un regard noir quand il retourna dans son bureau pour prendre un appel de l'école.

Une fois encore, personne n'était venu chercher Adi. Il sortit en trombe, en s'excusant auprès de Darlene, et appela la nounou. C'était la sœur d'une infirmière de l'hôpital qu'on lui avait chaudement recommandée. Mais qui allait déménager bientôt. En une année, Adi avait eu trois nounous différentes.

— Je suis désolée mais je suis sur le point de prendre l'avion, dit la dernière.

— Sans me prévenir ? lâcha-t-il, le souffle coupé.

Elle lui donna des excuses dont il douta de la véracité, mais il n'avait pas de temps à perdre. Riley travaillait. L'image d'Adi, restée toute seule à l'école, lui brisa le cœur. Il parcourut son répertoire et s'arrêta sur le numéro de Cassie.

Ne fais pas ça, lui intima une petite voix.

Il avait déjà fait appel à elle deux fois, et c'étaient deux fois de trop. Cela dit, elle s'était révélée être plus fiable que la majeure partie des gens de son entourage. Et quelque chose dans son regard l'attirait irrésistiblement. Ce qui rendait la situation encore plus périlleuse. Non seulement il était en train de tomber sous son charme, mais Adi risquait, elle aussi, de s'attacher à elle.

Mais quelle alternative avait-il ? Lois avait pris un congé de deux semaines pour aller voir sa famille en Italie. Il ne pouvait pas emmener Adi au cabinet, où les journées étaient déjà suffisamment chaotiques sans qu'une tornade de cinq ans rajoute à l'agitation ambiante.

Il composa le numéro de Cassie. Il fallait qu'il lui explique l'importance de ne pas créer de liens profonds avec sa fille. Il ne fallait pas briser le cœur de ce petit être qui avait déjà trop souffert pour son âge.

Cassie décrocha et il sentit son cœur s'emballer.

— Est-ce que tu es occupée ? lui demanda-t-il.

— Je viens d'aller promener Winnie. N'écoute pas ce que tes voisins racontent sur moi. C'est faux. Pour la majeure partie.

— Pour la majeure partie ?

— Winnie a souillé les pétunias de Mme Perry, à deux reprises.

— Au diable, Mme Perry ! Cassie, j'ai encore un service à te demander. Est-ce que tu pourrais garder Adi cet après-midi, une heure ou deux, le temps que je termine les consultations au cabinet ?

Il attendit quelques instants. Il ne voulait pas la brusquer mais la salle d'attente ne désemplissait pas et Adi l'attendait à l'école.

Il l'entendit soupirer.

— D'accord, mais il ne faudrait pas que cela devienne une habitude.

Il était d'accord sur le principe, mais poussa un soupir de soulagement.

— Je vais la chercher à l'école, dit-il. Nous serons là d'ici dix minutes. Merci, Cassie.

— Attends avant de me remercier, fit-elle sur un ton ironique.

Il se mit à rire et sentit le courant passer entre eux, même par téléphone.

Lorsqu'il arriva devant l'école, Adi attendait avec une aide maternelle. Il lui présenta ses excuses et expliqua le désistement de la nounou.

— Adi a encore fait des siennes, aujourd'hui, dit l'aide maternelle.

— Vous ne m'avez pas appelé.

— Parce que nous avons fini par la retrouver. À dix mètres du sol, dans le grand chêne.

Brock était spécialisé en chirurgie traumatologique, il avait une idée très claire de ce qu'une chute de dix mètres pouvait produire sur un petit corps.

— Pourquoi es-tu montée dans l'arbre ? demanda-t-il en s'efforçant de masquer son anxiété.

Adi regardait ses chaussures.

— Elle avait une grenouille dans la main.

— Une grenouille ?

— Oui. Celle que nous avons en classe, dans un terrarium.

L'assistante maternelle s'approcha de lui.

— Il s'est aussi passé autre chose, dit-elle d'un air de conspiratrice. Aujourd'hui, Adi a parlé.

— C'est vrai ? s'exclama Brock, à la fois incrédule et ravi par la nouvelle.

Adi demeura silencieuse. L'aide maternelle reprit la parole.

— Elle a demandé si j'étais sa nouvelle maman. Elle a posé la même question à la dame de la cantine et à la directrice adjointe. Ainsi qu'à la gardienne.

Brock ne dit rien et tendit la main.

— On y va, ma puce ?

— Bip, répondit Adi après quelques instants.

Enfin, une étincelle de vie.

7

Quand Brock arriva, la première chose que Cassie remarqua était que son pantalon noir et sa chemise bleue lui allaient particulièrement bien. Elle-même portait un jean et un petit haut, plus confortable qu'un tailleur pour promener le chien. Elle avait passé la matinée en appel vidéo avec le cabinet de San Diego et également consulté l'équipe de Brock au sujet de Serene Ogden, leur patiente commune. Il fallait d'ailleurs qu'elle en touche deux mots à Brock. La patiente avait rendez-vous à l'hôpital la semaine suivante pour discuter de son traitement et des options de reconstruction.

— Bonjour, Cassie, dit-il avant de refermer la porte derrière lui.

Son sourire fit accélérer les battements de son cœur. Brock était très séduisant et il suffisait d'un regard pour qu'elle ait les jambes en coton. Mais les choses ne devaient pas aller plus loin entre eux. Quoi que réclame son corps. Ils ne vivaient pas au même endroit, leur relation n'avait aucun avenir.

Brock souleva Adi et la mit sur ses épaules, comme un boucher le ferait d'une carcasse, si bien qu'un être à deux têtes et quatre yeux bleus lui faisait face.

— Adi va être très gentille, aujourd'hui, dit Brock. N'est-ce pas, ma puce ?

Adi hocha la tête. À leurs pieds, Winnie tournait comme une toupie, comme pour essayer d'attraper sa queue.

— Quant à Winnie, je ne peux rien promettre, ajouta-t-il en souriant.

Cassie sourit à son tour.

— Bonjour, Adi.

Adi ouvrit la bouche.

— Tu es ma nouvelle maman ? dit-elle.

Cassie se figea.

— Ma puce, il ne faut pas continuer à poser cette question à toutes les femmes que tu vois. Tu n'as qu'une maman, tu le sais bien.

Il adressa un regard contrit à Cassie.

— Est-ce que tu veux aller chercher un jeu dans ta chambre ?

Adi ne se fit pas prier et détala.

— Est-ce que je peux te parler d'Adi, justement ?

Elle hocha la tête et croisa les bras, pressentant que la discussion devenait sérieuse.

— Nous faisons tout pour qu'elle ait une vie normale depuis... depuis ce qui est arrivé à sa maman. Elle a vécu des choses difficiles. Je ne veux pas qu'elle souffre davantage.

— Je sais et je n'ai aucune intention de la faire souffrir. Ni elle ni personne. Je suis ici parce que tu m'as demandé un service. Sans quoi je serais en train de me chercher un nouveau logement.

Il la regarda d'un air surpris.

— Mais tu avais trouvé un appartement, non ?

— Oui, mais il n'est disponible que jusqu'à après-demain. J'ai déjà eu de la chance de le trouver, en cette période de l'année où les touristes affluent. Madi et Luna m'ont proposé de m'accueillir, mais je ne veux pas abuser de leur gentillesse. Les hôtels sont pleins. Le plus proche qui ait une chambre disponible se trouve pratiquement à Boston. C'est trop loin, je n'ai pas envie de faire l'aller-retour tous les jours. Il faut que je sois disponible pour Serene Ogden.

Elle s'étira.

— Ce qui me rappelle, ajouta-t-elle, que nous avons programmé un rendez-vous avec elle la semaine prochaine.

— Très bien, dit Brock d'un air songeur. J'ai peut-être une solution. Mais commençons par le commencement. J'ai peut-être sous-estimé le temps où j'aurais besoin de toi. Ce sera peut-être plus qu'une heure ou deux. En fait, je suis en retard. Je suis complètement englouti sous le travail. Je ne sais pas non plus quand Riley va finir sa journée, à l'hôpital. C'est de la folie. Tu ne peux pas savoir à quel point je te suis reconnaissant. Heureusement qu'Adi est une petite fille sympa, même si elle refuse de parler. Elle finira bien par s'y mettre. Bip.

Il parlait d'une voix calme et égale mais tout, en lui, révélait son épuisement. Cassie savait qu'il faisait partie, comme elle, des gens qui avaient du mal à demander de l'aide.

— Jusqu'à quand veux-tu que je la garde, alors ? demanda-t-elle.

Le corps de Brock n'exprima aucun soulagement, mais son regard s'adoucit.

— 20 heures, maxi.

Cela faisait cinq heures.

— D'accord. J'en profiterai aussi pour chercher un logement.

— Justement, dit-il en s'approchant d'elle.

Elle sentit son cœur s'emballer. La décision de garder ses distances risquait de s'avérer plus difficile à tenir qu'elle ne le pensait. Brock secoua soudain la tête.

— Je... Je n'en reviens pas de ce que je m'apprête à te proposer.

— C'est-à-dire ? demanda-t-elle, soudain inquiète.

— Si tu veux, tu peux t'installer dans la dépendance. C'est un petit appartement de 70 mètres carrés pour les invités.

Cassie se raidit.

— Je sais, ça paraît complètement fou, mais cela pourrait fonctionner. Tu as besoin d'un logement, le temps de ton séjour à Wyckford, et moi, j'ai besoin d'une personne de confiance pour garder Adi sans qu'elle croie que tu t'installes définitivement. Et cela nous laissera le temps de discuter du cas de Serene, si besoin est, alors...

— Brock...

Il se tenait face à elle, ce qui ne l'aidait pas à se concentrer. À moins que le choc de sa proposition lui ait brouillé l'esprit. Elle eut du mal à articuler une réponse.

C'était insensé, à plus forte raison depuis qu'ils avaient échangé ce baiser à la maison de retraite. Mais plus elle cherchait à décliner la proposition, plus celle-ci lui paraissait être une solution viable, voire franchement idéale. Les logements disponibles étaient rares. La zone de Cape Cod commençait à être prise d'assaut par les touristes pour les célébrations du jour de l'Indépendance.

Après avoir pesé rapidement le pour et le contre, elle conclut que le pour l'emportait largement, elle finit par hocher la tête.

— C'est peut-être une bonne idée, dit-elle.

— Est-ce que cela veut dire que tu acceptes ma proposition ?

Elle hésita un instant, redoutant de commettre la plus grosse bêtise de sa vie. Mais quelle alternative avait-elle ?

— Oui, finit-elle par répondre.

— Bien, dit-il. Mais il y a encore un détail dont nous devons parler : la photo qui circule sur les réseaux sociaux.

Il s'approcha encore d'elle et la prit par les poignets. Puis il fit doucement glisser ses mains le long de ses bras, de ses épaules, de son cou. Il prit son visage entre ses mains. Elle sentit ses jambes flageoler.

— Et le sujet même de cette photo, ajouta-t-il.

Sans la quitter des yeux, il se pencha vers elle jusqu'à ce que leurs lèvres s'effleurent. Puis il glissa la main dans ses cheveux et se mit à l'embrasser doucement puis avec plus de passion. Elle eut l'impression que le temps s'arrêtait et que plus rien ne comptait à part elle, lui, et ce baiser.

Elle ne sut combien de temps il dura. Quand Brock se détacha d'elle, elle était essoufflée comme si elle avait couru un marathon. Brock était à peu près dans le même état. Plus attirant et plus sexy que jamais.

— Tu sais, Cassie, je ne cherche pas une relation sérieuse, dit-il doucement. Tu vois la vie que je mène. Tu es même aux premières loges depuis deux jours. Je ne sais pas comment je pourrais caser une relation dans ce chaos. Je ne veux pas non plus qu'Adi souffre davantage.

— Parfait, nous sommes sur la même longueur d'onde, dit-elle avec soulagement.

Avant de s'apercevoir qu'il ne s'agissait pas de soulagement. L'idée qu'il pouvait s'agir de déception lui effleura l'esprit, mais elle la chassa aussitôt.

— Je t'ai dit que je ne voulais faire souffrir personne, encore moins ta fille. Et je ne suis pas prête non plus pour une relation stable. Je n'habite plus ici. Ma vie est ailleurs. Je n'ai pas l'intention de m'engager sérieusement dans une histoire, alors que je sais à l'avance qu'il faudra l'interrompre.

Il hocha lentement la tête.

— Bien. Merci encore de m'aider et de t'occuper d'Adi.

— Merci pour le logement, dit-elle avant de se hisser sur la pointe des pieds.

Ses lèvres effleurèrent de nouveau les siennes.

C'était démentiel. Totalement irrationnel. Et absolument incroyable.

Au cours des cinq dernières années, elle n'avait pas fait grand-chose d'irrationnel. Son séjour à Wyckford était temporaire mais ce n'était pas une raison pour renoncer à se faire plaisir et à profiter de la vie. Sans attaches. Sans implications sentimentales. Peut-être était-ce la solution parfaite.

Elle s'écarta de lui. Ils se regardèrent longuement. Puis, tels deux aimants, ils se remirent à s'embrasser avec une passion qui leur coupa le souffle. Quand Brock se détacha d'elle, il glissa son visage dans le creux de son cou.

Il leur fallut quelques secondes pour recouvrer leurs esprits.

— Il faut que je retourne travailler, lui murmura-t-il à l'oreille.

Winnie vint tourner autour d'eux en jappant et en reniflant.

— Bip ! dit Adi dans la cuisine.

Le téléphone de Brock se mit à sonner. Il consulta l'écran.

— Il faut vraiment que j'y aille.

Il prit Cassie par la main et sortit. Il referma la porte d'entrée derrière eux pour être hors de vue d'Adi et de Winnie.

— Dis-moi franchement si cette proposition te convient, Cassie.

— C'est parfait, dit-elle en s'efforçant d'apaiser le désir qui embrasait son corps. Je m'installe dans la dépendance. Je garde Adi. Nous discutons de Serene. Pas d'attaches. Pas de plans sur la comète. Juste du plaisir.

Ni l'un ni l'autre n'avaient de place dans leur vie pour une relation plus poussée. Brock était débordé. Il ne voulait pas compliquer sa vie ni celle de sa fille. Elle n'était là que pour quelques semaines et repartirait bientôt en Californie. Elle avait du travail. Elle n'avait pas besoin de relation amoureuse et de tout ce que cela impliquait.

En es-tu sûre ?

Au lieu de réfléchir plus avant à la question, elle changea de sujet.

— Y a-t-il des choses importantes qu'il faut que je sache au sujet d'Adi ?

— Elle est un peu timide et ne dit pas toujours si elle a faim ou soif. Et elle a des allergies. Tu trouveras des plats dans le congélateur, ainsi qu'une liste des choses qu'elle ne doit absolument pas consommer. Et fais en sorte qu'elle ne prête pas ses jouets à Winnie, qui en fait de la charpie.

— D'accord.

Il se pencha de nouveau pour l'embrasser.

— C'est incroyable, dit-il. J'ai du mal à partir.

Le fait que l'attirance et le désir soient mutuels la soulagea.

— Va, tu as du pain sur la planche. À ce soir.

— Tu as raison. À ce soir.

8

Brock retourna au cabinet et reçut ses patients comme à l'accoutumée, mais Cassie occupait une grande partie de ses pensées.

Il avait envie d'être avec elle, ce qui n'avait aucun sens étant donné qu'elle vivait et travaillait à plus de trois mille kilomètres de Wyckford, que ni l'un ni l'autre n'avaient de place pour une relation amoureuse dans leur vie. Ce n'était peut-être qu'une question d'attirance physique.

Plus jeune, il était tombé fou amoureux de Kylie, et cela avait changé sa vie à jamais. Adi était le fruit de cet amour. À la mort de sa femme, il avait aussi souffert comme jamais. Il ne voulait plus souffrir.

Ce qui le ramenait à cette ridicule attirance pour Cassie. Elle n'était pas son genre. Certes, il n'était pas vraiment sûr d'avoir un genre, en fait. Et peut-être était-il attiré par Cassie justement parce qu'il savait que leur relation n'avait pas d'avenir. Ils étaient tombés d'accord : pas d'attachement, pas d'émotions, pas de complications. Une relation entre adultes.

— Salle numéro 1, dit Darlene en le croisant dans le hall.

Mme Carlisle l'attendait. Elle avait malencontreusement mélangé ses médicaments contre la tension avec le Viagra de son mari. Ce fut ensuite le tour de Kenny Liotta, un camionneur qui venait le voir toutes les six semaines avec une nouvelle MST.

— Vous n'allez pas vendre le cabinet, comme tous les autres ? lui demanda ce dernier à la fin de la consultation.

L'acquisition des cabinets médicaux locaux par le réseau hospitalier était de notoriété publique. Une fois rachetés et regroupés en une même entité, ils gagnaient en réputation et en popularité. Ce qui se traduisait par un gain de chiffre d'affaires, bien entendu. Tous les médecins de la région étaient, d'une manière ou d'une autre, affiliés à l'hôpital. Brock était l'un des derniers résistants.

— J'y pense. Mais ne vous inquiétez pas, cela ne changera pas la qualité des soins.

— Vous êtes sûr ?

— Oui, répondit-il fermement.

Mais s'il en était réellement convaincu, pourquoi n'avait-il pas déjà signé l'accord ?

Le conseil ne comprenait pas sa réticence. Pas plus que son ami Mark qui l'appela pour lui demander s'il avait envie de revenir faire de l'escalade avec lui.

— Je ne peux pas, lui dit Mark. Le planning est plus que plein.

— Il faut que tu reprennes ta vie en main, Brock.

— Je sais. Demande à Tate.

— Tate passe sa vie à sauter d'un hélicoptère pour aller sauver des gens mais, contre toute attente, il a le vertige.

Ce soir-là, Brock rentra de nouveau à la maison à 20 h 30, une demi-heure plus tard que ce qu'il avait annoncé.

Cassie avait attaché ses cheveux en une sorte de chignon souple fixé par ce qui semblait être un mélangeur à cocktail et dont s'échappaient quelques mèches qui lui donnaient un petit air de savant fou. Elle avait des traces de chocolat sur sa chemise et elle souriait devant un plateau de cupcakes tout juste sortis du four.

— Je suis désolé d'être en retard, dit-il. Vous avez fait des gâteaux ? Ils sont magnifiques !

— Oui, Adi devait en apporter à l'école demain.

Elle le regarda d'un air inquiet.

— Il y a eu un problème au cabinet ?

— Non, aux urgences. Une jeune fille de seize ans s'est fait elle-même un piercing à la langue, qui s'est infecté. Elle n'a rien dit à ses parents pendant trois jours et s'est retrouvée avec une langue enflée qui l'empêchait de respirer.

— La pauvre !

— Elle est punie à vie mais tirée d'affaire.

— Tu as bien mérité un cupcake. Sers-toi, j'en ai fait deux fournées.

Dans la cuisine régnait un désordre indescriptible. Des plats s'empilaient dans l'évier et on aurait dit que les placards avaient été vidés sur les plans de travail.

— Merci ! Où est Adi ?

— Elle est partie se coucher.

Brock rejoignit sa fille dans sa chambre. Elle était baignée, en pyjama, Winnie sagement couché à ses pieds.

— Bonne nuit, ma puce, dit-il en la serrant dans ses bras. Fais de beaux rêves !

— Bonne nuit, papa ! répondit-elle.

Il se figea en prenant conscience qu'elle venait d'émettre des mots. Adi parlait !

Il redescendit dans le salon, où Cassie prenait son sac à main. Il l'accompagna jusqu'à la porte d'entrée.

— Adi parle, dit-il.

— Je lui ai expliqué que je ne parlais pas la langue des droïdes. Elle m'a tout raconté sur le jouet qu'elle trimballe partout. Tu as une fille adorable, Brock.

Son sourire s'évanouit puis elle le dévisagea gravement.

— Ne m'en veux pas de te dire ça, mais je pense que ta fille a besoin de te voir davantage.

— Je sais, dit-il dans un soupir un peu douloureux.

— Et Winnie fait des progrès. Avec quelques séances de dressage, il sera super.

Il hocha la tête.

— Autre chose ?

— Je ne connais pas bien Riley mais j'ai l'impression que ce qu'elle vit actuellement n'est pas facile pour elle. Je crois qu'elle ne t'en parle pas parce qu'elle ne veut pas t'inquiéter.

Elle leva la tête vers lui.

— Tu es un super médecin, Brock. Mais je pense aussi que tu as du mal à lâcher prise.

— Je sais. Mais que faire ? Tu as vu comment je vis. C'est... compliqué. J'ai un planning infernal. Je ne vois pas comment je pourrais lâcher prise sans que tout se casse la figure.

— Je sais. C'est aussi ce qui fait de toi un super médecin.

— Et un père minable. Et probablement aussi un frère nul.

Ils demeurèrent silencieux un moment.

— Merci pour tout, Cassie. Quand est-ce que tu t'installes dans la dépendance ?

— Demain, si cela te convient, dit-elle, le visage éclairé par la lune. À l'école, la classe d'Adi travaille sur la famille. Chaque élève va faire un arbre généalogique. Mais Adi m'a dit qu'elle n'avait pas de photos de sa mère.

— Elle en a, corrigea-t-il. Mais elle ne se souvient pas d'elle. Elle était bébé quand Kylie est morte.

Il attendit de voir la pitié dans le regard de Cassie.

Il avait fait de son mieux depuis la mort de Kylie et ils s'en sortaient bien, finalement. Enfin, à peu près bien. Ou peut-être pas si bien que ça, à en juger par ce que Cassie venait de lui dire.

Il se frotta le front, sentant la migraine se profiler.

— Tu es fatigué, dit Cassie en lui tapotant l'épaule comme à un patient. Va te reposer.

Il la regarda, partagé entre le désir de lui montrer qu'il avait encore de l'énergie et celui de la voir partir avant qu'il ne fasse justement n'importe quoi.

Il lui prit la main. Elle regarda leurs doigts entrelacés, soupira et posa le front sur son torse.

— Pourquoi est-ce que tu sens toujours bon ? demanda-t-elle.

Il ne s'attendait pas à cela.

— Je...

— Ne réponds pas, dit-elle avant de déposer un baiser sur sa joue.

Ses lèvres s'attardèrent, telle une invitation silencieuse. Il tourna la tête et l'embrassa.

C'était exactement ce dont il avait rêvé toute la journée. Il la pressa contre lui, et leur baiser s'intensifia. Lorsqu'elle se détacha de lui, ils se regardèrent en haletant et pouffèrent de rire. Ils étaient comme deux adolescents et, curieusement, il aimait cela.

Il la regarda regagner sa voiture et s'éloigner, jusqu'à ce que ses feux arrière disparaissent dans l'obscurité.

9

Cassie rentra dans l'appartement qu'elle avait loué et s'assit sur le lit pour lire ses e-mails. S'installer chez Brock, dans la dépendance réservée aux invités, était une solution idéale, tombée du ciel. À condition qu'elle garde le contrôle sur son cœur et sur ses émotions pendant la durée de son séjour, en espérant qu'il ne durerait pas plus que quelques semaines.

Elle parcourut le dossier de Serene Ogden, dont les mâchoires avaient été broyées dans un accident de voiture, six mois auparavant, et elle avait une quinzaine d'autres fractures au visage. C'est Brock qui l'avait opérée aux urgences, pour stabiliser son état, mais elle avait désormais besoin d'une chirurgie réparatrice plus globale pour corriger le traumatisme subi sur le visage et le crâne. Sam Perkins, le neurochirurgien avec lequel Cassie collaborait à Wyckford, avait raison : Serene Ogden était le genre de cas dans lesquels la technologie Metamorphosis était particulièrement indiquée. Si la reconstruction se déroulait sans incidents majeurs, elle aurait recouvré ses traits pour son mariage, prévu pour le printemps suivant.

Par chance, Brock avait procédé à différentes greffes microvasculaires afin de préserver le plus de tissus mous possible, en prévision de reconstructions ultérieures plus importantes. Les premières plaies avaient été débarrassées du tissu dévitalisé, et il avait réalisé une réduction ouverte avec fixation interne, à l'aide de plaques provisoires sur la mâchoire, afin d'atténuer la douleur et de préparer la reconstruction définitive à laquelle Cassie s'apprêtait à procéder.

L'opération nécessitait la collaboration non seulement d'un spécialiste en radiologie et tomodensitométrie et de personnel de l'hôpital de Wyckford, mais également de son équipe californienne d'ingénieurs biomédicaux qui devaient être prêts à réaliser les maquettes 3D à implanter. Sans compter toute la préparation, la prise de mesures et les essais effectués en amont de l'opération. Plus ils s'y prendraient tôt, mieux ce serait. Étant donné les contraintes de temps, le plus pratique pour elle serait de déménager chez Brock le lendemain. Ils pourraient discuter du cas Serene Ogden à la maison.

Les images de tout ce qu'ils pourraient faire d'autre ensemble, à la maison, lui vinrent à l'esprit. Elle s'efforça de les chasser.

Le lendemain, Cassie fit ses bagages et déménagea chez Brock. Elle avait rendez-vous vidéo plus tard, dans la matinée, avec les transgénéticiens de Californie et voulait être bien installée et connectée à Internet pour l'appel.

Elle avança vers la porte d'entrée, qui s'ouvrit avant qu'elle n'ait le temps de sonner. Brock sortit, en T-shirt et short, un sac sur chaque épaule et, dans une main, le plateau de cupcakes, dans l'autre, la petite main d'Adi portant elle-même son sac à goûter.

Son cœur fit un petit bond dans sa poitrine quand les deux paires d'yeux bleus se posèrent sur elle. Elle sourit.

— Amuse-toi bien, Adi !

— Je l'accompagne jusqu'au bus et je reviens t'installer, dit Brock.

Le bus jaune arriva à ce moment-là. Père et fille pressèrent le pas.

— Je suis content que tu t'installes ici, déclara Brock quand il revint.

Il prit sa valise et la conduisit jusqu'à la petite maison.

— Moi aussi. J'ai lu le rapport que tu as rédigé sur Serene Ogden. Merci pour la précision de tes notes. Ce que j'ai lu confirme qu'elle est la candidate idéale pour notre procédure. C'est bien pour elle aussi qu'elle te connaisse déjà. J'ai un appel vidéo avec mon équipe de Californie, tout à l'heure. Nous devons discuter des prothèses de Serene. D'ailleurs, si tu as envie de participer à l'opération, j'en serais ravie. À l'internat, c'est toi qui avais le geste le plus sûr de toute la bande.

— Merci, dit-il. J'accepte avec plaisir. Par contre, je vais déposer ta valise sur le seuil de la porte et te donner la clé, mais en aucun cas il ne faut que tu me laisses entrer.

Elle plissa le front.

— Ah bon ? Pourquoi ?

Le regard de Brock s'assombrit.

— Ce serait risqué. Pour toi comme pour moi.

Cassie sentit son corps s'embraser. Brock avait raison. Cela signifiait que leurs réunions de travail devraient avoir lieu à l'extérieur. Au bord de la piscine, par exemple. En terrain neutre.

Elle ne put s'empêcher d'admirer le jeu de ses pectoraux et de ses biceps sous son T-shirt quand il chercha ses clés au fond de sa poche. Et de contempler son dos quand il ouvrit la porte. Il se retourna et la prit en flagrant délit de reluquage. Elle fit mine de regarder ses pieds mais sentit la chaleur lui monter aux joues.

— J'aime bien le carrelage, dit-elle pour se donner une contenance.

— Je crois que tu regardais mon postérieur plus que le carrelage, fit-il.

Elle soupira.

— J'avoue. Mais tu aurais pu te passer de le faire remarquer.

Il se mit à rire et elle entra pour qu'il ne la voie pas rougir de honte.

— Les tiennes ne sont pas mal non plus, lâcha-t-il dans son dos.

Elle se mordit la lèvre et continua d'avancer.

— Je crois qu'il vaut mieux éviter le sujet, dit-elle.

L'appartement, composé d'une cuisine ouverte sur un salon et d'une chambre et d'une salle de bains, avait été peint dans un camaïeu de bleu et de crème.

— Je vais te donner le code wi-fi. Par contre, il y a un problème électrique que je vais résoudre ce week-end. En attendant, n'allume pas le grille-pain en même temps que le radiateur.

Elle se retourna et le fixa.

— Tu es sûr que tu ne veux pas entrer ?

— Si j'entre, tu vas manquer ton appel vidéo, et moi, mon jogging.

Il lui adressa un autre de ses regards brûlants qui la fit presque vaciller.

— Il vaut mieux que j'y aille, dit-il.

Elle ferma la porte et poussa un gros soupir de soulagement. Puis elle jeta un coup d'œil autour d'elle et se sentit… à sa place. Ce qu'elle n'avait pas ressenti depuis des années. Elle aimait beaucoup San Diego, notamment parce que le climat y était agréable, mais elle ne s'y était jamais sentie tout à fait chez elle. Elle éprouva soudain le besoin de se poser et de défaire ses bagages.

— C'est temporaire, se dit-elle comme pour s'en convaincre.

Une fois installée et après l'appel vidéo avec son équipe de San Diego, elle passa voir son père à la maison de retraite. Elle revint mettre de l'ordre dans ses e-mails. Puis ce fut l'heure d'aller chercher Adi à l'arrêt de bus.

— Bip ! fit la petite fille en la voyant.

— Bip ! répondit Cassie. Maintenant, j'espère qu'on va parler normalement parce que nous allons préparer une pizza pour le dîner.

— Oui ! Une pizza ! s'écria Adi en sautant de joie.

Elles rentrèrent, firent un peu d'écriture puis passèrent en cuisine pour préparer la pizza. Après quoi, Cassie lui brossa les cheveux et lui fit des tresses.

— Quand je serai grande, je serai une princesse rebelle, dit Adi.

— Super ! Et quoi d'autre ?

— Quoi d'autre ? demanda Adi, sourcils froncés.

— Oui, tu peux être en même temps princesse rebelle et des tas d'autres choses.

Adi réfléchit.

— Je veux être une princesse rebelle avec des pouvoirs magiques pour faire revenir maman.

Son cœur se serra. Elle aussi avait perdu sa mère jeune et connaissait ce manque de quelque chose qu'on n'avait pourtant jamais connu. Elle finit de coiffer la petite fille et la serra dans ses bras.

Lorsque Brock rentra, à 20 heures, il avait l'air éreinté, comme tous les soirs. Winnie et Adi lui firent la fête.

— Riley est là ? demanda-t-il.

— Elle a appelé pour dire qu'elle avait beaucoup de travail et qu'elle rentrerait tard, répondit Cassie en prenant son sac.

Elle se dirigea vers la porte.

— J'y vais, dit-elle.

— Cassie..., dit Brock en la suivant.

Mais elle ne s'arrêta pas.

— N'oublie pas la consultation avec Serene vendredi ! lança-t-elle sur un ton qu'elle voulut détaché. Bonne nuit. À demain !

10

Quand Brock rentra à la maison, le jeudi soir, Adi sortait de son bain. Cassie s'empressa de ramasser ses affaires pour qu'il puisse passer un peu de temps avec sa fille. À moins qu'elle ne fuie sa compagnie. Ce qu'il ne pouvait pas lui reprocher.

— Adi, ma puce, mets ton pyjama et va chercher un livre. J'arrive dans cinq minutes.

Il courut et rattrapa Cassie.

— Tout va bien ? demanda-t-il. Tu es partie si vite hier soir.

— J'étais épuisée.

— D'accord. Tu as pu te reposer ? Et tu as passé une bonne journée ?

— Oui. J'ai eu la réunion hebdomadaire avec mon équipe de San Diego. Ils m'ont déjà donné le planning des consultations qui m'attendent, à mon retour.

Il éprouva un pincement au cœur en l'entendant parler de son retour en Californie. De la déception ? Du regret ? Mais il chassa ces émotions, quelles qu'elles soient.

— Super, dit-il sans véritable enthousiasme.

— Oui ! répondit-elle avec ce qui lui sembla être un enthousiasme tout aussi forcé.

À moins qu'il ne se fasse des idées. Il savait à quel point elle aimait son métier et il voulait son bonheur. Elle méritait d'être heureuse.

Il eut envie de la serrer dans ses bras et se contenta d'écarter une mèche de son front.

— Merci de m'intégrer à ton équipe. Serene est quelqu'un d'extraordinaire. Tu le verras demain.

— Ne me remercie pas, Brock. Tu as fait un travail excellent après l'accident. Et ton rapport était très...

Des aboiements l'interrompirent, suivis de trois « bip » provenant de la cuisine.

— Elle a parlé tout l'après-midi, dit Cassie. Jusqu'à ce que tu rentres. Tu savais qu'elle veut être princesse ?

— Tout Wyckford sait qu'elle veut être princesse Leia.

— Sais-tu pourquoi ? Elle m'a expliqué qu'elle voulait avoir des pouvoirs magiques pour que sa maman revienne.

Elle soupira.

— Je sais ce que c'est de perdre sa maman toute petite. Elle a besoin de temps et de présence. De ta présence.

La douleur qu'il avait essayé d'enfouir pendant des années sembla refaire brusquement surface. Il eut l'impression d'étouffer. On avait besoin de lui. Partout, tout le temps, quelqu'un avait besoin de sa présence. Mais qui était présent pour lui ?

— Il faut que j'y aille, dit-il.

— D'accord. On se voit demain, à l'hôpital.

Le lendemain matin, Cassie se réveilla tôt. Elle frissonna et alluma le radiateur électrique. Affamée, elle hésita entre un yaourt et des tartines.

Son portable bipa. C'était un message de son père.

Bonjour, ma chérie, peux-tu revenir poser pour le cours de dessin cet après-midi ? Je t'embrasse.

Elle opta pour une tartine, qu'elle glissa dans le grille-pain tout en réfléchissant à la réponse à donner à son père. Elle entendit un grésillement puis toutes les lumières s'éteignirent d'un coup.

L'avertissement de Brock lui revint en mémoire... trop tard. Le mal était fait.

Elle enfila un gilet et se dirigea vers la maison de Brock. Elle aperçut Adi et Winnie attablés à la table du petit déjeuner et partageant un bol de céréales. Winnie aimait tout ce qui était comestible, et en particulier ce qu'Adi mangeait.

Le chiot sauta à terre en la voyant faire un signe par la fenêtre et fonça jusqu'à la porte arrière, suivie d'Adi qui vint lui ouvrir.

— Ton papa est réveillé ?

Adi indiqua les chambres d'un geste vague. Cassie avança dans le couloir. La porte de la chambre d'Adi était ouverte sur un capharnaüm inimaginable. Celle de Riley était fermée. Elle marcha jusqu'à la chambre de Brock, dont la porte était entrebâillée. Elle s'approcha doucement et retint son souffle en le voyant étalé de tout son long, le torse nu, les jambes sous un drap qu'elle eut soudain envie d'arracher pour voir si le reste de son corps était nu. Cette pensée la fit rougir.

Elle s'approcha doucement du lit et tendit la main pour lui secouer doucement l'épaule. Mais elle n'en eut pas le temps. Brock lui saisit le poignet et l'attira contre lui. Il roula sur le côté et, en effet, il était nu. Son corps était chaud et ferme contre le sien.

— Tu es réveillé ? s'entendit-elle dire.

— Comme tu le vois. Je présume qu'Adi est déjà levée.

— Oui, elle mange des céréales. Avec Winnie.

— Tout va bien, donc, dit-il en riant.

Il roula sur le côté et se leva, enfila son jean qui lui seyait parfaitement. Cassie dut déployer des efforts surhumains pour se rappeler la raison qui l'avait conduite jusque-là.

— J'ai un problème, dit-elle. J'ai fait disjoncter en allumant le grille-pain en même temps que le chauffage... Je n'ai pas vu de flammes mais je préfère que tu viennes voir si tout va bien.

Ils sortirent et se dirigèrent vers la dépendance, Adi et Winnie à leurs trousses. Aucun feu ne fut à déplorer mais Cassie retint la leçon, à savoir qu'il ne fallait plus entrer dans la chambre de

Brock. Et, accessoirement, qu'elle n'allumerait plus le grille-pain en même temps que le convecteur électrique.

— Je voulais éteindre le feu avec la Force, dit Adi, déçue. Pour être la meilleure. Non, en fait, c'est toi le meilleur. Tu es le meilleur papa du monde.

Cassie sentit son cœur se serrer. Brock s'accroupit et regarda sa fille dans les yeux.

— Tu es la meilleure, toi aussi. Tu es la meilleure petite fille du monde.

— Mais pourquoi j'ai pas de maman ? Je veux ma maman !

Brock demeura silencieux quelques secondes.

— Je sais que tu veux ta maman, ma puce. Mais elle n'est pas là. Pour le moment, ta famille, c'est Riley, Winnie et moi, d'accord ?

Elle hocha la tête avec beaucoup de sérieux et se jeta dans ses bras ouverts.

Cassie réprima le désir de se précipiter à son tour dans ses bras. Elle eut beaucoup de mal à se retenir, ce qui n'était pas bon signe.

L'après-midi, Cassie se rendit à l'hôpital général de Wyckford et retrouva la même ambiance qu'à l'époque de leur internat. Elle monta avec Brock au sixième étage, où se trouvait la salle de conférences dans laquelle ils avaient rendez-vous avec Serene Ogden et son fiancé Rodney.

Cassie sortit son ordinateur pendant que Brock connectait le vidéoprojecteur en Bluetooth. Il alla accueillir Serene et Rodney quand ils frappèrent à la porte. Il les salua et plaisanta avec eux avant de faire les présentations.

— Je vous présente ma consœur de Californie, le Dr Cassandra Murphy.

Cassie leur serra la main et prit la parole.

— Je vais vous expliquer plus en détail en quoi consiste la technologie Metamorphosis et en quoi elle me semble particulièrement indiquée dans votre cas. Mais, si vous le voulez bien, parlez-moi un peu de vous.

— Eh bien, commença Serene, j'ai trente-six ans et je suis institutrice. Du moins l'étais-je avant l'accident. Et je vais bientôt épouser l'homme le plus merveilleux au monde, ajouta-t-elle en serrant la main de son fiancé.

— Je suis Rodney Bennet, je suis gérant de la nouvelle plate-forme logistique, dans la banlieue de Brookline. Cela fait quatre ans maintenant. Je mets de l'argent de côté pour acheter une maison.

Cassie hocha la tête.

— Très bien. Je vais maintenant vous donner beaucoup d'informations. N'hésitez pas à me poser des questions et à me dire si vous perdez le fil. Le Dr Turner et moi sommes là pour vous aider et faire en sorte que cette expérience soit la plus agréable possible pour vous deux.

Serene jeta un regard un peu inquiet à son fiancé qui lui sourit d'un air rassurant. Elle sourit en retour, du côté gauche de son visage. Le côté droit était toujours paralysé et pendait, ce à quoi l'opération réalisée par Cassie allait remédier.

Brock tendit à Cassie la télécommande, et le logo Metamorphosis apparut sur l'écran. Suivi de deux photographies juxtaposées montrant le visage de Serene tel qu'il était après l'accident et une reconstitution en image de synthèse de ce qu'il pourrait être après l'opération. Cassie expliqua en quoi consisterait la procédure chirurgicale, ainsi que les risques et les avantages de la planification virtuelle et de l'impression 3D des prothèses réalisées sur mesure.

Une heure plus tard, Cassie conclut la présentation et leur demanda s'ils avaient des questions.

— C'est vous qui allez faire l'opération toute seule ? demanda Serene.

— Nous travaillons en équipe. À San Diego, mon équipe travaille déjà sur des prototypes qui seront améliorés une fois que je leur aurai envoyé les mesures que je vais prendre aujourd'hui.

Je travaillerai avec eux tout au long du processus. J'ai également demandé au Dr Turner de m'assister lors des interventions, parce qu'il connaît bien votre cas. Mais, oui, c'est moi qui vais procéder à la majeure partie de la reconstruction. Je travaillerai aussi avec un spécialiste en chirurgie maxillo-faciale sur la mâchoire et les implants dentaires. Ainsi qu'un neurochirurgien, qui veillera à ce que les nerfs faciaux soient, eux aussi, reconstruits correctement. Vous aurez l'occasion de parler avec eux avant l'intervention et de leur poser toutes les questions que vous voudrez. C'est moi qui vais coordonner toutes ces visites.

Elle tourna la tête vers Brock.

— Quant à moi, dit-il, vous savez que la porte de mon bureau vous est toujours ouverte. N'hésitez pas à venir me voir, quelle qu'en soit la raison. Il est important de se sentir soutenu dans ce genre de situation. Et le département de facturation travaille sur votre cas. Comme cela fait partie d'une étude de cas, c'est le cabinet du Dr Murphy qui prendra en charge la majeure partie de la procédure. Et nous nous arrangerons pour couvrir le reste, le cas échéant. Notre priorité est que vous repreniez le cours de votre vie et que vous soyez prêts pour le mariage, au printemps prochain.

— Merci, docteur, dirent Serene et Rodney d'une même voix. Et merci, docteure. Cela fait si longtemps que j'attends ce moment.

— Relisez les brochures tranquillement chez vous et appelez-moi si vous avez la moindre interrogation. Et maintenant, si vous n'avez plus de questions, je vais vous examiner, Serene, dans la salle de consultation d'à côté.

Une fois la consultation terminée, Brock et Cassie retournèrent s'asseoir dans la salle de conférences. Brock n'en revenait pas de la facilité avec laquelle les choses s'étaient déroulées et du plaisir qu'il avait à travailler avec Cassie. Cela lui rappelait leurs années d'internat. Ils étaient très complémentaires et il se rendait compte à quel point cela lui avait manqué.

— Merci de m'impliquer, dit-il.

— Merci à toi de prendre le temps de le faire. Je sais que ton planning est déjà très chargé. J'espère aussi que cela ne va pas te rappeler de mauvais souvenirs. Je me suis demandé aujourd'hui ce que tu pouvais ressentir en travaillant sur une victime d'un accident de la route.

Brock déglutit. Il ne s'était pas vraiment posé la question. Il avait parfois imaginé qu'il aurait peut-être des flash-backs ou des images de Kylie, ou de ses parents, mais cela ne s'était pas produit jusque-là. Le temps avait peut-être fait son œuvre.

Et la femme qui se trouvait face à lui en cet instant y était peut-être aussi pour quelque chose.

Cette pensée l'alerta. Il s'éclaircit la gorge et décida de changer de sujet.

— Veux-tu que nous parlions des prochaines étapes du processus, pour être sûrs que nous sommes sur la même longueur d'onde ?

Elle hocha la tête et sortit une photo de Serene et de Rodney, prise quelques jours avant l'accident.

— C'est une belle femme. Elle a un sourire incroyable.

Brock était déterminé à faire en sorte que Serene recouvre son sourire.

— Le résultat des opérations de reconstruction osseuse est excellent. La reconstruction du tissu mou du visage est la partie la plus difficile et la plus délicate.

— Mais c'est aussi ta spécialité, dit Brock en regardant la reconstitution 3D du visage de Serene sur l'écran.

— Oui, et j'ai promis que j'y arriverai. Je ne reviens jamais sur mes promesses.

— Je peux en témoigner.

Depuis qu'il connaissait Cassie, elle avait toujours été loyale et fiable, presque trop. Avec elle, Adi et Winnie aussi étaient entre de bonnes mains.

Il appréciait aussi de pouvoir passer du temps avec un autre adulte que sa sœur. Il avait besoin de vraies conversations et de soutien, ce qu'il n'avait pas eu pendant trop longtemps.

Lorsqu'ils considérèrent qu'ils avaient fait le tour de la question, le soleil commençait à décliner. Plusieurs heures s'étaient écoulées. Cassie s'étira en bâillant. Il évita soigneusement de regarder sa blouse se tendre sur ses formes harmonieuses et s'entrouvrir sur ses jambes fuselées quand elle se leva.

L'image de Cassie allongée dans son lit lui revint en mémoire. Mais ce n'était ni le lieu ni le moment. Il s'efforça de se concentrer et ramassa ses dossiers et sa tablette.

— J'ai un autre appel vidéo avec mon équipe tout à l'heure. Je vais leur donner les dernières mesures de Serene.

— J'ai hâte de voir les nouvelles maquettes, dit-il en se dirigeant vers la porte.

Par chance, il n'avait pas d'autre rendez-vous, ce qui était rare et extrêmement appréciable. Ils appelèrent l'ascenseur et descendirent jusqu'au parking souterrain.

La cabine s'ébranla et, brusquement, sorties de nulle part, les images de Kylie lui revinrent à l'esprit. Cassie avait peut-être raison. Peut-être ses blessures n'étaient-elles pas totalement refermées. Peut-être étaient-elles tapies dans l'ombre, prêtes à surgir à tout instant. Il se revit aux urgences, quand les médecins lui apprirent que le cœur de Kylie s'était arrêté de battre sur la table d'examen. Elle était restée trop longtemps sous l'eau. Elle avait aussi beaucoup de lésions internes. Ils n'avaient rien pu faire. Il sentit la même poigne glaciale lui étreindre le cœur, en plus du remords et de la culpabilité d'être vivant. Émotions qui devraient être apaisées depuis longtemps, et qu'il avait sans doute enfouies sous un emploi du temps qui ne lui laissait pas une seconde pour souffler. Ni ressentir.

— Ça va ? demanda Cassie, le ramenant à la réalité présente.

— Oui, ça va, dit-il un peu trop rapidement. Je suis content de ne pas rentrer tard, pour une fois.

— Je m'en doute, acquiesça-t-elle en lui adressant un sourire qui fit fondre la glace dans laquelle était pris son cœur, et lui fit se demander si la proposition qu'il avait faite à Cassie de vivre dans la dépendance était vraiment une bonne idée.

11

Le lendemain matin, Cassie se réveilla en sursaut en se demandant si on avait frappé. Dans le doute, elle se leva et se dirigea vers la porte. Brock était là, dans la lueur matinale, habillé pour aller au bureau, l'air sérieux.

Elle recula pour le faire entrer mais il secoua la tête. Incapable de résister, elle s'approcha de lui et posa les mains sur son torse.

— Cassie, dit-il d'une voix rauque et un peu tendue.

— Quelle heure est-il ? Je ne suis pas vraiment réveillée.

Pour toute réponse, Brock pencha la tête et l'embrassa doucement, d'abord, puis avec une fougue grandissante qui la fit vaciller.

— Qu'est-ce qu'on fabrique, Cassie ? demanda-t-il en s'écartant d'elle.

— On se fait plaisir, répondit-elle en l'attirant à elle.

Sa réponse lui parut manifestement satisfaisante parce qu'il recommença à l'embrasser passionnément. Elle passa ses bras autour de son cou et se mit à lui caresser les cheveux tandis que les mains de Brock glissaient le long de son dos jusqu'aux fesses qu'il caressa et malaxa. Puis il la souleva. Cassie enroula les jambes autour de sa taille, sa chemise de nuit relevée jusqu'aux hanches.

Un éclair de lucidité lui traversa l'esprit. Elle détacha ses lèvres des siennes.

— Où est Adi ?

— Dans le bus, je présume, répondit-il au creux de son oreille.

— Et Riley ? demanda-t-elle d'une voix haletante.

— Elle est déjà partie travailler.

Il ferma la porte à clé. Ils se regardèrent longuement dans l'obscurité.

— Nous sommes seuls, dit-il. Tu veux... ?

— Oui, répondit-elle. Je veux. Et toi ?

Pour toute réponse, il prit le visage de Cassie entre ses mains et se remit à l'embrasser avec passion. Puis il fit glisser sa chemise de nuit par-dessus sa tête et se pencha pour déposer des baisers le long de son cou, descendit vers sa poitrine, s'attarda sur le bout de ses seins comme s'il s'agissait du plus exquis des desserts. Cassie gémit de plaisir. Il s'écarta légèrement et souffla doucement sur le bout de ses seins humides, provoquant un frisson délicieux sur toute la surface de son corps.

— Tu ne vas pas travailler ?

Il ne répondit pas et l'embrassa de nouveau, passant avec avidité d'un sein à l'autre.

— Brock ?

Elle sentit sa main glisser jusqu'entre ses cuisses.

— Je serai en retard.

Il leva la tête.

— Mais dis-moi que tu en as autant envie que moi. Sans quoi je m'arrête immédiatement. Même si c'est le seul endroit où j'ai envie de me trouver en cet instant.

Il se remit à l'embrasser derrière l'oreille. Son souffle était chaud et sensuel.

— Moi aussi j'en ai envie. J'ai envie de toi, répondit-elle avant de lui retirer son T-shirt.

Les muscles de son torse et de son ventre frémirent sous ses doigts. D'une main, il caressait son sein, de l'autre, il malaxait ses fesses. Elle était à mi-chemin entre l'orgasme et l'envie de rire.

Ils se regardèrent dans les yeux et l'envie de rire lui passa aussitôt, remplacée par un désir brûlant. Brock la fit s'allonger sur le lit et la rejoignit, sans cesser de l'embrasser.

— Tes yeux sont tellement expressifs, dit-il d'une voix rauque.

Elle sentit sa main écarter le haut de ses cuisses et caresser son sexe chaud et humide. Lorsqu'elle cria son plaisir, il demeura contre elle et la regarda jusqu'à ce qu'elle recouvre ses sens. Quand elle rouvrit les yeux, elle éprouva un mélange de gêne et de gratitude.

— Depuis combien de temps n'as-tu pas fait l'amour ? demanda-t-elle.

— Depuis un an et quelques.

— Tu n'as pas perdu la main.

— C'est comme le vélo, cela ne s'oublie pas, dit-il en souriant avant de faire glisser sa culotte le long de ses jambes.

Puis il écarta ses cuisses et sembla prendre du plaisir à contempler ce qu'il avait sous les yeux. Il se mit à embrasser l'intérieur d'une cuisse, puis de l'autre. Puis au milieu.

Elle se mordit la lèvre pour ne pas crier. Mais elle s'entendit émettre des sons, des gémissements de désir et de plaisir mêlés, jusqu'à ce qu'elle atteigne de nouveau l'orgasme.

Lentement, il se rallongea à côté d'elle et plongea son regard dans le sien. Un regard sérieux. Trop sérieux.

— Qu'est-ce qu'il y a ?

— Je n'ai pas de préservatifs.

— Quoi ? fit-elle, entre surprise et désolation.

— Je t'ai dit que je n'avais pas fait l'amour depuis plus d'un an, non ?

Elle exhala un soupir frustré, le corps toujours frémissant de désir.

Elle se redressa brusquement et monta sur lui à califourchon.

— Cassie...

— Chuuut..., dit-elle avant de déposer des baisers sur chacun des muscles de son torse.

Il haleta quand elle mordilla son téton et s'allongea complètement, se laissant aller sur l'oreiller, vaincu.

— De toute façon, tu es déjà en retard, dit-elle en le regardant avec malice.

Cassie avait passé des années à fantasmer sur Brock Turner.

Elle n'en revenait pas de ce qu'elle était en train de faire. Son corps était comme une aire de jeux érotique. Et elle se sentait d'humeur joueuse. Elle déposa une ribambelle de baisers mouillés sur son ventre, jusqu'à la ceinture de son pantalon qu'elle dégrafa, libérant son sexe tendu. Brock émit un nouveau gémissement grave et rauque. Elle se pencha au-dessus de lui et approcha sa bouche, lorsque... Le téléphone de Brock se mit à biper.

Brock poussa un juron.

Elle ne se laissa pas distraire et poursuivit ce qu'elle avait commencé. Mais le téléphone se remit à biper.

Il tendit la main, scruta l'écran du téléphone et laissa sa tête retomber sur l'oreiller.

Elle se redressa.

— Un problème ?

— Il faut que j'y aille, dit-il sans pour autant bouger.

— Tout de suite ?

— Oui.

Il poussa un gros soupir, s'assit sur le lit et la serra dans ses bras. Puis il déposa des baisers sur son épaule, dans son cou. Il finit par se lever et rajuster son pantalon tant bien que mal. Il ramassa son T-shirt, l'enfila devant-derrière, le retira et le remit à l'endroit.

Cassie essaya de se rappeler les raisons pour lesquelles leur histoire ne fonctionnerait jamais, mais aucune ne lui vint à l'esprit. La seule idée qu'elle avait en tête était de lui retirer son pantalon et de terminer ce qu'elle avait commencé. Puis de se blottir contre lui et de passer la journée à somnoler et à faire l'amour.

— Ne me regarde pas comme ça, dit Brock en souriant, alors que je déploie des efforts insensés pour essayer de me concentrer sur autre chose. Des choses sérieuses et ennuyeuses.

— Désolée, répondit-elle en feignant de l'être.

Elle se leva à son tour.

— Est-ce que cet arrangement te convient toujours ? demanda-t-il en la regardant dans les yeux.

Elle fit de son mieux pour paraître sûre d'elle en dépit des émotions qui l'agitaient.

— Oui.

— Bien, dit-il avant de l'embrasser.

Son portable se remit à vibrer. Il déposa un dernier baiser sur ses lèvres et décrocha tout en refermant la porte derrière lui.

12

Pendant les douze heures qui suivirent, Brock enchaîna les consultations de patients ayant la grippe ou une angine. « Culture de gorge » et « traitement des voies respiratoires » devinrent les mots les plus usités de son répertoire. À 18 heures, il titubait de fatigue.

— C'était le dernier patient ? demanda-t-il à Darlene.

— Oui, jusqu'à nouvel ordre. Ne tentez pas le diable, rentrez vite chez vous avant que cela ne change.

— Et Mme Preston ? Il me semble avoir vu son nom sur le planning, non ?

— Elle est venue, mais elle en avait assez d'attendre. Elle a dit qu'elle repasserait un autre jour.

— Qu'est-ce qui l'amenait ?

— Elle avait mal à la tête. Probablement parce qu'elle a perdu ses lunettes. Elle a dit qu'elle irait s'en acheter une paire de rechange plutôt que de vous ennuyer.

Il s'installa à son bureau pour essayer de venir à bout de la pile de documents qui s'y entassaient. Au bout de vingt minutes, son pager bipa. C'étaient les urgences de l'hôpital, où il manquait un médecin, qui lui demandaient s'il pouvait venir le remplacer au moins pendant la première partie de la nuit.

Il appela Riley qui lui dit qu'elle travaillerait tard, elle aussi, et ne pouvait pas aller s'occuper d'Adi. Il appela Cassie, son dernier recours. Et le meilleur.

— Cassie, je suis désolé d'avoir à te demander cela mais...

— Ne t'inquiète pas, Adi est avec moi. Nous venons juste de rentrer.

— De rentrer d'où ?

— Du parc.

— Vraiment ?

Il sentit l'émotion lui serrer le cœur, une émotion chaude et douce, et aussi suffisamment effrayante pour qu'il n'eût pas envie de s'y attarder pour l'instant. Sa vie était un chaos immense, il avait l'impression de ne plus rien maîtriser mais il se surprit à sourire en repensant à leur rendez-vous galant du matin.

— J'ai une dette envers toi, Cassie.

— Cela me paraît prometteur, docteur Turner...

Il souriait toujours quand il entra dans le service des urgences, frénétique comme de coutume. Ce qui l'empêchait de devenir fou était que, quel que soit le niveau de stress et d'agitation qui régnait à l'hôpital, chaque acte, chaque geste effectué dans les salles de soins avait un sens. C'était d'ailleurs ce qui l'avait attiré dans la médecine dès le départ. Il aimait cet aspect de la science, cette sorte de chorégraphie qui se répétait de manière presque prévisible. Les cas, les patients, les complications avaient beau changer en permanence, la manière de les traiter demeurait la même.

Si seulement il pouvait éprouver la sensation de maîtriser aussi bien le reste de sa vie ! Notamment sa relation avec Cassie. En dépit des règles qu'ils avaient instaurées d'un commun accord dès le départ, il voyait la situation bouger, évoluer, changer sous l'effet du courant qui passait entre eux. Plus les jours se succédaient, plus il se sentait attiré par elle, par sa manière de sourire, de rire, toujours là pour les autres, toujours animée par un élan sincère et spontané du cœur. Il aimait l'engagement et le dévouement avec lesquels elle abordait toutes les facettes de son existence.

S'il n'y prenait garde, il risquait de tomber amoureux d'elle. Ce qui serait une erreur. Car Cassie n'était là que provisoirement. Car il fallait qu'il protège Adi de souffrances ultérieures. Car il fallait qu'il protège son propre cœur, qui ne survivrait probablement pas à un autre chagrin d'amour.

Mais les choses semblaient différentes avec Cassie.

L'étaient-elles vraiment ?

Cassie avait une vie et un travail passionnants à San Diego, fruits d'années d'efforts et d'ambition. Elle n'avait aucune raison de vouloir revenir vivre dans le Massachusetts. D'ailleurs, si lui-même avait eu le choix, il n'aurait probablement pas décidé de rester à Wyckford.

Mais il n'avait pas eu le choix. Telle était sa vie. Il allait continuer à faire de son mieux pour sa fille, pour sa sœur, et pour tous ceux qui avaient besoin de lui. Car il était là pour cela. C'était sa mission, son destin.

Sa relation avec Cassie était une parenthèse agréable. Pour le plaisir, comme elle l'avait dit elle-même. Ils étaient tombés d'accord et il comptait respecter cet accord, quoi qu'il arrive.

Il soupira, alla jeter un coup d'œil sur le planning des consultations et chercher son patient en salle d'attente.

Il était 1 heure quand il quitta les urgences. Il ne lui restait que quelques heures pour rentrer et tenter de se reposer avant de retourner se jeter à corps perdu dans le travail.

Il traversait le parking pour regagner sa voiture quand il reçut l'appel.

Mme Preston venait d'entrer aux urgences. Déclarée morte à son arrivée.

Son sang se glaça dans ses veines.

Il avait eu un mauvais pressentiment dans l'après-midi, qu'il avait écarté à cause de la montagne de travail qui l'attendait dans son bureau. Pourquoi ne l'avait-il pas appelée ? Pourquoi ne l'avait-il pas examinée ?

Il se précipita à l'hôpital, pourtant conscient qu'il n'y avait plus d'urgence. Mme Preston était morte.

Il prit sa fiche. Seule une autopsie révélerait les causes de son décès mais, à ce qu'il pouvait déduire des informations qu'il était en train de lire, il s'agissait probablement d'une rupture d'anévrisme.

Il regarda la vieille dame, incrédule. Elle s'était plainte de maux de tête mais son état de santé général était bon. Il avait mis cela sur le compte de l'âge, de son constant besoin d'attention et de réconfort, de la nécessité de changer de lunettes, comme elle l'avait dit elle-même. Il connaissait son dossier médical par cœur et rien ne présageait une mort aussi rapide et aussi brutale. Au total, il avait dû passer des mois à parler avec elle et à l'écouter. Il savait qu'elle aimait bien ses margaritas glacés, la musique douce aux accents jazzy, et qu'elle avait une manie pour les post-it. Elle n'avait pas vraiment de famille ni d'animaux – elle disait tout le temps qu'elle était allergique aux deux –, et n'avait jamais manqué un épisode de *The Bachelor*. Elle prévoyait même de postuler un jour pour la version senior de l'émission. Dès qu'elle aurait surmonté sa peur de prendre l'avion pour se rendre à Los Angeles.

Mais elle était morte.

Il savait qu'il n'y était pour rien, mais il ne put s'empêcher de se sentir coupable. Coupable et dégoûté d'avoir ignoré son cas à cause de son emploi du temps insensé. De ne pas avoir pris le temps de la rappeler, pour vérifier que tout allait bien. De ne pas avoir insisté pour qu'on s'occupe d'elle plus tôt et qu'elle n'ait pas à attendre.

S'il l'avait examinée, il aurait peut-être décelé l'anévrisme à temps. Il aurait sans doute compris qu'elle n'était pas venue aux urgences juste pour avoir quelqu'un à qui parler mais pour de vraies raisons médicales, cette fois.

Il n'avait même pas eu l'occasion de lui dire au revoir.

Il se sentit soudain lourd et triste. Il lui prit la main et la glissa sous la couverture.

— Madame Preston, je suis désolé. Infiniment désolé.

Il ne reçut pour toute réponse qu'un silence implacable et dévastateur.

Il rentra chez lui dans un état second. Cassie était allongée sur le canapé du salon. Elle s'assit, ensommeillée, et lui adressa un sourire gêné.

— Désolée, je me suis endormie.

Il l'aida à se lever puis fourra ses mains dans ses poches pour ne pas être tenté de la prendre dans ses bras. Il l'accompagna jusqu'à la dépendance.

— Brock ? dit-elle en le rejoignant devant la porte. Que se passe-t-il ?

Ses yeux noisette étincelaient sous la lumière de la lune. S'il les regardait trop longtemps, il s'y noierait.

Mais il était déjà noyé. Englouti sous tout ce qu'il avait fait de travers. Mais la présence de Cassie était peut-être l'une des rares choses qui tenaient debout dans sa vie. Elle se rapprocha de lui. Son corps était chaud, doux. Il aurait voulu se blottir contre lui et tout oublier.

Mais il ne tenait pas à l'assommer avec ses problèmes.

— Rien, mentit-il.

Il attendit qu'elle soit rentrée et retourna chez lui, le cœur pris dans un tourbillon d'émotions contradictoires.

Il n'alla pas se coucher, en dépit de la fatigue éreintante qu'il ressentait dans tout son corps. Ce soir, il avait besoin de quelque chose de plus fort pour oublier. Il alla chercher la bouteille de bourbon et un verre, et revint s'asseoir dans le salon. Le plaid était encore imprégné de la chaleur et du parfum de Cassie.

Il se servit à boire. Un verre, puis deux... Lorsqu'on frappa à la porte, il ne bougea pas.

Il vit Cassie s'approcher de lui, en pyjama, pieds nus, les cheveux défaits. Il eut envie de lui arracher ses vêtements et de l'attirer à côté de lui sur le canapé et de s'enfoncer en elle jusqu'à ne plus rien penser. Ne plus rien ressentir.

Car il n'avait pas le droit d'éprouver ce qu'il éprouvait. Cela n'entrait pas dans le cadre de leur accord. Pas d'attachement. Pas de sentiments. Pas d'amour...

Il se figea, de peur qu'elle entende les mots qu'il n'avait pourtant pas prononcés. Il avait promis. Il devait tenir sa promesse.

Il se redressa et la regarda traverser le salon.

— J'ai vu que la lumière était allumée, dit-elle. Tu ne dors pas.

Ce n'était pas une question. Il se contenta donc de hausser les épaules et de boire une autre gorgée de bourbon.

— J'ai perdu une patiente, cette nuit.

— Je suis désolée, dit-elle en s'asseyant à côté de lui. Tu es un bon médecin, Brock. Et une bonne personne. Tu n'as pas à te sentir coupable de la mort d'une patiente.

Mais il était trop tard. Et, s'il n'était pas responsable de la mort de Mme Preston, il l'était de beaucoup d'autres choses. Comme du fait qu'Adi veuille être princesse pour pouvoir ressusciter sa mère. Ou que le cabinet hérité de son père soit victime de son succès au point qu'il n'ait plus le temps d'accorder à chaque patient l'attention et les soins qu'il méritait. Ou comme de la mort de Kylie, qui était ressortie ce soir-là pour lui apporter à l'hôpital un dossier qu'il avait oublié à la maison. Et maintenant, par sa faute, elle était morte.

Quant à Cassie, il était aussi responsable du fait de ne pas avoir tenu sa promesse d'une relation sans engagements ni sentiments. Parce qu'il l'aimait, purement et simplement.

Ce constat sembla jaillir de nulle part mais, en son for intérieur, il le savait déjà. C'était probablement pourquoi il avait hésité avant de se rapprocher d'elle. Au fond de lui, il savait qu'il serait facile de tomber amoureux de cette femme merveilleuse.

Il ferma les yeux et appuya la tête sur le dossier du canapé.

— Rentre te coucher, dit-il doucement.

— Je ne peux pas, répondit-elle dans un souffle de voix. Je crois que c'est bien là le problème.

Elle se rapprocha de lui.

— Brock, tu n'es pas responsable de tout ce qui se passe dans le monde. Tu ne peux pas tout contrôler. Les gens meurent, parfois sans signes avant-coureurs. Ils partent et les autres se retrouvent seuls, mais ce n'est la faute de personne. Et ce n'est pas une raison pour fermer son cœur à jamais.

Il rouvrit les yeux. Elle était en train de défaire ses lacets et de lui enlever ses chaussures.

— Je n'ai pas envie d'en parler.

— Je sais, dit-elle en se redressant. Mais je n'ai pas envie de te laisser seul dans cet état.

— Cassie, je t'en prie, va te coucher.

— J'irai me coucher quand tu iras, toi aussi, dit-elle en posant la tête sur ses genoux. En attendant, dis-moi ce que je peux faire pour t'aider.

Il ne répondit pas. Elle lui prit le verre des mains et le posa sur la table, près de la bouteille de bourbon. Puis elle se leva, tendit les mains vers lui pour qu'il se lève à son tour puis le serra dans ses bras. Il enfouit son visage dans ses cheveux et demeura accroché à elle un moment, tout en tentant de ravaler la boule qui s'était formée dans sa gorge.

— Tout va bien, murmura-t-elle en lui caressant le dos.

Non, tout n'allait pas bien mais il ne pouvait décemment pas l'admettre. Il prit une profonde inspiration. Il ne voulait pas qu'elle s'inquiète pour lui. C'était à lui de prendre soin d'elle, pas le contraire.

Elle s'écarta de lui et le prit par la main pour le conduire dans sa chambre.

Mauvaise idée. La pire qui soit, pour être honnête.

Il dépassait Cassie d'une tête et pesait au moins trente kilogrammes de plus qu'elle. Il pouvait se libérer et changer de direction comme il voulait. Pourquoi donc la suivait-il comme un petit chien perdu ? Cassie éteignit les lumières sur leur passage. L'obscurité les enveloppa. Il la sentit tout autour de lui et en lui aussi.

Il voulait cette femme. Il avait besoin d'elle. C'en était presque douloureux. Le problème, c'est qu'il n'avait jamais su demander.

— Viens, dit-elle en entrant dans la chambre avant de refermer la porte du pied.

— Tu trembles, fit-il quand il la prit dans ses bras.

— Non, rectifia-t-elle avec douceur. C'est *toi* qui trembles, pas moi.

Il tenta de s'écarter d'elle mais elle le retint et se mit à lui masser le crâne.

— Il faut que j'y retourne, dit-il.

— Je ne crois pas que ce soit une bonne idée. Ici, c'est chez toi. Tu es précisément là où tu es censé être.

Elle le poussa à peine mais il tomba assis sur le lit. Il était dans un sale état pour qu'elle le prenne au dépourvu aussi facilement. Cassie représentait tout ce qu'il aimait chez une femme. C'était bien là le problème. Il ne voulait pas tomber amoureux. Il ne voulait pas être vulnérable.

— J'ai besoin d'être seul, dit-il.

— Je n'en suis pas si sûre.

— Tu ne sais pas de quoi j'ai besoin.

— Je n'en suis pas si sûre non plus.

Elle retira son débardeur et le lança.

— Tu es sûr que tu n'as pas envie de parler ? Cela te fera du bien.

Il posa les mains sur ses seins et sentit ses tétons durcir sous ses paumes.

— Brock ?

— Désolé, fit-il en s'allongeant pour regarder le plafond.

Il avait envie d'elle, de faire l'amour, vite et fort.

— Et si nous reprenions la conversation de ce matin, là où nous l'avons interrompue ? dit-elle en posant la main sur son sexe. À ce que je vois, l'idée ne te déplaît pas.

Il sentit les mains de Cassie lui caresser les cuisses puis remonter jusqu'à sa ceinture, défaire la boucle et retirer son pantalon.

Il tenta vaguement de protester mais le contact de sa bouche sur son sexe le fit pousser un gémissement.

— Cassie, dit-il, conscient qu'il risquait de ne pas pouvoir se contrôler.

Mais elle se contenta de répondre par un petit murmure, sans cesser ce qu'elle avait commencé. Il ne tarda pas à jouir et eut à peine le temps de penser qu'il devrait avoir honte avant d'éprouver une fatigue intense.

Quand il se réveilla, l'heure du réveil était passée depuis longtemps. Il était seul et se demanda si tout cela n'avait pas été un rêve.

Cassie jura en entendant le réveil sonner. Elle avait laissé Brock endormi, les bras en croix, dans son lit, vers 2 heures du matin.

Elle se leva et regarda par la fenêtre. La voiture de Brock n'était plus dans l'allée. Elle déjeuna et rouvrit le dossier de Serene, qu'elle opérerait la semaine suivante.

Elle reçut un appel de Riley : Adi était tombée dans la boue et avait besoin de vêtements de rechange, sous-vêtements compris. Lorsqu'elle arriva à l'école, Adi était effectivement couverte de boue de la tête aux pieds mais elle souriait de toutes ses dents.

Cassie rejoignit ensuite Madi et Luna au Buzzy Bird pour le déjeuner.

— Ce qui est arrivé à Mme Preston est vraiment triste. Tout le monde était atterré, ce matin, en particulier Brock, dit Madi avant de se tourner vers elle. Tu as parlé avec lui ?

Non, pas depuis que je l'ai laissé inerte sur son lit.

Elle secoua la tête.

— Il a besoin de réconfort, dit Madi d'un air entendu.

— Arrête, rétorqua Luna. Ce dont il a besoin, c'est d'une partie de jambes en l'air. Cassie, pourquoi tu ne couches pas avec lui ?

Cassie faillit s'étrangler avec son thé. Quand elle s'arrêta enfin de tousser et s'essuya les yeux, Madi et Luna la regardaient d'un air interrogateur.

— Ne vous emballez pas, dit-elle. Il m'héberge, c'est tout. Et on passe du bon temps.

— Vous passez du bon temps ? demanda Luna.

— Oui.

Enfin, non. Bref, c'était compliqué. Pour elle, du moins. Elle s'était embarquée dans cette histoire avec Brock, persuadée que les choses étaient claires. Elle lui rendait service en s'occupant de son chien et de sa fille. Il l'hébergeait. Ils passaient du bon temps ensemble. Puis, quand elle aurait opéré Serene, elle rentrerait à San Diego.

Elle pensait qu'une aventure avec l'homme qui l'avait fait rêver pendant tout l'internat l'aiderait à passer à autre chose, une fois pour toutes. Or, sans qu'elle le voie venir, la relation avait pris une tournure différente. Il lui semblait que toutes les règles et les limites qu'ils s'étaient fixées au départ étaient en train de s'effriter. Cassie était retombée sous le charme de son sourire et de son assurance, terriblement séduisants. Et il y avait Adi et Winnie, auxquels elle était en train de s'attacher plus que de raison. Elle s'était même fait une amie de Riley. Elle pensait qu'il lui tarderait de rentrer en Californie. À présent, elle se rendait compte qu'elle aurait plus de mal que prévu à quitter Wyckford et les gens avec qui elle s'était liée.

Mais elle n'avait aucune intention de s'étaler sur le sujet. Ses amies – et probablement la moitié de la ville – avaient déjà beaucoup de choses à dire sur la relation qu'elle entretenait avec Brock.

Elle se redressa et s'éclaircit la voix.

— C'est un arrangement provisoire, dit-elle avec le plus de conviction possible. Nous sommes d'accord depuis le début que cela dure le temps de mon séjour. Qui se terminera dès que j'aurai opéré ma patiente et que son état sera stabilisé.

— Tu es sûre que c'est ce que tu as envie de faire ? demanda Madi. Tu sais que tu as le droit de changer d'avis, dans la vie.

— Le cabinet de San Diego marche bien. Et j'ai largement contribué à son succès. Oui, j'ai envie de rentrer en Californie et de reprendre le cours de ma vie là-bas. Je ne vais pas tout plaquer pour une petite aventure.

— Es-tu sûre que ce n'est qu'une petite aventure ? insista Madi. À en juger par l'air rêveur que tu avais quand tu es entrée, je dirais que c'est un peu plus que ça. Je ne t'avais pas vue comme ça depuis la fac.

Elle posa la main sur celle de Cassie.

— Tu sais, tu as le droit de t'amuser et de prendre du plaisir. Et Dieu sait que Brock en a besoin, lui aussi. Mais essaie d'être honnête. Je ne veux pas te voir souffrir. Il faut que vous soyez clairs l'un vis-à-vis de l'autre. La situation a peut-être changé entre vous, depuis ton arrivée.

Cassie avait passé cinq ans à travailler d'arrache-pied. Elle avait besoin de prouver sa valeur, à son père comme à elle-même. Mais à quel prix ? Elle avait complètement négligé sa vie privée et sentimentale, qui n'avait jamais été une priorité. Mais à présent...

— Il faut faire ce qui nous rend heureux, dit Madi.

Cassie soupira. Les trois amies demeurèrent silencieuses un moment, jusqu'à ce que Luna reprenne la parole.

— Sur une échelle de zéro à dix, demanda-t-elle, comment est-il ?

— Onze, répondit-elle du tac au tac.

— Et tu es heureuse, fit doucement Madi.

Cassie la regarda et s'apprêtait à dire que ce n'était pas le plus important mais elle se ravisa. C'était important.

— Je ne sais pas vraiment ce que signifie être heureux, tu sais. Mais peu importe. Comme je vous l'ai dit, c'est une histoire à court terme.

Elle avait envie de voir ce court terme durer. Pour la première fois de sa vie, elle avait envie de stabilité, de compagnie, d'amour.

Ce qui était en soi un problème, vu les bases sur lesquelles était fondée leur relation. Les règles n'avaient certainement pas changé dans l'esprit de Brock. Il était d'accord pour une relation sans complications, sans attentes. Sa vie était déjà suffisamment compliquée. Cassie ne voulait pas en rajouter.

De toute façon, elle ne se voyait pas avoir une relation à distance. Mieux valait que les choses en restent là et en garder un bon souvenir.

Madi la dévisageait avec un peu trop d'attention. Elle avait le don de mettre au jour ce que les autres préféraient garder secret.

— Tu peux aussi tout simplement lui parler, tu sais.

— Pour lui dire quoi ? demanda Luna.

— Qu'elle est tombée amoureuse de lui, dit Madi.

— Quoi ? s'exclama Cassie en secouant la tête. Non. Je ne suis pas amoureuse de lui !

Elle ne pouvait pas tomber amoureuse, ni de Brock ni de quiconque. Sa vie était déjà bien remplie. Elle n'avait pas vraiment de place pour une relation. Pas plus que Brock, d'ailleurs. Entre son emploi du temps de ministre et sa vie de famille qu'il devait assumer seul, il avait à peine le temps de se reposer. Ils avaient été clairs sur le sujet. Leur relation devait rester simple et légère.

— Tu es sûre ? demanda Madi.

Cassie secoua de nouveau la tête. Quand bien même elle serait amoureuse, il fallait que cela cesse. Depuis qu'elle avait quitté Wyckford, elle avait tout fait pour réussir. Il n'y avait pas de place dans sa vie pour les émotions, pour les affaires de cœur ou d'âme.

Son téléphone sonna. Elle décrocha sans reconnaître le numéro.

— Docteur Murphy ?

— Oui.

— Je suis Nancy, infirmière scolaire à l'école élémentaire Bay Elementary. Riley Turner m'a donné votre numéro.

— Oui ?

— Adi est de nouveau couverte de boue…

Comme l'heure de la sortie de classe était proche, Cassie décida d'aller chercher Adi et de la ramener directement à la maison.

— Comment t'es-tu débrouillée pour tomber de nouveau dans la boue ? demanda-t-elle une fois la petite fille installée dans le siège auto.

— C'était pour du *clamoufage*, répondit la petite fille.

— Du quoi ? demanda Cassie avant de comprendre. Du camouflage ?

— Oui, du *clamoufage*, répéta Adi le plus sérieusement du monde.

Cassie sourit et démarra. Elle n'avait jamais vraiment pris le temps de s'imaginer avec des enfants. Elle les aimait bien, se disait qu'elle en aurait sans doute un jour, une fois qu'elle aurait suffisamment avancé dans sa carrière, trouvé la maison de ses rêves, et… La liste des choses à réaliser avant de fonder une famille semblait s'allonger d'année en année. Or, en cet instant précis, en échangeant un sourire avec Adi dans le rétroviseur, elle sentit un désir profond de maternité se manifester en elle.

Elles venaient juste d'ouvrir la porte d'entrée et de libérer Winnie lorsque Brock arriva. Il avait l'air épuisé, comme s'il portait le monde sur ses épaules.

— J'ai besoin de mon ordinateur, dit-il, les traits tirés.

Il les rejoignit, embrassa Adi et regarda Cassie dans les yeux.

Elle eut envie de lui demander si tout allait bien et de le prendre dans ses bras. Elle eut envie de faire l'amour avec lui, de s'abandonner sous ses caresses et ses baisers.

Mais elle eut surtout envie de parler avec lui de l'accord qu'ils avaient plus ou moins explicitement conclu, de comprendre si leur histoire était davantage qu'une simple aventure en attendant qu'elle reparte en Californie, s'il éprouvait, lui aussi, des sentiments, et s'ils devaient continuer ou tout arrêter.

Il plongea longuement son regard dans le sien mais sans rien laisser transparaître de ses émotions, comme il savait si bien le faire.

— Pourquoi est-elle couverte de boue ?

Cassie lui expliqua le « clamoufage » et le suivit dans le salon.

— Ça va ? demanda-t-elle simplement.

— Je ne sais pas…, fit-il en cherchant de nouveau son regard. Je voulais te dire, pour cette nuit…

— Oui ? dit-elle prudemment, ne voulant pas dévoiler ses sentiments pour le moment.

Il la regarda longuement puis avança vers elle, mais son téléphone se mit à sonner. Il jura, prit son ordinateur portable et sortit.

Cassie soupira.

Brock revint promptement sur ses pas pour l'embrasser.

— On se parle plus tard.

13

La journée était interminable.

Au cabinet, tout le monde semblait s'être passé le mot et n'avoir que la mort de Mme Preston à la bouche. L'atmosphère était lourde. Quand arriva l'heure de partir, il eut l'impression d'être encore plus fatigué que la veille, ce qui n'était pas peu dire.

Il avait appelé avant de rentrer. Adi dormait déjà. Riley était sur le point de commencer sa nuit à l'hôpital. Il aurait la maison pour lui tout seul. Pas de contraintes particulières, pas de responsabilité autre que celle de veiller sur le sommeil de sa fille.

Mais il fallait qu'il parle à Cassie.

Il sortit et la vit dans la dépendance, assise sur le canapé, devant son ordinateur, parlant probablement avec ses confrères de San Diego.

Ce qui lui rappela cruellement qu'elle avait une vie en dehors de Wyckford. En dehors de sa relation avec lui.

Elle avait les cheveux tirés en une queue-de-cheval dont s'échappaient quelques mèches encadrant son visage, effleurant son cou et ses épaules. Il sentit le désir monter en lui rien qu'en la regardant.

Elle tourna brusquement la tête vers la maison et scruta l'obscurité. Il y avait peu de chances qu'elle le voie dans la nuit mais elle regardait exactement dans sa direction.

Elle prit congé de ses interlocuteurs, referma son ordinateur et se leva. Elle sortit et ferma la porte derrière elle.

Ils se retrouvèrent au bout de la piscine. Son short et son débardeur blanc mettaient en valeur ses jambes élancées et bronzées.

— Ça va ? demanda-t-il. Comment s'est passée ta journée ?

— Je n'ai pas perdu ton chien et Adi continue à parler anglais. On progresse, dit-elle en souriant.

— Super, fit-il en enfonçant les mains dans les poches de son pantalon pour ne pas être tenté de la prendre dans ses bras.

Elle tourna la tête vers lui.

— Est-ce que je peux te parler ? demanda-t-elle.

— Bien sûr.

Ils s'assirent dans le salon de jardin, près de la piscine. Cassie prit une profonde inspiration.

— Ce qui se passe entre nous… C'est toujours temporaire ?

Il la dévisagea pour essayer de comprendre où elle voulait en venir. Mais son visage était sérieux et distant. Il eut envie de lui dire la vérité. De dire ce qu'il ressentait pour elle. Mais son cerveau rationnel le mit en garde. Mieux valait parler des faits. De la réalité tangible qui, contrairement aux sentiments, ne risquait pas de se retourner contre lui et de lui briser le cœur.

— C'est ce sur quoi nous nous sommes mis d'accord, dit-il.

Elle hocha lentement la tête et détourna le regard.

— Je suis désolée. Je ne sais pas vraiment comment m'y prendre.

— À quel niveau ? demanda-t-il, intrigué.

Elle secoua la tête.

— Je savais dès le départ que ce n'était pas une bonne idée, mais j'ai préféré…

Elle s'interrompit et regarda ses mains.

— Je suis désolée, dit-elle.

— Désolée de quoi ? Cassie, j'essaie de comprendre mais là, je ne te suis plus…

Elle le regarda comme si ce qu'elle venait de dire était d'une évidence criante, qu'il n'était pas capable de discerner.

— Nous n'avons pas la même vie, dit-elle dans un haussement d'épaules. Tu travailles ici, tu as ta fille, ta sœur, un cabinet qui tourne bien. Moi, je bosse comme une folle pour essayer de mettre au point le prochain traitement révolutionnaire de chirurgie reconstructive. Je ne vois pas comment nous pourrions concilier nos deux vies, vu la distance, vu nos emplois du temps...

Elle laissa sa phrase en suspens, comme si elle attendait qu'il acquiesce. Mais Brock ne comprenait toujours rien. Il prit la parole.

— Si tu as l'impression que j'ai planifié tout ce qui m'arrive dans la vie, c'est que tu n'as pas regardé de près. Je n'avais rien prévu de tout ça. Rien. Ma vie est sens dessus dessous depuis la mort de Kylie. Quand mes parents sont morts à leur tour, je me suis retrouvé tout seul pour élever Adi et m'occuper de ma petite sœur handicapée. Et je ne parle même pas de mon travail.

Il se passa la main sur le visage.

— La plupart du temps, je me débats pour maintenir le cabinet à flot.

— Et nous ? demanda Cassie. Qu'est-ce que tu penses de notre relation ?

— Nous avons décidé qu'elle resterait simple et légère, non ? C'est bien ce que tu voulais ?

Elle le fixa en silence. Puis elle se cala sur son fauteuil et scruta le ciel.

— Tu sais que j'étais folle de toi, pendant l'internat ?

— C'est ce que Kylie disait.

— Je savais que tu aimais Kylie et, quand vous avez annoncé, au pique-nique de la fête nationale, que vous alliez vous fiancer, j'ai compris que c'était fini. C'est là que j'ai décidé d'accepter ce poste en Californie...

— Et de repartir de zéro, ajouta-t-il.

Il hocha la tête. Il commençait à comprendre que leur relation datait de bien avant le retour de Cassie à Wyckford.

— Je suis fière de ce que j'ai construit, à San Diego. J'ai beaucoup travaillé pour faire carrière. Et pour laisser le passé derrière moi. Je ne suis pas prête à tirer un trait sur ma vie là-bas. À plus forte raison pour une histoire qui ne va pas durer. Tu comprends ?

Il comprit surtout que le moment de vérité était arrivé.

Dis-lui ce que tu ressens. Dis-lui que tu veux que cette histoire dure.

Mais cinq années de deuil et d'efforts pour maintenir le navire à flot avaient laissé des séquelles. Il lui était impossible de révéler directement ses sentiments. Il n'était pas prêt à prendre le risque de souffrir davantage.

— Je comprends, se contenta-t-il de répondre.

Elle hocha la tête, mais il crut déceler une pointe de déception ou de résignation dans son regard.

— Bien, je voulais simplement clarifier les choses parce que je sais que tu es du genre à te sentir responsable de tous ceux qui croisent ton chemin. Tu as l'esprit d'un secouriste.

Il sentit la colère monter soudain en lui. Cassie ne voulait pas qu'il s'inquiète pour elle. C'était clair et net. Lui non plus ne voulait pas s'inquiéter pour elle. Mais c'était pourtant ce qui lui arrivait.

— Cassie, dit-il. Je sais que nous avions décidé que cette relation serait temporaire. Cela ne te donne pas le droit pour autant de psychanalyser ma vie et de prétendre savoir ce que je pense et ce que j'éprouve.

— Tu as raison, je suis désolée.

Elle se leva et prit la direction de la maison d'invités. Brock grimaça. Il était en train de tout fiche en l'air.

— Cassie, attends !

— Au fait, Adi a perdu une dent, ce soir. Elle était toute contente, elle voulait attendre la petite souris, mais elle s'est endormie. La petite souris est passée une minute plus tard.

Il sortit son portefeuille de sa poche.

— Merci. Dis-moi combien je te...

— Ne t'inquiète pas, ce n'est pas la peine, le coupa-t-elle avant de rentrer dans la dépendance et de refermer doucement la porte derrière elle.

Il demeura un moment près de la piscine puis se décida à rentrer. Cette conversation avait pris une tournure qu'il n'avait pas anticipée. Au lieu de clarifier la situation, il avait le sentiment que Cassie l'avait embroché vivant.

Adi dormait à poings fermés, entre Winnie et Lola. Et non loin de son livre préféré, sur la couverture duquel était représentée la famille idéale.

Brock ignora la douleur qui lui transperça le cœur, celle qui lui disait qu'il n'était pas suffisamment présent auprès des gens qui comptaient pour lui.

Il posa la soucoupe volante sur son support. Winnie ouvrit un œil et le regarda s'approcher, l'air de dire « N'y compte pas ! » Brock laissa tomber et tira la couette sur sa fille et son chien, qui lui lécha la main, manifestement reconnaissant.

Il déposa un baiser sur le front d'Adi, qui sentait le savon et le beurre de cacahouètes. Elle sourit dans son sommeil, dévoilant le trou laissé par sa dent tombée.

— Je t'aime, ma puce, dit-il, le cœur serré.

Elle se retourna, sans ouvrir les yeux, prit Winnie sous un bras et le livre sous l'autre, et soupira doucement en se rendormant.

Le lendemain matin, Cassie alla rendre visite à son père. Le cours de dessin avait commencé, et un nouveau modèle trônait sur l'estrade. Le corps de la femme était savamment drapé d'un grand tissu censé évoquer les voiles d'une déesse grecque.

Le dessin n'était pas son fort, mais c'était une bonne manière de passer du temps avec son père. Son dessin ressemblait davantage à un arbre abstrait qu'à un corps humain, mais peu importait. Elle regarda de nouveau son dessin et sa tentative de rendre le mouvement de la chevelure et soupira, attendant la fin du cours avec une certaine impatience.

Elle se réjouit presque quand son portable sonna. C'était son équipe californienne, avec qui elle continuait à mettre au point la procédure. Une semaine plus tard, toute cette aventure serait terminée. Elle rentrerait en Californie, et la vie à Wyckford continuerait sans elle. Des images de Brock et Adi vaquant à leurs occupations dans la maison, de Madi et Luna éclatant de rire ou tombant amoureuses, de son père dirigeant la maison de retraite comme s'il s'agissait de son royaume lui traversèrent l'esprit.

Son cœur se serra.

La femme de ménage italienne de Brock était rentrée de vacances. Cassie avait fait sa connaissance le matin même et lui avait expliqué qu'elle logeait dans la dépendance transformée en appartement pour les invités. Lois l'avait dévisagée d'un air suspicieux puis était retournée à son ménage. Au moins y avait-il quelqu'un pour s'occuper de la maison. Mais qui allait prendre soin d'Adi ? Et de Brock ? Il allait devoir trouver une nouvelle nounou pour remplacer celle qui avait déménagé sans préavis. Pour l'instant, personne ne s'était manifesté.

Elle secoua la tête, comme pour chasser ces idées négatives de son esprit. Brock était adulte et tout à fait capable de prendre soin de lui et de ses proches. Il l'avait largement prouvé en réalisant plus que ce dont la plupart des humains étaient capables, en reprenant le cabinet de son père, en travaillant aux urgences, au dispensaire, en élevant sa fille, en cohabitant avec sa sœur... Sans parler du choc de la mort de sa femme et de ses parents.

Sa propension à prendre soin des autres était l'une des facettes de sa personnalité que Cassie trouvait particulièrement séduisante. Mais il faudrait aussi qu'il puisse lâcher prise par moments et que les autres s'occupent un peu de lui aussi.

— C'est terminé pour aujourd'hui ! lança Ben.

— Il faut que j'y aille, dit Cassie.

Elle l'embrassa, prit son sac et se dirigea vers la sortie.

— Attends ! Tiens, fit son père en lui tendant une bouteille de vin.

— Qu'est-ce que c'est ?

— Regarde l'étiquette.

C'était la reproduction d'une vue de la jetée de Wyckford, de nuit, éclairée par la lune, dessinée au crayon. Luna avait vendu le dessin original à l'exploitation viticole un mois auparavant. Elle sourit, fière du talent de son amie.

— C'est très beau, dit-elle, émue.

— Ça te fera un souvenir, ajouta son père. À moins que tu la boives avec Brock, lors d'un dîner aux chandelles.

Elle sentit ses joues s'empourprer et mit la bouteille dans son sac pour éviter de croiser le regard de son père.

— Il n'y a rien entre Brock et moi, quoi qu'il se dise en ville.

— En es-tu bien sûre ? fit Ben, un grand sourire aux lèvres.

— Oui, sûre et certaine, dit-elle en ignorant la pointe de déception dans sa poitrine.

Le fait que Brock n'ait pas parlé de sentiments la veille était en soi une réponse aux questions qu'elle se posait.

— Il m'héberge, je m'occupe un peu de sa fille pour lui rendre service et il travaille avec moi sur le cas de la patiente que je suis venue opérer. C'est tout.

Les oreilles de toutes les participantes du cours se redressèrent. Il était temps de partir. Elle embrassa promptement son père et fila. Une fois chez Brock, elle alla attendre Adi à l'arrêt du bus. Cette dernière la rejoignit en sautillant, toute excitée par la soirée de rentrée qui se tiendrait le soir même et lors de laquelle elle recevrait le prix de l'Élève de la semaine. Brock lui avait promis de lui offrir une glace après la cérémonie. Pour ajouter à l'excitation, il était prévu qu'elle aille dormir chez l'une de ses amies.

Avant de rentrer, Cassie laissa Winnie et Adi courir dans le jardin jusqu'à ce qu'ils se soient défoulés de toute l'énergie dont ils débordaient. Après quoi, Adi fit ses devoirs tandis que Cassie tentait d'inculquer quelques règles de comportement au chien. C'était avant tout un exercice de patience, mais sa détermination était sans faille.

Adi et elle dînèrent tôt puis patientèrent jusqu'au retour de Brock avant de se rendre à la soirée de l'école.

Mais Brock se fit attendre.

Quand elle finit par l'appeler, il ne décrocha pas. Elle n'eut pas davantage de succès avec Riley. Elle finit par emmener Adi à l'école, fulminant contre la fratrie Turner.

— À quelle heure a lieu la cérémonie ? demanda-t-elle à l'institutrice en arrivant.

— D'ici une demi-heure.

— Est-ce que je peux vous confier Adi pendant que je vais chercher son père ? Je n'arrive pas à le joindre. Il a dû avoir une urgence…

Cassie se rendit au cabinet, furieuse. Mais, sous la colère pointait une autre émotion. L'inquiétude. Car cela ne ressemblait pas à Brock de passer à côté d'un événement aussi important pour sa fille.

Elle n'en revenait pas de s'inquiéter pour l'homme qui avait alimenté ses fantasmes pendant cinq ans. En réalité, elle ne s'attendait pas à éprouver quelque émotion que ce soit à son égard. Pourtant…

Le bureau de Brock était éclairé mais vide. Elle emprunta le couloir.

— Brock ?

Au bout du couloir, une porte entrebâillée laissait entrevoir de la lumière. Elle la poussa et entra dans un grand bureau où trônait une table majestueuse en acajou, couverte de dossiers et de piles de documents. Près d'un ordinateur ouvert se trouvait une tasse. Derrière l'ordinateur, assis dans un grand fauteuil, les pieds sur le bureau, se trouvait Brock.

Profondément endormi.

14

Brock détestait s'endormir au bureau. Il finissait par se réveiller en sursaut et de mauvaise humeur. Alors quand il s'était calé dans le confortable fauteuil de son père, les pieds en l'air sur le bureau, il s'était dit qu'il se détendrait quelques instants avant de reprendre le cours de ses activités.

— Brock ?

La voix de Cassie parvint jusqu'à ses oreilles et il tendit les mains pour l'attirer contre lui. Si leur relation n'était qu'une relation éphémère, comme la conversation qu'il avait eue avec Cassie la veille semblait le confirmer, alors il avait envie d'en profiter autant que possible. Il l'embrassa dans le cou, fit glisser sa langue jusqu'au point sensible, juste sous l'oreille, provoquant le soupir le plus doux qu'il ait jamais entendu. Le désir monta en lui.

— Brock...

Non, il n'avait pas envie de parler, de peur que ce moment magique prenne fin. Il glissa les mains sous son petit haut et gémit au contact de sa peau soyeuse.

— Brock !

Il l'attira contre lui et la fit s'asseoir sur ses genoux. Elle poussa un petit cri de surprise qui lui fit ouvrir les yeux. Il comprit alors qu'il n'était pas en train de rêver...

À l'internat, il avait appris à dormir d'un sommeil léger et à se réveiller sur commande mais, de toute évidence, il avait perdu ces deux aptitudes.

— Qu'est-ce que tu fais là ? dit-il en s'efforçant de revenir à la réalité présente.

— C'est la fête de l'école, je n'arrivais pas à te joindre sur ton portable, alors je suis venue. J'ai laissé Adi avec son institutrice.

Il se leva d'un bond en jurant. Il prit ses clés, son téléphone, referma la porte du bureau derrière eux et suivit Cassie.

Il n'en revenait pas qu'elle se soit déplacée jusque-là. Depuis combien de temps quelqu'un s'était-il inquiété pour lui ? Depuis la mort de Kylie. Il savait que sa fille, sa sœur, ses amis l'aimaient, mais ce n'était pas la même chose...

Cassie semblait vouloir prendre soin de lui comme lui avait envie de prendre soin d'elle. Ses patients lui prenaient beaucoup de temps et d'énergie. Peut-être le temps était-il venu de lever un peu le pied, de prendre du recul et d'accorder la priorité aux choses qui lui tenaient vraiment à cœur.

— Brock ? Ça va ?

La question de Cassie lui fit prendre conscience qu'il s'était arrêté.

— Pas encore tout à fait, mais je vais faire en sorte que ça aille mieux, très vite.

Il avait une décision à prendre. Il avait tourné et retourné le problème un nombre incalculable de fois, mais la décision était aussi nécessaire que difficile à prendre, il en était conscient.

Le lendemain, dimanche, quand le cabinet serait fermé, il reviendrait au bureau et réglerait le problème. Il était temps de penser à son avenir, et à celui de ses proches. De ses patients aussi. Il aimait son père et ce qu'il avait créé en ouvrant ce cabinet, mais lui avait d'autres projets, d'autres priorités. S'il prenait le temps de réorganiser ses semaines pour faire plus de place à sa vie privée, Cassie verrait que leur histoire avait des chances de durer. Qu'elle était plus qu'une aventure sans lendemain.

— Que se passe-t-il ? demanda-t-elle, l'air soucieux.

Il n'avait pas vraiment de mots pour décrire ce qu'il ressentait. Son univers était en train de vaciller. Il avait la sensation de se trouver en haut d'une falaise, un pied levé, prêt à sauter dans le vide. Cette incertitude était un sentiment nouveau pour lui. Il n'avait encore rien fait, mais savait qu'une fois qu'il aurait pris sa décision il ne reviendrait pas en arrière.

— Rien, répondit-il.

Cassie était si proche de lui, si belle et si incroyablement sexy. Il la prit par la taille et la plaqua doucement contre le mur.

— Brock, dit-elle en posant les mains sur son torse. Adi nous attend à l'école.

— Je sais, fit-il sans bouger, juste pour sentir la chaleur de son corps contre le sien.

— Il faut y aller.

Elle avait raison. Ce n'était pas le moment de batifoler. Ils n'avaient pas le temps. Pas encore, en tout cas. Mais cela allait changer. Du moins l'espérait-il.

Il ne savait pas si Cassie avait envie des mêmes choses que lui, si elle partageait ses sentiments, mais l'espoir faisait vivre. Il se pencha, l'embrassa doucement.

— Allons-y, dit-il en lui prenant la main.

Ils arrivèrent à l'école à temps pour voir Adi recevoir le prix de l'Élève de la semaine. Adi, aux anges, regarda son père, un grand sourire aux lèvres. L'expression de Brock était plus discrète mais tout aussi ravie. Cassie sentit son cœur se serrer.

Elle décida de rentrer plus tôt afin de leur laisser un peu d'intimité. Une fois dans la maison d'invités, elle se changea et s'allongea sur le canapé. Son téléphone vibra. C'était Madi qui lui envoyait un message et une photo d'Adi, sur la scène, recevant son prix, face à un parterre de parents fiers et heureux de l'être. Au fond de la classe, Brock, debout derrière Cassie, la tenait par la taille. Tête contre tête, ils regardaient tous deux l'estrade. L'alchimie entre eux était presque palpable.

À moins qu'elle se fasse des idées. Car la classe était bondée, ce qui obligeait les gens à se serrer pour que tout le monde puisse assister à la petite cérémonie.

La photo déclencha une émotion à la fois puissante et douce dont elle se demanda si elle était positive ou négative. Elle était à la fois l'une et l'autre. Positive, parce que cela ressemblait beaucoup à de l'amour. Négative, parce que les chances de construire une relation durable avec Brock étaient réduites, pour ne pas dire inexistantes.

15

La nuit était chaude et humide. Couchée dans son lit, Cassie huma l'odeur de lessive qui émanait du drap. C'était la même que celle des chemises de Brock. Elle enfouit son visage dans le drap froissé et regarda le plafond. Incapable de s'endormir, elle se leva et se dirigea vers la fenêtre.

La maison de Brock était plongée dans l'obscurité. Adi était allée dormir chez l'une de ses camarades et Riley travaillait. Quant à Brock, elle n'avait aucune idée de l'endroit où il se trouvait, s'il était sorti ou couché dans son lit.

Le scintillement de l'eau de la piscine attira son attention. Il ne lui restait plus beaucoup de jours à passer dans cet endroit de rêve, alors autant en profiter. De plus, quelques brasses la rafraîchiraient et l'aideraient peut-être à trouver le sommeil. Elle enfila son maillot de bain, prit une bouteille de vin et un verre et alla s'asseoir au bord du bassin, les pieds dans l'eau.

C'était le paradis.

Elle emplit son verre et but une gorgée de vin puis leva la tête pour contempler la lune et les étoiles. Elle avait l'impression de transgresser les règles, celles qu'elle s'était fixées toute sa vie et qu'elle avait consciencieusement suivies. Elle avait passé son existence à travailler pour atteindre des objectifs professionnels passionnants, mais elle avait toujours relégué les loisirs au second rang. Si étrange que cela puisse paraître, le simple fait de se poser pour ne rien faire, sans autre but que le plaisir de contempler le ciel, les pieds dans l'eau, était en soi une petite révolution.

Elle but une autre gorgée, posa son verre et se laissa glisser dans l'eau, sans provoquer de remous. Elle se mit à nager sous l'eau, appréciant sa fraîcheur sur son corps, puis fit la planche un moment, avant de sortir et de se rasseoir au bord de la piscine. Elle but une gorgée de vin et ferma les yeux, sentant la brise tiède souffler doucement sur sa peau mouillée.

À travers ses paupières, elle vit qu'on allumait la lumière et eut à peine le temps de rouvrir les yeux avant d'entendre quelqu'un plonger dans la piscine. Quelques secondes plus tard, Brock était là, refaisant surface à côté d'elle.

Son cœur cessa de battre en le voyant se redresser, l'eau ruisselant sur ses épaules et son torse.

Leurs regards se croisèrent. Le bleu de ses yeux était sombre et intense. Ils demeurèrent silencieux. Il s'approcha et l'attira à lui.

— Brock...

— Chuut...

Elle se laissa glisser contre lui, jusqu'à ce que leurs lèvres se touchent presque. Il pencha légèrement la tête et elle sentit son corps s'embraser. Ils échangèrent un baiser timide puis un deuxième, plus hardi, un troisième, fougueux. Puis elle perdit le compte. La nuit – la lune, les étoiles, le ciel noir et immense – tournait autour d'elle.

Elle sentit ses mains soupeser sa poitrine et ses doigts jouer avec le bout de ses seins. Puis elle prit conscience qu'il avait retiré le haut de son maillot sans qu'elle s'en rende compte. Elle se cambra, impatiente de sentir ses mains et sa bouche sur son corps.

Mais il se contenta de la regarder, sans qu'elle ne sache ce qu'il avait en tête. C'était à la fois insupportable et excitant. Incroyablement sexy.

Elle se tourna pour boire mais il lui prit le verre des mains et but une gorgée. Puis il se remit à l'embrasser passionnément. Le désir décupla. Il la souleva jusqu'à pouvoir plaquer sa bouche sur le bout de ses seins tout en caressant la chute de ses reins. Ses gestes étaient lents, sensuels.

Elle se sentit au bord de l'évanouissement à plusieurs reprises puis il se remit à la regarder intensément, sans toutefois que son regard ne trahisse quelque émotion que ce soit. Seule s'y reflétait la lumière de la lune. Rien de ce que l'homme pouvait éprouver.

Il fallait pourtant qu'elle sache ce que leur histoire représentait pour lui, ce qu'il ressentait pour elle. Elle voulait savoir s'il était aussi fou d'elle qu'elle était folle de lui. Elle parcourut des mains son torse musclé et frissonna. Mais cela ne lui suffisait pas. Leur relation physique était merveilleuse mais ce qu'elle éprouvait était plus profond.

— Brock..., tenta-t-elle.

Il déposa des baisers mouillés sur son cou, ses épaules, tandis que ses doigts glissaient le long de son ventre, jusqu'à la caresser à travers le tissu de son maillot. Puis il écarta le maillot et continua à la caresser sans cesser de l'embrasser.

Elle l'attira à elle et prit son sexe dressé dans sa main. Il laissa échapper un gémissement et l'embrassa avec encore plus de fougue.

— Sortons d'ici, dit-il d'une voix ferme et grave.

Il se hissa sans effort hors de l'eau et l'aida à sortir du bassin.

— Viens...

Elle ignorait où il souhaitait l'emmener, mais c'était le dernier de ses soucis.

Brock attira Cassie et sentit la soie de sa peau mouillée contre la sienne. Il se remit à l'embrasser passionnément. Cassie gémit et s'accrocha à lui, le corps frémissant de désir.

— J'ai envie de toi, Brock, dit-elle dans un souffle de voix.

Il se détacha d'elle et jeta un coup d'œil autour d'eux. Son regard s'arrêta sur les deux bains de soleil, sur la terrasse, protégés des regards par une haie luxuriante.

C'était parfait.

Il entraîna Cassie et la fit s'allonger sur l'une des chaises longues avant de l'embrasser, d'abord sur la bouche, puis sur les seins, excité par les petits gémissements qu'elle poussait.

Le bon sens aurait voulu qu'ils s'arrêtent et rentrent dans la maison mais il n'avait pas envie de bouger. L'air frais, le corps chaud de Cassie, ses caresses, sa bouche... Il ne fallait pas que cela cesse. Autant il ignorait ce qu'elle pensait vraiment de lui et de leur histoire, autant, sur cet aspect de leur relation, ils étaient sur la même longueur d'onde. Il savait ce qu'elle voulait.

— Brock, gémit-elle en enfonçant ses ongles dans ses biceps. Je vais...

— Laisse-toi aller, ma chérie, jouis...

Brock regarda son corps vibrer sous les vagues de plaisir. C'était la chose la plus excitante qu'il ait jamais vue. Quand elle recouvra ses esprits, elle l'attira contre elle.

— Dis-moi que tu as un préservatif, ce soir.

Il se mit à rire.

— Dans ma poche.

Elle parvint à extraire le petit paquet de la poche de son maillot de bain mouillé, l'ouvrit et insista pour l'enfiler sur son sexe dressé après l'avoir déshabillé.

— Va doucement, fit-il, au bord de l'explosion.

Mais elle n'en fit rien. Elle avait pris le contrôle de la situation qui lui échappait totalement désormais. Mais il adorait ça. Il adorait cette femme.

— Ne bouge pas, dit-il quand elle écarta les jambes pour qu'il la pénètre.

Une fois encore, elle n'en fit qu'à sa tête. Il s'agrippa à ses hanches mais il n'y avait plus moyen de la freiner, si bien qu'il n'essaya même pas.

Après avoir joui, il retira le préservatif, s'allongea derrière elle sur la chaise longue, et l'enlaça. Ils demeurèrent un long moment dans cette position, les jambes entrecroisées. Il ne se souvenait pas avoir connu un moment de plaisir aussi intense depuis longtemps et comptait bien réitérer l'expérience. Le plus tôt possible.

Cassie sentit Brock, blotti contre elle et se dit qu'elle ne s'était jamais sentie aussi bien. Elle commençait à somnoler quand le téléphone de Brock se mit à vibrer.

Elle tourna la tête.

— Quelqu'un te cherche, dit-elle par-dessus son épaule.

Brock grogna.

— Comme toujours.

Il l'embrassa langoureusement et se leva, remit son maillot et plongea dans la piscine pour récupérer son bikini. Il revint et l'aida à le remettre, ce dont elle lui sut gré, vu l'état d'abandon dans lequel elle se trouvait. Puis il prit son portable.

— Tout va bien ? demanda Cassie quand il eut raccroché.

— C'est Adi. Elle veut rentrer. Je suis...

— Si tu veux dire que tu es désolé, retiens-toi. Et si tu regrettes ce qui vient de se passer, ou si tu as trouvé ça nul et que...

Il l'embrassa pour la faire taire. Quand il s'écarta d'elle, il souriait.

— Je voulais simplement te dire merci, dit-il. C'était merveilleux. Et merci d'être venue me chercher, tout à l'heure, dans mon bureau.

Elle hocha la tête. Mais elle n'était pas plus avancée. Oui, le sexe avait été merveilleux. Elle l'avait même trouvé plus intense que les autres fois.

Mais que pensait-il du reste ?

Elle décida de chasser cette question de son esprit et prit son visage entre ses mains.

— J'irai te chercher, où que tu sois, dit-elle avant de l'embrasser.

Il la regarda d'un air interrogateur.

— Je ne suis pas certain de comprendre ce que tu veux dire par là mais est-ce qu'on pourra en reparler demain ? Il faut que j'aille chercher Adi.

Elle sourit. En reparler demain. C'était l'histoire de leur relation. Elle l'embrassa de nouveau.

— Va vite. Sois prudent.

— À demain, Cassie. Bonne nuit.

— Bonne nuit.

16

La nuit merveilleuse qu'il avait passée avec Cassie avait débouché sur un week-end avec elle encore plus merveilleux, d'autant plus merveilleux que les journées où il ne travaillait pas étaient rares. Ils étaient restés à la maison à jouer avec Adi, parler, cuisiner, à faire l'amour la nuit. Puis la semaine de travail avait repris au cabinet mais ils se retrouvaient le soir et passaient d'autres moments merveilleux. Il aimait tout de ces moments partagés – la proximité, la tendresse, le soutien mutuel.

Pourquoi ne pourraient-ils pas continuer à vivre de cette manière ? Il était allé au bureau, le samedi suivant, pour réfléchir posément à la situation du cabinet. Le vendre semblait vraiment être la solution. Il pourrait continuer à y travailler, suivre ses patients et veiller à ce que le cabinet soit géré comme son père l'aurait voulu. Il pensait même demander à son avocat d'ajouter une clause au contrat mentionnant son droit de veto en ce qui concernait les licenciements, les changements de personnel ainsi que la qualité des soins aux malades. Si le conseil d'administration de l'hôpital acceptait, alors il signerait. Il embaucherait un deuxième médecin pour l'aider à soigner la population de Wyckford. Il s'en occuperait le lundi matin, à la première heure.

La vie serait merveilleuse si Cassie pouvait rester.

Il chassa cette pensée de son esprit. Ils venaient de passer beaucoup de temps ensemble mais il demeurait beaucoup de non-dits entre eux. Notamment sur le fait qu'il était fou amoureux d'elle et qu'elle s'apprêtait à rentrer en Californie pour y reprendre le cours de sa vie. D'une autre vie. Sans lui.

Cette pensée tournait toujours dans son esprit quand arriva le lundi. Il avait beau s'être levé tôt, il ne trouva pas le temps de s'occuper du contrat. Les consultations s'enchaînèrent – quatre grippes, trois bilans de santé, deux streptocoques, entre autres choses. Quand il put enfin se poser et ouvrir son ordinateur, ses doutes au sujet de Cassie occupaient la plus grande partie de ses pensées. Si elle décidait de rester à Wyckford, il fallait que ce soit sa décision à elle, pas parce qu'il le lui demandait. Il la connaissait bien, il savait qu'elle adorait son travail et qu'elle y excellait. Il ne pouvait pas lui demander de quitter un poste prometteur à San Diego, pour lequel elle avait travaillé d'arrache-pied, pour venir s'installer dans une petite ville qu'elle avait volontairement quittée après ses études.

Lorsqu'il partit du cabinet pour rentrer chez lui, le soir, ces mêmes pensées continuaient à tourner en boucle dans son esprit. Ainsi que l'idée excitante que Cassie était peut-être de nouveau dans la piscine. Mais quand il arriva à la maison, à 21 h 15, il était éreinté et se dit qu'il vaudrait peut-être mieux aller se coucher et dormir trois jours et trois nuits, au moins, le temps de récupérer un peu.

Je m'occuperai de tout cela demain. Quand il aurait dormi et serait plus à même d'avoir une conversation. Le lendemain, il parlerait à Cassie de son projet de vendre le cabinet. Le lendemain...

Le lendemain, toute la ville était prête pour l'ouverture du Festival d'été : des scènes avaient été installées, ainsi que des stands pour manger, boire et faire des emplettes. Brock avait promis à Madi qu'il passerait une heure au dispensaire après sa journée au cabinet, en échange de quoi elle lui avait trouvé une baby-sitter au centre pour la jeunesse de Wyckford qu'elle gérait et où beaucoup d'adolescents cherchaient à gagner un peu d'argent. Elle avait trouvé une lycéenne qu'Adi adorait.

Lorsque Brock arriva à la jetée, en fin d'après-midi, le temps relativement chaud et humide de la matinée avait laissé place à une chaleur moite et étouffante. Il retroussa ses manches et gagna le dispensaire où il prit la tension de pratiquement toutes les personnes âgées de la ville. Quand ce fut le tour de Ben, Brock lui dit que sa pression sanguine était un peu trop élevée et qu'il fallait faire en sorte qu'il lève un peu le pied.

— Je lèverai le pied quand je serai mort, répondit Ben d'une voix ferme.

Mme Tyler lui demanda ce qu'il pensait des couguars, et il fit comme si elle voulait lui parler de félins.

Mme Munson lui mit la main aux fesses.

Mme Dawson lui demanda de lui palper les seins.

Brock eut envie de déménager sur une île déserte.

Quand le coucher de soleil teignit toute la baie de rose, le festival battait déjà son plein. Brock s'assit sur la jetée, près de la piste de danse, et poussa un gros soupir.

L'intervention chirurgicale sur Serene aurait lieu deux jours plus tard. Cassie et les équipes de San Diego et de Wyckford avaient passé des heures à la planifier dans les moindres détails. Les prothèses de Serene étaient arrivées. Cassie avait convoqué l'équipe de spécialistes en radiologie, neurologie et chirurgie maxillo-faciale pour le jeudi. Même Riley avait été mobilisée.

Il était impressionné par la manière dont Cassie orchestrait le tout. C'était magistral. Il n'avait pas envie que cela se termine.

Car, une fois l'opération terminée et l'état de Serene stabilisé, Cassie partirait.

Et que se passera-t-il ensuite ?

Il secoua la tête et scruta la ligne d'horizon, entre ciel et mer.

Ensuite, il reprendrait le cours de sa vie d'avant, sans doute. Il ramasserait les morceaux et irait de l'avant, comme il l'avait fait à la mort de Kylie. Comme il l'avait fait à la mort de ses parents. Il n'avait pas le choix. Sa fille avait besoin de lui. Ses patients avaient besoin de lui.

Si seulement Cassie avait besoin de moi...

Il leva la tête. Cassie était sur la piste de danse, et dansait avec ses amies. Elle portait un débardeur en dentelle qui dévoilait ses bras fins et bien dessinés, une jupe courte et des spartiates qui lui faisaient les jambes longues et minces. Il aurait voulu que le temps s'arrête. Il se leva et la rejoignit.

— Tu danses ? dit-elle d'un air étonné.

Il se mit à onduler des hanches. Cassie éclata de rire.

Il se rapprocha d'elle et l'attira contre lui. Leurs deux corps s'emboîtèrent parfaitement, telles les pièces d'un puzzle. Pour la première fois depuis le début de la journée, Brock se détendit. D'une main posée sur sa nuque, Cassie jouait avec ses cheveux. Il s'imagina être un chat et eut envie de ronronner.

Un couple de danseurs les bouscula. C'était Ben, le père de Cassie, et Mme Wartinski, une pensionnaire de la maison de retraite de quatre-vingt-dix ans qui avait encore toutes ses dents et son permis de conduire. Ben fit un clin d'œil à Brock.

— Quelle nuit romantique ! dit-il d'un air entendu.

Brock était obsédé par l'accord qu'il avait passé avec Cassie et dont il aurait à présent voulu changer toutes les clauses. Pas de romantisme ? Pas d'attachement ? Pas d'émotions ?

Pour sa part, il avait transgressé toutes les règles. Mais rien ne disait qu'elle avait, elle aussi, changé de point de vue sur leur relation. Et, au milieu de la foule qui parlait, dansait et riait, il était difficile d'entamer une conversation sérieuse.

Il la prit par la main et l'emmena vers le bar où il commanda deux bières. Puis ils marchèrent, main dans la main, sur la jetée. Au lieu d'aller vers le bout de la jetée, où ils seraient exposés comme sur une scène, il emprunta l'escalier de bois qui descendait vers la plage.

Le sable mouillé cédait sous leurs pas et le bruit des vagues se brisant sur le rivage couvrait presque le brouhaha de la fête. Il hésita. Il avait besoin de savoir comment Cassie considérait leur histoire mais il ne voulait pas non plus gâcher les derniers jours qu'il leur restait à passer ensemble. Il opta pour une approche plus large, qui laisserait à chacun la possibilité de d'orienter le sujet à son gré.

— Tu as pris ton billet de retour ? demanda-t-il.

— Pas encore. Je préfère attendre un peu et partir quand je serai sûre que tout va bien pour Serene.

Elle marqua une pause avant de poursuivre.

— Mais mes collègues de San Diego me tannent pour que je rentre le plus vite possible.

— Je m'en doute, dit-il, remarquant qu'il n'était pas le seul à faire preuve de prudence.

Il s'arrêta et la dévisagea. Mais elle évitait son regard. Il la força à le regarder dans les yeux et décida d'être courageux et de franchir le pas.

— Et toi, tu as envie de rentrer ?

— Mes patients m'attendent, dit-elle, sans vraiment répondre à la question.

Il y avait une certaine vulnérabilité dans son regard, qu'elle ne chercha pas à dissimuler, comme si elle acceptait de le laisser voir ses espoirs, ses rêves, ses doutes et ses peurs. Il eut le sentiment qu'ils se trouvaient à la croisée des chemins.

— J'ai construit ma vie là-bas, Brock. Une vie qui me plaît.

— Je sais, dit-il, le cœur serré.

Parle-lui. Demande-lui de rester.

— Et nous ? demanda-t-il simplement.

Elle s'écarta de lui et regarda la mer.

— Et nous ? Ces quelques semaines ont été très agréables. Je suis contente de les avoir passées avec toi, d'avoir rencontré Adi, Riley. Mais c'était une bulle hors de la réalité.

— Tout cela m'a pourtant semblé bien réel, s'entendit-il dire.

Le silence tomba entre eux. Il regarda à son tour la mer. Cassie finit par soupirer et se tourner vers lui.

— Tu n'as déjà pas de temps pour ta fille, dit-elle froidement. Je ne vois pas comment tu pourrais faire de la place pour notre relation.

— Je peux nous faire une place si je vends le cabinet. Cela me laissera plus de temps pour toi. Pour Adi.

— Mais tu n'as pas envie de vendre le cabinet.

— Tu ne sais pas ce dont j'ai envie, Cassie.

— Tu sais, j'ai aidé Adi à faire ses devoirs, tout à l'heure, dit-elle en croisant les bras comme pour se protéger. Le travail sur l'arbre généalogique. J'aurais aimé qu'Adi connaisse sa mère.

— Moi aussi. Mais quel est le rapport avec nous ?

— Le rapport, c'est qu'Adi a besoin d'une mère. Mais je ne suis pas prête à jouer ce rôle.

— Je suis sûr que tu ferais une mère excellente, dit-il en l'attirant contre lui. Et Adi t'adore.

— Je sais. Moi aussi je l'aime beaucoup. Mais il ne faut pas qu'elle s'attache à moi, si je dois partir. C'est toi qui me l'as dit dès le départ. Je ne veux faire de mal à personne. Ni à elle ni à toi.

Il attendit le « mais » qui lui ferait l'effet d'un coup de poing dans le ventre.

Mais je ne peux pas rester. Mais je ne t'aime pas. Mais dans quelques jours, je ne serai plus là.

C'était douloureux, mais au moins était-il fixé. Il sentit se rouvrir la plaie qu'il croyait refermée. Une plaie béante, un abîme sombre et sans fond dont il ne parvenait pas à s'extirper et qui menaçait de l'engloutir tout à fait. Mais, cette fois, il ne pouvait s'en prendre qu'à lui-même. Il ne s'agissait plus de la terreur d'élever seul un enfant, de s'occuper d'une sœur handicapée ou de perdre ses deux parents d'un coup. C'était un chagrin différent, quoique tout aussi ravageur.

— Je suis désolée, murmura Cassie au bout d'un moment.

Il sourit et la serra contre lui.

— Tu n'y es pour rien. C'est la vie, dit-il sur un ton qu'il espérait détaché.

— Je sais que ta situation est difficile. Quand ma mère est morte, mon père a travaillé dur toute sa vie pour subvenir à mes besoins et pour m'élever. N'oublie pas qu'elle a besoin de toi, de ta présence, autant que d'un toit sur la tête.

Il ferma les yeux et s'efforça de rassembler son courage. Il ne leur restait plus que quelques jours à passer ensemble. Ils s'étaient mis d'accord au départ, il connaissait les règles du jeu. Leur histoire prendrait fin quand Cassie rentrerait en Californie, comme ils se l'étaient dit. Il rouvrit les yeux et lui caressa le dos. Elle leva la tête vers lui et s'efforça de sourire. Mais il y avait de la tristesse dans son regard.

Il scruta son visage, essayant d'en mémoriser chaque détail, puis la prit par la main et retourna vers le cœur de la fête.

17

Cassie était désemparée. Elle avait la sensation que quelque chose de précieux venait de lui glisser entre les mains. Pour toujours. Elle ne s'attendait pas à ce que Brock lui pose la question aussi directement. « Et nous ? » Elle l'avait totalement prise de court. Toute sa vie, elle avait fait ce qu'on attendait d'elle, elle avait suivi le « droit chemin ».

En revenant à Wyckford, elle pensait passer quelques jours de détente auprès de ses amis et de son père, préparer et effectuer la reconstruction du visage de Serene, puis rentrer chez elle. Mais rien ne s'était vraiment passé comme elle l'avait prévu et, à quelques jours de son retour en Californie, elle ne savait plus que penser.

Elle avait été sincère avec Brock au sujet d'Adi, de sa vie à San Diego. Mais elle avait omis l'essentiel. À savoir, lui dire qu'elle l'aimait. Qu'elle n'avait jamais cessé d'être amoureuse de lui.

Mais elle ne pouvait pas se permettre de rester. Brock était débordé et peinait à dégager du temps pour sa famille. Et il était toujours profondément marqué par les drames qui s'étaient joués dans sa vie. De plus, il adorait son travail, ses patients. Comme elle. Ni l'un ni l'autre n'étaient prêts à renoncer à la vie qu'ils avaient construite.

Où cela les menait-il donc ?

Nulle part.

Sur la jetée, ils ne purent faire deux pas sans être arrêtés par des personnes désireuses de parler à Brock de leurs petits et gros bobos.

Certains avaient mal à la gorge, d'autres se sentaient mieux depuis la dernière visite ou souhaitaient prendre rendez-vous bientôt. Cassie n'en revenait pas de la capacité de Brock à se souvenir de chaque cas, de chaque patient, de chaque personnalité. C'était un homme prévenant, généreux, toujours prêt à donner aux autres, au risque qu'il ne reste plus rien pour lui.

Plus loin, Ben vint à leur rencontre, l'air préoccupé, en leur faisant signe d'approcher.

— Un gamin est tombé à l'eau, là-bas, dit-il d'une voix essoufflée. Ses copains le cherchent mais ils ne l'ont pas trouvé.

— Appelle les pompiers ! lui cria Brock avant de se précipiter vers le petit attroupement qui s'était formé au bout de la jetée.

Elle composa le numéro des secours et décrivit brièvement la scène à son interlocuteur. Puis elle suivit son père de l'autre côté de la jetée pour savoir si le jeune homme avait été retrouvé. De là, elle aperçut trois hommes qui en portaient un quatrième vers le rivage. Brock et deux autres hommes, que Cassie reconnut comme étant Tate Griffin, un médecin volant, et Samuel Perkins, le neurochirurgien qui travaillait avec elle sur le cas de Serene, déposèrent le corps et s'agenouillèrent de part et d'autre.

— Dieu merci, ils l'ont retrouvé ! s'exclama Ben. J'espère qu'il est sain et sauf. J'ai vu trop de gens se noyer, dans ma vie de pêcheur.

Brock prit le pouls du jeune homme et hocha la tête en direction de Tate qui commença les compressions thoraciques. Le garçon avait du sang sur le front, signe d'un possible traumatisme crânien.

— Il ne respire pas, dit Cassie à son père. J'y vais.

Elle rejoignit Brock.

— Qu'est-ce que je peux faire ?

— Examine-le pour chercher d'éventuelles fractures ou hémorragies, répondit Brock entre deux compressions. L'ambulance va arriver.

Cassie palpa doucement les membres de la victime mais ne trouva pas de signes de fracture. En revanche, il avait une bosse sur la tête et un hématome sur la tempe.

Au moment où ils entendirent la sirène de l'ambulance, le garçon se mit à tousser et à recracher de l'eau de mer. Sam et Tate poussèrent un soupir de soulagement. Sam se leva et fit signe aux badauds de s'écarter pour laisser passer les secours. Tate prit les vestes que lui tendaient des personnes et en couvrit le garçon qui frissonnait et que Brock avait mis sur le côté afin qu'il recrache, sans s'étouffer, les litres d'eau qu'il semblait avoir ingurgités.

Quelques minutes plus tard, l'ambulance repartit avec le jeune homme et les médecins, gyrophare allumé, sirène éteinte.

— Ils ne devraient pas avoir trop de monde sur la route, dit Ben, toute la ville est là pour le festival.

Cassie hocha la tête, frappée, comme chaque fois qu'elle était témoin d'une situation d'urgence, de la précarité de la vie humaine.

Elle salua son père, quitta la jetée et rentra chez elle. Enfin... chez Brock.

Elle s'installa dans le jardin et sortit son portable. Son père avait déjà posté un article sur la page de la municipalité.

Un homme sauvé grâce à l'intervention rapide et héroïque de ses concitoyens.

Selon les informations recueillies, la victime serait tombée de la jetée dans la baie de Buzzards, où sa tête aurait heurté les rochers. Le jeune homme serait mort si trois personnes courageuses ne s'étaient pas jetées à l'eau pour le ramener : le Dr Samuel Perkins, le nouveau neurochirurgien de l'hôpital général de Wyckford, le Dr Tate Griffins, médecin volant, et le Dr Brock Turner.

Ayant navigué pendant plus de cinquante ans et été témoin de nombreux accidents en mer, je suis vraiment impressionné par la rapidité et l'efficacité de leur intervention. Bravo à eux.

La victime, qui rendait visite à des amis à Wyckford, se trouve maintenant à l'hôpital. Elle souffre d'une légère commotion cérébrale et d'une entorse à la cheville.

Merci à tous ceux qui ont participé à ce sauvetage. Vous êtes des héros. Quant au jeune homme en convalescence, nous lui souhaitons un prompt rétablissement. Et faites attention où vous mettez les pieds quand vous reviendrez vous promener sur la jetée.

Cassie secoua la tête et rentra dans son appartement pour se changer et se mettre au lit. Elle tomba dans un profond sommeil, jusqu'à ce qu'elle se réveille en sursaut, le cœur tambourinant dans sa poitrine. Elle regarda l'heure sur son portable. Minuit.

Quelqu'un frappa doucement à la porte. Elle se leva et alla regarder par le judas. L'air épuisé, ébouriffé, des cernes sous les yeux, une blouse blanche.

Son cœur fit un bond dans sa poitrine. Elle ouvrit la porte et laissa entrer Brock.

18

Lorsque Brock quitta les urgences, il fonça à la maison, éreinté. Il avait besoin de dormir. Après la discussion qu'il avait eue avec Cassie la veille, mettre un terme à leur relation paraissait être la solution la plus sensée.

Or, lorsqu'il descendit de voiture, au lieu d'ouvrir la porte d'entrée de sa maison, il se dirigea, tel un automate, vers la dépendance.

Cassie vint lui ouvrir, échevelée, l'air ensommeillé.

— Ça va ? Tu reviens des urgences ? Comment va-t-il ?

Il n'avait pas envie de parler du rescapé de la baie de Buzzards. Il n'avait pas envie de gaspiller le peu de temps qu'il lui restait à passer avec Cassie.

— Traumatisme crânien et douleurs costales, mais il va bien.

— C'est ce que mon père disait sur Facebook. Et toi ? Comment vas-tu ? Tu dois être épuisé. Viens, entre.

— Tu es sûre ? demanda-t-il en la regardant dans les yeux.

— Je suis sûre.

Elle le serra dans ses bras. Il ignora combien de minutes ou de secondes passèrent, mais il se retrouva enlacé à Cassie, plaquée contre le mur, les jambes accrochées à sa taille. Même si tout le reste volait en éclats, il leur restait toujours cela.

Cassie savait que c'était une folie. Il y avait tellement de choses non exprimées entre eux, tellement d'incertitude… Mais elle n'avait pas envie de résister. À plus forte raison si leur histoire devait se terminer bientôt. Ce soir, elle avait envie de lui.

Ils firent l'amour comme si leur vie en dépendait. Lorsque leurs corps se détachèrent l'un de l'autre, Brock poussa un grand soupir. Il sembla enfin détendu.

— Pourquoi souris-tu ?

Elle se blottit contre lui.

— Brock, dit-elle, ignorant sa question.

— Oui ?

— Ce soir, c'était merveilleux. N'oublie jamais ça.

Il fallait que Brock se lève, mais c'était bon d'être couché à côté de Cassie. Trop bon. D'autant que cela serait bientôt terminé.

Mieux valait qu'ils arrêtent de se voir dès à présent. Mais cela semblait impossible. Et, chaque fois qu'ils faisaient l'amour, ses sentiments pour elle s'intensifiaient.

Ce qui était, en soi, une raison suffisante de mettre fin à cette relation.

Il jeta un coup d'œil au réveil. Trois heures. Il parvint à se lever sans réveiller Cassie. Il scruta l'obscurité et ramassa ses vêtements éparpillés dans la pièce. Mais son regard revenait systématiquement se poser sur Cassie.

Il était tombé amoureux d'elle mais ne lui en avait rien dit. Il était tombé amoureux d'elle, contre son gré et contre les règles qu'ils s'étaient fixées dès le départ.

Mais Cassie partageait-elle ses sentiments ? Probablement pas au point de vouloir que leur histoire se poursuive. Elle était claire sur le fait que sa vie se trouvait en Californie.

Soit. Il s'y ferait.

Il s'habilla et alla déposer un baiser sur ses lèvres. Elle remua mais ne se réveilla pas. Il sortit doucement et rentra chez lui. Adi dormait comme un bébé. La porte de la chambre de Riley était ouverte. Elle était dans son fauteuil et regardait, par la fenêtre, le jardin plongé dans l'obscurité. De toute évidence, quelque chose n'allait pas.

— Tu ne dors pas ? demanda-t-il.

— Non, je réfléchissais.

— À quoi ?

Elle soupira et se tourna vers lui.

— Parfois je me demande si tout cela en vaut la peine.

— Tout quoi ?

Elle secoua la tête.

— Tout ce que je fais pour essayer d'avoir une vie décente.

Son cœur se serra. Il prit une profonde inspiration.

— Je sais que ce n'est pas facile, dit-il. Il a fallu que tu t'adaptes à beaucoup de choses, après l'accident. Mais cela en vaut la peine. Tu en vaux la peine. Sans compter que tu es l'une des meilleures radiologues que je connaisse.

Elle haussa une épaule. Il s'assit sur le rebord du lit.

— Qu'est-ce que tu me dirais, si j'étais à ta place ?

Elle tourna la tête vers lui.

— Je commencerais par te dire que tu es une sacrée tête de mule, dit-elle en esquissant un sourire – son sourire narquois et confiant qu'elle décochait sans cesse avant l'accident.

Puis elle soupira.

— Et puis je te dirais certainement d'arrêter de t'apitoyer sur ton sort.

— Bien. Alors imagine que je t'ai dit tout ça, tête de mule. Et cesse de t'apitoyer sur ton sort.

— Tu connais bien Sam Perkins ? demanda-t-elle de but en blanc.

— Le neurochirurgien ?

Il ne le connaissait pas si bien que cela, en réalité. Pour ce qu'il avait pu voir de lui, Sam Perkins était une personne sympathique et semblait compétent dans son travail. Mais il était lui-même tellement débordé qu'il n'avait pas vraiment le temps de faire connaissance avec les nouveaux membres du personnel de l'hôpital.

— Il a l'air sympa, pourquoi ?

— Comme ça, répondit Riley dans un nouveau haussement d'épaules. Il m'a invitée à aller boire un café.

Oh… En grand frère protecteur, il avait beaucoup réfléchi à ce que serait la vie sentimentale de sa sœur après l'accident. Mais Riley était adulte et savait mieux que lui ce qu'elle avait à faire. Elle avait besoin de prouver – aux autres et à elle-même – qu'elle était indépendante, et il le comprenait. Mais il avait peur pour elle. Surtout en voyant sa relation avec Cassie se terminer de cette manière. Il ne voulait pas voir Riley souffrir.

— Il te plaît ?

— Je ne sais pas. Mais un café n'engage à rien, n'est-ce pas ? fit-elle remarquer en souriant.

— C'est vrai.

Il se leva et se dirigea vers la porte.

— Brock ?

— Oui ? fit-il en se retournant.

— Merci.

Il sentit l'émotion l'envahir.

— Pour quoi ? dit-il dans un haussement d'épaules.

— Merci pour tout.

19

Le mercredi, Brock fut surpris de pouvoir prendre une vraie pause déjeuner. La matinée s'était exceptionnellement déroulée dans le calme. Il se rendit au café Buzzy Bird et s'installa dans une alcôve, un peu à l'écart, pour être tranquille avant de reprendre.

Il commanda un sandwich au poulet qu'il prit le temps de manger tranquillement. Puis il revint au cabinet, où la salle d'attente était toujours calme et silencieuse. Le guichet d'accueil était, lui aussi, calme et silencieux. Tout était calme et silencieux.

— Où sont mes patients ? demanda-t-il à Monica, un peu inquiet. Et Mme B. ?

— Oh ! elle a décalé son rendez-vous. Elle a une crise d'arthrite.

Brock n'en revenait pas. Mme B. n'avait jamais manqué un rendez-vous avec lui.

— Et Lisa Boyles ? Ses trois enfants avaient besoin de certificats médicaux pour le sport.

— Ils sont allés les faire faire à l'hôpital.

— Très bien, dit-il, un peu décontenancé. Dans ce cas, je vais m'occuper des dossiers dans mon bureau.

— D'accord.

Pour une fois que ton emploi du temps n'est pas surchargé, tu devrais te réjouir.

Une fois assis à son bureau, traiter les dossiers médicaux ne lui parut pas aussi attrayant. Cela l'aurait même arrangé qu'on l'appelle pour une urgence. Il avait des patients à voir dans l'après-midi mais il les reçut les uns après les autres, dans le calme. Ce n'était pas du tout le rythme auquel il était habitué.

Il pensait que vendre le cabinet allait résoudre tous ses problèmes. Que cela lui libérerait du temps à passer avec sa fille et qu'il pourrait enfin avoir une vie privée. Or, maintenant qu'il pouvait enfin savourer d'avoir du temps – maintenant que le monde pouvait tourner sans lui –, curieusement, il n'était plus très sûr d'aimer cela.

Le soir, pour la première fois depuis des mois, il arriva à l'heure pour dîner en famille. Il entra dans la maison et écarquilla les yeux. Le salon avait été transformé en fort. Des draps et des couvertures avaient été fixés aux canapés et aux étagères. Il s'accroupit. Tous les jouets de Winnie se trouvaient là.

Dans la cuisine, Adi et Cassie étaient attablées et mangeaient des cupcakes au chocolat. Il croisa le regard de Cassie, et aussitôt des images de la nuit précédente surgirent dans son esprit.

— Papa ! On a fait des cupcakes ! s'écria Adi, la bouche pleine.

— Tu parles anglais ? Avec des mots, des phrases et tout ? dit-il en feignant la surprise.

Adi éclata de rire. Il la prit dans ses bras pour lui faire un câlin – un peu collant.

— Tu es censée manger les cupcakes, pas te rouler dedans, dit-il en riant.

— Tiens, goûte ! proposa-t-elle en lui en tendant un.

Brock mordit dans le gâteau moelleux à souhait puis fit mine de vouloir manger les doigts d'Adi, qui se remit à rire aux éclats.

Il n'y avait rien de plus beau que le rire d'un enfant. Il se tourna vers Cassie. Elle les regardait avec ce qui lui parut être une certaine mélancolie, qu'elle tenta aussitôt de dissimuler.

— On a commencé par le dessert, dit-elle. J'espère que cela ne te dérange pas.

— On mange à l'envers, déclara Adi avec enthousiasme.

Winnie vint s'asseoir aux pieds d'Adi et se mit à gémir.

— Il est triste parce que les chiens ne peuvent pas manger de chocolat, dit Adi.

— C'est vrai, confirma-t-il en jetant un coup d'œil à Cassie.

— Mais ne t'inquiète pas, fit cette dernière. Lui aussi a eu droit à un dessert.

— Il a mangé le paquet de sucre glace ! s'exclama Adi.

Brock regarda le chien.

— Le paquet... C'est-à-dire ?

Cassie confirma d'un hochement de tête.

— Le paquet, papier compris. Heureusement qu'il n'était pas plein ! Il a du mal à se contrôler.

Les regards convergèrent vers Winnie qui émit un drôle de son et exhala un petit nuage blanc.

— Tu vas manger avec nous, papa ? demanda Adi, excitée. On a préparé un gratin de pâtes.

— J'adore ! dit Brock.

— Moi aussi ! s'exclama Adi. C'est mon plat préféré.

Brock regarda le plat sur le plan de travail.

— Lois est venue, aujourd'hui ? demanda-t-il.

— Oui ! Elle a préparé mon déjeuner !

Maintenant qu'elle s'était remise à parler, Adi semblait n'utiliser que des phrases exclamatives.

— On a préparé des légumes, aussi ! dit-elle en piquant une carotte dans un saladier pour la tremper dans un bol de sauce.

Brock n'en crut pas ses yeux.

— Je croyais que tu n'aimais pas les carottes ?

Cassie le regarda, amusée.

— Il faut croire que ses goûts ont changé. Et ça, ajouta-t-elle en montrant le bol, c'est une petite sauce au yaourt.

— Parfait, dit-il avec satisfaction. Et où est Riley ?

— Elle travaille. Comment s'est passée ta journée ?

Jusqu'à il y a peu de temps, la réponse à cette question aurait été « C'était de la folie. » Mais la situation avait changé.

— Tranquillement.

— C'est plutôt positif, non ?

Il haussa les épaules. Pour être honnête, il était encore perturbé par les changements qui s'étaient opérés dans sa vie. Si les journées étaient calmes, depuis qu'il avait vendu le cabinet, il n'osait pas imaginer à quoi elles ressembleraient une fois que Cassie serait partie.

Signer ce contrat n'était peut-être pas une bonne idée, finalement.

— Et si on se faisait une plancha ? proposa-t-il.

Pour une fois, il avait le temps de participer à la préparation du repas. De plus, il avait acheté un appareil deux ans auparavant, qu'il n'avait encore jamais utilisé. C'était l'occasion de l'étrenner.

Il sortit des steaks du congélateur et alla allumer la plancha sur la terrasse. Cassie le regarda depuis la porte.

— Tu es prêt pour l'intervention, demain ?

— Oui.

Il avait passé du temps, dans la matinée, à relire ses notes concernant le cas de Serene et la procédure qui aurait lieu le lendemain matin, tout en s'efforçant de ne pas laisser son esprit penser à la suite des événements. Car, une fois l'opération passée, Cassie partirait et, avec elle, tout ce bonheur domestique.

Ne t'y habitue pas trop.

Mais comment ne pas apprécier sa présence douce et aimante, et si sexy que c'en était douloureux ?

Winnie déboula dans le jardin, suivi de près par Adi et son droïde, bousculant Cassie sur leur passage. Brock s'avança pour la rattraper mais perdit l'équilibre. La soucoupe volante le heurta de plein fouet à la tête. Il tenta de se rattraper, mais trébucha sur Winnie qui jappa mais parvint à s'échapper. Brock tomba alors à la renverse et sentit sa tête heurter le béton de la terrasse. Il vit des étoiles danser devant ses yeux puis... plus rien.

20

— Brock ?

Une voix lui parvint, une voix qui venait de loin mais, par habitude, il réagit. Il cligna des yeux et le regretta aussitôt tant la douleur fut vive au point de lui donner la nausée.

— Brock, tu m'entends ? répéta Cassie sur un ton professionnel.

— Adi…, parvint-il à articuler en refermant les yeux.

— Elle va bien. Winnie va bien. Tout le monde va bien. Mais ouvre les yeux et parle-moi. Est-ce que tu peux me dire comment tu t'appelles et quel jour on est ?

Il en était incapable. S'il rouvrait les yeux, il risquait de vomir. Si les aboiements du chien ne lui faisaient pas exploser la tête.

— Adi, dit Cassie, peux-tu emmener Winnie dans la buanderie, s'il te plaît ? J'appelle les secours.

Brock ouvrit les yeux.

— Pas la peine, fit-il.

— Tu as perdu connaissance, Brock. Tu peux avoir une commotion cérébrale.

— Je suis médecin, moi aussi, dit-il avant de gémir. Qu'est-ce qui s'est passé ?

Cassie l'empêcha de se redresser avec une force qui le surprit.

— Ne bouge pas, lui intima-t-elle.

— Je vais bien, affirma-t-il.

Le problème, c'était que Cassie avait présentement deux têtes. Et que ses jolis yeux noisette étaient emplis d'inquiétude.

D'ordinaire, c'était lui qui s'inquiétait. Il était doué pour s'occuper des autres. Jusqu'à cet instant, où ses paupières étaient trop lourdes pour qu'il garde les yeux ouverts.

Prendre en charge une urgence à l'hôpital était une chose. Prendre en charge l'homme qu'elle aimait et qui gisait, inconscient, sur le sol de la terrasse, en était une autre.

La gorge nouée, elle palpa le crâne de Brock. La panique s'empara d'elle quand elle tomba sur une bosse de la taille d'un œuf à l'arrière de sa tête. Elle l'examina et contrôla ses signes vitaux. Le pouls et la respiration étaient normaux mais cela pouvait changer à tout moment, en fonction de la sévérité de la commotion cérébrale. Elle sortit son portable de sa poche et s'apprêtait à composer le numéro des secours lorsque Riley apparut sur le seuil de la porte, dans son fauteuil roulant.

— Je suis...

Elle s'interrompit en voyant son frère allongé sur le sol.

— Qu'est-ce qu'il s'est passé ?

— Il est tombé et s'est cogné la tête, dit Cassie en lui tendant le téléphone. Est-ce que tu peux appeler les secours, s'il te plaît ?

— Bien sûr !

Brock chercha à se redresser mais Cassie le maintint fermement au sol. Cela revenait à vouloir maîtriser un cheval sauvage. Elle finit par abandonner la partie. Brock parvint à se lever tant bien que mal.

— Brock, ne...

— Il me faut de la glace, dit-il en prenant le téléphone des mains de sa sœur. C'est tout ce dont j'ai besoin.

— Je vais en chercher, fit Riley en rentrant dans la cuisine.

Brock laissa Cassie le conduire jusqu'à l'un des fauteuils de la terrasse, dans lequel il se laissa tomber lourdement.

— Brock, mieux vaut que je t'emmène aux urgences.

À en juger par son regard, il n'était pas dans son état normal et sa tête devait lui tourner. De plus, il était blême – d'un blanc tirant vers le vert –, le visage couvert d'un voile de sueur. Il tourna la tête en grimaçant vers Adi qui tenait fermement son droïde contre elle. Il parvint à lui sourire.

— Tout va bien, ma puce. Ne t'inquiète pas. J'ai juste un peu mal à la tête, mais ça va aller.

Adi sourit timidement en retour, dévoilant le trou qu'avait laissé sa dent de lait en tombant.

— Il faut que tu voies un médecin, Brock, insista Cassie.

— Ça va aller, je te dis.

Elle leva la main devant lui.

— Combien de doigts ?

Il plissa les yeux. Répondre à cette question exigeait manifestement de lui un grand effort.

— Deux.

Heureux hasard, pensa-t-elle.

Riley revint avec des glaçons dans un torchon que Brock plaça sur sa bosse. Puis il se cala doucement dans le fauteuil et ferma les yeux.

— Ma puce, tu peux aller regarder des dessins animés, si tu veux. Riley va t'allumer la télévision.

— Cesse de faire l'idiot, dit Riley en rentrant dans la maison avec sa nièce. Tu es bien placé pour savoir ce que les gens risquent en tombant sur la tête.

Cassie acquiesça d'un hochement de tête.

— Comment te sens-tu ? demanda-t-elle. Tu as mal à la tête ? Des nausées ? En quelle année sommes-nous ?

Mais il ne répondit à aucune de ses questions.

— Combien de temps suis-je resté sans connaissance ? préféra-t-il demander.

— Trente secondes, je dirais. Peut-être un peu plus.

— Alors tout va bien. Je vais rester tranquille un moment.

— Brock...

— De l'eau, dit-il. Est-ce que tu peux m'apporter un verre d'eau, s'il te plaît ?

De toute évidence, elle allait avoir toutes les peines du monde à le convaincre d'aller aux urgences. Elle rentra dans la cuisine et remplit un verre d'eau tout en le surveillant par la fenêtre.

Adi et Riley s'étaient assises sur le canapé avec Winnie, devant des dessins animés.

Quand elle retourna sur la terrasse, Brock n'avait pas bougé d'un pouce. Il était pratiquement allongé dans le fauteuil, la poche de glace en guise d'oreiller.

Elle posa le verre et s'accroupit pour prendre son pouls. Brock sursauta et lui lança un regard noir. Par bonheur, son pouls était toujours normal.

— Tiens, ton verre d'eau.

Il prit le verre d'une main tremblante et but quelques gorgées. Cassie s'assit et se pencha vers lui.

— Brock, tu ne vas pas pouvoir assister à l'opération de Serene, demain matin. Ce serait prendre des risques inutiles.

— Je..., dit-il avant de s'arrêter, de réfléchir et de manifestement parvenir à la même conclusion. Je pourrai toujours observer.

— Oui. Mais il faut que je trouve quelqu'un pour te remplacer.

Elle se leva et prit son téléphone pour appeler l'hôpital et donner de nouvelles instructions. Lorsqu'elle raccrocha, elle reprit le pouls de Brock pour s'assurer qu'il n'était pas sur le point de rendre l'âme et l'aida à rentrer dans la maison. Il prit de l'aspirine et alla s'allonger sur son lit. Puis elle commença à préparer le dîner.

Après le dîner, Cassie s'entretint avec son nouvel assistant à qui elle donna rendez-vous le lendemain matin, une demi-heure avant le début de l'intervention. Il était 21 heures quand elle raccrocha. Elle s'empressa de coucher Adi et alla voir Brock, comme elle le faisait régulièrement depuis qu'il était tombé. Elle le réveillait, lui demandait comment il s'appelait et quel jour on était, l'examinait et le laissait se rendormir.

La chambre était plongée dans l'obscurité mais elle avait laissé la lumière allumée dans la salle de bains. Brock était couché sur le ventre. Elle avança jusqu'au lit et posa la main sur son front.

— Tu es revenue, dit-il.

— Oui, comme toutes les deux heures. Tu as toujours la nausée ?

— Je t'ai dit que tout allait bien. Tu peux me laisser dormir.

— Comment t'appelles-tu ?

Il poussa un gros soupir.

— C'est bon, je sais comment je m'appelle ! Laisse-moi dormir.

— Très drôle. Suis mes doigts.

Il écarta sa main.

— Cesse tes enfantillages, dit-elle. Si l'un de tes patients se comportait de cette manière, je suis sûre que tu...

— Je considérerais qu'il peut rentrer chez lui.

Ses cheveux étaient toujours mouillés. Elle lui avait conseillé de ne pas prendre de douche mais, entêté comme il l'était, il n'avait pas tenu compte de son avertissement. Par chance, tout s'était passé sans incident. Elle s'était demandé ce qu'elle aurait pu faire d'un corps de quatre-vingt-dix kilos inconscient et tout mouillé. Elle aurait probablement enfin appelé une ambulance.

Il avait enfilé un pantalon de survêtement qui lui tombait de manière indécente sur les hanches et laissait entrevoir le tatouage en forme d'éclair qu'elle avait eu le loisir de contempler entier l'autre soir.

Cet homme va me manquer. Tout cela va me manquer...

— Tu es toujours là ?

— Tu as une commotion cérébrale, je te rappelle. Je suis médecin, je ne peux pas te laisser seul.

— Une *légère* commotion. Et moi aussi, je suis médecin. Et je te demande de cesser de rôder et de me laisser tranquille.

Il poussa un long soupir en grimaçant. Il n'avait pas changé de position, ce qui n'avait pas échappé à Cassie. Et son corps paraissait tendu. Elle passa la main sur son dos, et les nœuds de tension qu'elle sentit sous ses doigts confirmèrent ses soupçons.

Elle se mit à lui masser les épaules. S'il ne lui permettait pas de l'emmener aux urgences, au moins pouvait-elle l'aider à se détendre.

— Dis-moi ce que je peux faire pour toi, fit-elle.

Il poussa un long gémissement, étouffé par l'oreiller.

— Continue ce que tu es en train de faire, sans jamais t'arrêter, voilà ce que tu peux faire pour moi.

Elle sourit puis eut un petit pincement au cœur. Elle aimerait pouvoir satisfaire sa demande, mais d'ici quelques jours elle prendrait l'avion et rentrerait en Californie. Ce qui était dommage, étant donné le plaisir qu'elle avait à le masser. Sa peau était chaude et douce et elle aimait tellement son odeur qu'elle se demanda comment elle allait pouvoir s'en passer. Elle eut envie de se blottir contre lui et de rester là toute sa vie.

Mais ce n'était pas possible. Il fallait se faire une raison. Elle se concentra de nouveau sur le protocole, palpa la bosse qu'il avait à l'arrière du crâne – et qui n'avait ni grossi ni saigné.

— Tu as toujours la tête qui tourne ? Tu as toujours mal à la tête ?

— Non, ça va mieux. Je t'ai dit que ça irait, répondit-il d'une voix à la fois frustrée et affectueuse.

— Bien. Je vais tout de même continuer à te surveiller, dit-elle avec la même frustration et la même affection. Je reste ici cette nuit, on ne sait jamais.

21

— Brock ?

Il entendit la voix de Cassie et se demanda combien de temps il avait dormi.

— Il est 5 h 30. Je vais à l'hôpital pour préparer l'intervention.

Il ouvrit un œil et le referma sitôt après avoir regardé le réveil.

— Brock...

Il soupira et se retourna.

— C'est bon, je suis réveillé.

Elle s'assit sur le lit et posa la main sur son torse nu. Elle se mit à le caresser doucement et il sentit son agacement se volatiliser.

— Comment te sens-tu ?

— Je sais comment je m'appelle, je n'ai ni chaud ni froid. Tout va bien.

— Peux-tu suivre mon doigt ?

Il accentua le mouvement de ses yeux. Cassie soupira.

— C'est bon. On se voit tout à l'heure à l'hôpital.

Il savait qu'il fallait qu'il se lève et qu'il parte avec elle mais le contact de sa main était si agréable qu'il ne bougea pas. Et se rendormit.

Quand il se réveilla, le réveil indiquait midi passé. La reconstruction du visage de Serene était terminée depuis longtemps. Et il n'y avait pas assisté.

Il jura et se leva, content malgré tout que la pièce ne tourne plus autour de lui. Sa bosse était douloureuse mais elle n'avait pas grossi, et il se sentait plus stable sur ses pieds. Le pire était passé. Il avait fermé le cabinet pour la journée en prévision de l'opération de Serene et, pour une fois, personne ne l'attendait plus nulle part.

Il se prépara. Dans la cuisine, Lois avait laissé un petit mot indiquant qu'elle avait besoin de produits d'entretien. Il se prépara un café et des toasts puis s'attabla et commanda les produits sur son téléphone. Ensuite il envoya un message à Cassie pour lui demander comment s'était passée l'opération.

Quand elle rentra à la maison, quelques heures plus tard, il était comme un lion en cage, habitué qu'il était à être toujours occupé, jamais à attendre sans rien faire.

Cassie portait sa blouse et avait l'air fatiguée mais satisfaite. Quand elle entra, il se leva et la prit dans ses bras. Ils demeurèrent quelques minutes enlacés.

— Alors ? dit-il en s'écartant d'elle.

— Tout s'est bien passé. La procédure, la prothèse… le neurochirurgien pense qu'elle va pouvoir récupérer l'usage de tous les nerfs de son visage. Les chirurgiens spécialistes en chirurgie buccale et maxillo-faciale sont en train de terminer puis elle ira en salle de réveil. Tout cela aura duré huit heures.

— Je suis fier de toi, Cassie. Tu as fait un travail exceptionnel, dit-il en la serrant de nouveau contre lui.

— Merci.

Elle serait bientôt partie mais pour l'instant, elle était là, avec lui, et c'était tout ce qui comptait.

— Comment vas-tu ? Tu as des nausées ? lui demanda-t-il soudain.

Elle le regarda d'un air interrogateur.

— Comment t'appelles-tu ? Combien j'ai de doigts ?

Elle plissa les yeux.

— Tu te moques de moi ? Tu sais, il y avait vraiment de quoi s'inquiéter, hier soir.

Il posa la main sur son front.

— Tu n'as pas de fièvre, conclut-il.

Il fit glisser sa main le long de son cou, jusqu'au décolleté de sa blouse qu'il écarta doucement.

— Qu'est-ce que tu fabriques ?

— Je m'assure que tu n'as pas de frissons non plus.

— En me pelotant ?

Il sourit et se pencha pour l'embrasser. Elle se cambra contre lui et passa la main dans ses cheveux. Il poussa un grognement en grimaçant.

— Oh ! désolée, j'avais oublié ta bosse.

Il se mit à caresser son sein à travers la dentelle de son soutien-gorge.

— Brock...

Il la serra contre lui et se remit à l'embrasser. Mais elle s'écarta.

— Tu n'es pas en état, Brock.

Il posa les mains sur ses hanches et l'attira contre lui pour lui montrer dans quel état il se trouvait, justement.

— Je suis sérieuse. Mieux vaut que tu te reposes, aujourd'hui.

— Je peux toujours rester immobile, dit-il en la soulevant de terre pour l'emmener dans sa chambre.

Ignorant ses recommandations, il la déshabilla et la fit s'allonger sur le lit pendant qu'il retirait ses vêtements et prenait un préservatif dans le tiroir de la table de chevet. Il vint s'allonger au-dessus d'elle, mais elle le fit basculer sur le dos et s'assit à califourchon sur lui. Elle lui prit les mains et les guida au-dessus de sa tête pour qu'il s'accroche à la tête de lit.

— Tu ne dois pas bouger, dit-elle d'un air entendu.

Elle fit glisser ses doigts sur ses épaules, son torse, son ventre tout en commençant à bouger les hanches, sans détacher son regard du sien.

Il éprouva une sensation intense, celle d'un échange qui allait bien au-delà du sexe et de leur lien physique. C'était de l'amour qui circulait entre eux.

C'était peut-être la dernière fois qu'ils faisaient l'amour et il voulait qu'ils en gardent l'un et l'autre un souvenir impérissable. Il modifia légèrement l'angle auquel leurs deux corps étaient unis et approfondit la pénétration. Lorsque Cassie atteignit l'orgasme, le corps secoué de spasmes au-dessus du sien, il sentit la lame de fond l'emporter à son tour et ne put se retenir de crier son prénom.

Cassie ouvrit un œil et sursauta en découvrant le visage d'Adi à quelques centimètres du sien. Winnie était là aussi. Sur le lit – jusqu'à ce qu'elle l'en chasse.

Elle tourna la tête vers Brock qui dormait comme un bienheureux sur le ventre, le corps fort heureusement caché par le drap.

— Tu as dormi avec papa ? dit Adi, un grand sourire aux lèvres. Vous avez fait une pyjama party ?

— Euh...

Elle s'efforça de ne pas fixer le bas de survêtement qui gisait sur le sol derrière Adi et improvisa. Elle prit un livre sur la table de chevet, convaincue qu'il valait mieux inventer quelque chose que d'expliquer une partie de jambes en l'air postopératoire à une petite fille de cinq ans.

— Je lui ai lu une histoire.

Adi la regarda sans conviction. Par chance, Brock remua dans le lit et vint à sa rescousse.

— Bonjour, ma puce, dit-il à Adi. Tu as faim ?

— Ouiii ! s'exclama Adi.

— Est-ce que Lois est là ? demanda-t-il en jetant un coup d'œil au réveil. Tu peux emmener à l'école l'un des cupcakes que tu as faits, si tu veux.

— D'accord !

Elle sortit de la chambre en courant, Winnie sur les talons.

— Oh non ! gémit Cassie en laissant tomber sa tête entre ses mains.

— Elle n'a rien vu, dit Brock.

Cassie s'enveloppa dans le drap et se leva.

— Je sais, mais cela ne faisait pas partie de notre accord.

Brock se hissa sur un coude, plus sexy que jamais.

— Je pense que notre accord n'était plus valable, même avant qu'Adi nous voie ensemble dans le même lit, déclara-t-il.

Elle ramassa ses sous-vêtements et se rappela que sa blouse était restée dans le salon. Puis elle se regarda dans le miroir et gémit. Elle avait les cheveux en bataille, les lèvres gonflées et les joues rouges.

Brock se leva, sans prendre la peine de se cacher derrière un drap.

— Qu'est-ce que tu fais ? Habille-toi ! dit Cassie.

— Ne crie pas ! rétorqua-t-il en grimaçant, avant d'aller ramasser son survêtement.

Son front était plissé, ses yeux, cernés. Il donnait le change – manifestement, il ne savait pas faire autrement –, mais il n'était clairement pas au mieux de sa forme.

— Ne force pas, dit-elle. Je peux m'occuper d'Adi quand je reviendrai de l'hôpital, une fois que j'aurai vu Serene.

— Non, je m'en charge.

— Tu n'es pas tout à fait rétabli, insista-t-elle.

— Ça va. De toute façon, il va falloir que je me réhabitue à gérer tout cela tout seul. Je ne travaille pas aujourd'hui. Nous irons nous promener, faire des jeux d'arcade et manger des friandises.

« Il va falloir que je me réhabitue à gérer tout cela tout seul. »

Les mots de Brock lui firent l'effet d'un coup de scalpel. Mais ils disaient la vérité. Bientôt, dès que sa patiente se serait remise de l'opération, Cassie rentrerait à San Diego tandis que Brock resterait à Wyckford avec sa fille, sa sœur et leur adorable petit chien. Elle les imagina marchant sur la jetée, en famille, et son cœur se serra. C'était ce dont elle avait toujours rêvé, et qui s'évanouissait juste sous ses yeux. Elle déglutit dans l'espoir d'avaler la boule qui s'était formée dans sa gorge.

— Tu es un bon père, s'entendit-elle dire.

Il ne dit rien mais elle sentit que ses mots le touchaient. C'était un compliment qu'il n'avait sans doute pas suffisamment entendu. Cette pensée émut Cassie et elle eut envie de se blottir contre lui et de rester là jusqu'à la fin de ses jours. Ce qui, en soi, était un problème.

Un problème de taille. Parce que beaucoup de gens l'attendaient en Californie et comptaient sur elle. Il faudrait d'ailleurs qu'elle rappelle ses collègues de San Diego. L'intervention s'était déroulée sans incident. Elle était enchantée à la fois pour Serene, bien sûr, dont la vie allait de nouveau changer, mais dans le bon sens, cette fois, et d'avoir expérimenté de nouvelles techniques qui s'avéraient être, jusque-là, un succès.

Brock entra dans la salle de bains. Cassie enfila l'un de ses T-shirt et se dirigea vers le salon, le cœur débordant d'amour et de douleur. Comment survivrait-elle, quand son séjour à Wyckford prendrait fin et qu'elle n'aurait plus de raisons de le revoir ?

22

La semaine suivante, lors de la fête nationale, Brock retourna travailler aux urgences. Il n'était pas facile de se concentrer sur son travail et ses patients. Il était passé voir Serene, dont la convalescence avait commencé sous les meilleurs auspices. Elle allait pouvoir rentrer chez elle dans le courant de l'après-midi.

Il était ravi pour elle. Et, en même temps, profondément attristé car le succès de la reconstruction faciale de Serene signifiait le retour de Cassie à San Diego.

Cassie avait accompli une prouesse et, bientôt, Serene recouvrirait pratiquement les traits de celle qu'elle était avant l'accident. Certes, il faudrait encore des semaines de convalescence avant que tous les bandages soient retirés et qu'elle soit tout à fait rétablie, mais les résultats étaient déjà remarquables.

Malheureusement, le séjour de Cassie à Wyckford avait aussi transformé la vie de Brock. Une vie terne de labeur et de devoir, devenue joyeuse et colorée, et pleine de possibilités. Il ne savait pas comment il allait pouvoir revenir à son ancienne vie. Mais il n'avait pas le choix.

Cassie était rentrée préparer ses bagages. Il savait depuis le début qu'elle n'était à Wyckford que pour un temps limité. Il lui avait promis une relation sans sentiments ni engagement, sans savoir qu'il tomberait éperdument amoureux d'elle. La vie après son départ ne serait plus jamais la même.

À la fin de la journée, alors qu'il s'apprêtait à quitter l'hôpital, Madison le rattrapa dans le hall.

— Vous avez une minute ? dit-elle.

Elle avait l'air aussi éreintée que lui. Le service des urgences avait été plus chargé que jamais. Outre les habituelles crises cardiaques, comas éthyliques et brûlures provoquées par les feux d'artifice et autres pétards, ils avaient dû s'occuper des victimes d'un carambolage impliquant cinq véhicules et d'une ribambelle d'angines blanches. Mais Madi, l'une des infirmières les plus compétentes et les plus fiables qu'il connaisse, ne l'avait pas lâché une minute.

— Bien sûr, répondit-il.

— Merci, dit Madi. Vous savez que Cassie doit partir ce soir ?

— Oui, je sais.

— Et qu'est-ce que vous comptez faire ?

— Moi ?

— Oui, vous ! dit Madi en secouant la tête comme si elle parlait à un demeuré. Excusez ma franchise, mais Cassie et vous êtes faits l'un pour l'autre, cela saute aux yeux, Brock. Dans la manière dont vous vous regardez, dont vous vous comportez l'un avec l'autre.

— Je n'ai pas l'impression de me comporter différemment avec Cassie qu'avec tout le monde.

— Ah bon ?

— Non, dit-il, tout en pensant « Évidemment que si. »

Mais Madi ne tint pas compte de sa réponse, toute concentrée qu'elle était sur ce qu'elle avait à lui dire.

— Toute la ville avait vu la photo où vous vous embrassiez, à la maison de retraite. Et celle où vous assistiez à la remise de prix d'Adi, à l'école. Pour un médecin, vous n'êtes pas très perspicace. Écoutez mon conseil et allez discuter avec Cassie. Et faites le bon choix avant qu'il ne soit trop tard.

Brock n'avait pas peur de grand-chose mais la manière dont Madi le regardait était impressionnante. Il préféra ne rien dire.

Elle prit une profonde inspiration, sans le quitter des yeux, les mains sur les hanches.

— Écoutez, Brock. La situation a l'air compliquée, à première vue, puisque Cassie vit sur la côte Ouest et vous sur la côte Est, mais il y a des cas où l'amour est plus fort que les contraintes et où ça marche. Vous êtes fous l'un de l'autre, cela se voit comme le nez au milieu de la figure. Et puis, les miracles existent.

— Les miracles ? dit-il en se massant l'arête du nez. Écoutez, Madi, il est tard, je suis fatigué, vous aussi. Est-ce tout ce que vous aviez à me dire ?

— Je vois, fit-elle dans un soupir. Je voulais aussi savoir si vous pouviez venir au dispensaire cette semaine.

— Cela dépend si j'ai trouvé quelqu'un pour garder Adi.

— Je vois, répéta Madi en soupirant de nouveau. Vous savez, je ne peux pas m'empêcher de penser qu'il va se passer quelque chose. Que Cassie ne va pas partir et que vous allez pouvoir vivre votre histoire jusqu'au bout. Je suis tellement contente de la voir à Wyckford !

Et moi donc ! L'idée qu'elle n'y soit plus lui brisait le cœur. Mais il ne pouvait décemment pas lui demander de renoncer à sa vie à San Diego pour revenir s'installer à Wyckford.

Madi avait raison : il était *fou* de Cassie. Et cela remontait au jour où il l'avait retrouvée sur la plage, quand Winnie s'était enfui. Au début, il avait cru qu'elle avait besoin de lui et qu'il lui rendait service en lui proposant de s'installer dans la dépendance. Mais il se trompait, ô combien !

Cassie figurait au centre de son univers. Elle ne dépendait de personne. Elle n'avait pas besoin qu'on s'occupe d'elle. De fait, c'est même elle qui s'était occupée de lui, de son chien, de sa fille.

— Je vais rentrer, dit-il.

Madi le dévisagea un moment et, à sa grande surprise, le prit dans ses bras.

— On fait tous des erreurs en amour, dit-elle en lui tapotant le dos. La vie ne vous a pas épargné. Mais il faut que vous ouvriez les yeux et que vous trouviez une solution. Ne laissez pas cette opportunité d'être heureux vous glisser entre les doigts simplement parce que vous avez peur.

Il ouvrit la bouche pour protester mais elle était déjà sortie. Il n'avait pas peur. À moins que...

Quand Kylie était morte, elle semblait avoir emporté avec elle ce qu'il y avait de meilleur en lui. Mais Cassie avait redonné vie à cette part de lui-même. Elle avait fait revivre son cœur, son âme, sa capacité à aimer et à être heureux. Jour après jour, tout son être avait repris vie.

Et, oui, il avait peur. Il était terrifié à l'idée de tout perdre, encore une fois. Mais Madi avait aussi raison sur un autre point : il avait un choix à faire. Soit il laissait la peur décider pour lui, soit il prenait en main les rênes de sa vie.

Il sentit une force nouvelle éclore en lui, plus grande que la terreur : une sensation de certitude, de sécurité, de détermination.

Depuis que Cassie était revenue dans sa vie, ils étaient redevenus une famille. Une vraie famille. Et, comme un idiot, il était prêt à tout lâcher juste parce que c'était risqué, difficile. Que lui prenait-il ?

Dieu savait s'il était capable d'affronter des situations difficiles ! Il n'avait rien fait d'autre pendant cinq ans. Il était prêt à gravir d'autres montagnes si cela lui permettait de continuer à voir Cassie. Il trouverait des solutions, comme il l'avait toujours fait.

Mais avant toute autre chose, il fallait qu'il lui parle, avant qu'il ne soit trop tard.

Cassie était dans la dépendance, en vidéoconférence avec ses confrères du cabinet de San Diego, pour leur transmettre toutes les informations recueillies pendant la reconstruction faciale de Serene.

— C'est impressionnant ! dit le Dr Ongulla, l'un des partenaires principaux du cabinet. Nous nous attendions à ce que l'opération soit un succès, mais vos résultats ont dépassé nos espérances.

— Je partage cet avis, ajouta le Dr Chin. Ces informations sont la preuve que nous allons pouvoir appliquer la méthode à d'autres domaines de la reconstruction.

— À propos d'expansion, intervint le Dr Allende, l'autre associé, je souhaiterais discuter avec vous d'une nouvelle opportunité.

Cassie remua sur sa chaise. Tellement de choses semblaient en suspens dans sa vie, entre son travail, sa relation avec Brock et la tristesse de le quitter pour retourner en Californie.

— Je ne sais pas si...

— Écoutez simplement la proposition que nous souhaitions vous faire, la coupa le Dr Ongulla.

— D'accord, je vous écoute.

— Vous n'êtes pas sans savoir que nous réfléchissons depuis un moment à la possibilité d'ouvrir une deuxième clinique chirurgicale à San Diego pour faire face à l'afflux de patients.

Elle était parfaitement au courant puisque c'était l'un des principaux sujets de conversation au cabinet depuis des mois. Elle se réjouissait du succès du cabinet mais elle savait que l'ouverture d'un autre établissement l'obligerait à faire des trajets supplémentaires.

— Depuis que vous êtes partie à Wyckford, nous avons continué à y réfléchir et il nous est venu plusieurs autres idées.

— Quel genre d'autres idées ? demanda-t-elle, soudain inquiète.

Mais le Dr Allende sourit.

— L'ouverture d'une clinique sur la côte Est.

— Sur la côte Est ?

— Oui, poursuivit le Dr Chin, manifestement enthousiaste. Je me suis dit : « Pourquoi ouvrir un deuxième cabinet en Californie alors que nous pourrions nous implanter dans une autre région ? »

Il vint à l'esprit de Cassie un certain nombre de raisons, parmi lesquelles le coût d'une telle opération, la logistique, la recherche d'un endroit adéquat. Mais elle se tut, ne voulant pas jouer les rabat-joie.

— Et ?

— Nous avons pensé à la région de Boston, dit le Dr Ongulla. Ou, pour être plus précis, à Wyckford. Les prix de l'immobilier y sont raisonnables, Boston est tout près, les structures hospitalières existantes sont de premier ordre, comme nous l'avons constaté lors de votre intervention sur le cas de Serene Ogden. Et, puisque vous connaissez bien la région et ses habitants, nous avons pensé que vous pourriez prendre la tête de ce nouvel établissement, ajouta le Dr Chin. Qu'en pensez-vous ?

Cassie regarda ses confrères, médusée. Il lui fallut quelques secondes pour intégrer les mots qu'elle venait d'entendre.

Diriger un cabinet de chirurgie à Wyckford signifierait être proche de son père, de Brock, d'Adi, de Riley et de ses amis de toujours. Faire partie d'une famille. Cela résoudrait d'un coup tous les dilemmes qu'elle avait en tête.

— J'en serais ravie, s'entendit-elle dire.

— Bien, dit le Dr Ongulla. Dans ce cas, je vous propose que nous nous rappelions après les festivités de la fête nationale pour discuter de cela plus en détail. Profitez bien de ces jours de congé, et encore bravo pour l'opération de Serene Ogden.

Ils mirent fin à l'appel. Elle demeura un moment assise, pour digérer l'information qu'elle venait de recevoir. Puis elle annula son vol de retour. Elle se leva enfin et regarda ses bagages en se demandant ce qu'elle devait en faire. Il fallait qu'elle parle à Brock, qu'elle lui annonce la nouvelle et lui demande de l'héberger encore un peu, le temps que le nouveau projet se concrétise et qu'elle trouve un logement définitif.

Elle ouvrit la porte et, à sa grande surprise, Brock venait dans sa direction d'un pas résolu. Il s'arrêta devant elle et croisa les bras.

— J'ai vu Serene avant qu'elle sorte de l'hôpital. Tu as vraiment fait du bon travail, Cassie.

— Merci. Je suis contente que tout se soit bien passé. Je viens de parler avec San Diego et...

— Attends, la coupa Brock en la regardant avec une intensité inhabituelle. J'ai quelque chose à te dire avant que tu partes.

Il prit une profonde inspiration.

— Je ne veux pas que notre histoire se termine comme ça. Je sais que ce ne sera pas simple, si tu vis à San Diego et moi à Wyckford, mais j'ai envie d'essayer. Je ne veux pas te perdre, Cassie, parce que je t'aime.

Sans vraiment comprendre ce qui était en train de se passer, elle se retrouva dans ses bras. Il la serra comme si elle était la chose la plus précieuse au monde, comme si sa vie en dépendait. C'était exactement ce qu'elle ressentait aussi.

— Brock, moi aussi j'ai quelque chose d'important à te dire, déclara-t-elle. Je ne pars pas.

Il s'écarta brusquement pour voir son visage. Elle lui sourit et lui raconta la conversation qu'elle venait d'avoir avec ses confrères. Il la regardait, bouche bée.

— Tout à l'heure, Madi m'a dit que les miracles existaient. Je commence à le croire.

Il se pencha et l'embrassa tendrement.

— Viens, allons voir les feux d'artifice avec Adi, ajouta-t-il. Riley est déjà sur la jetée avec des collègues.

Les feux d'artifice commencèrent à illuminer le ciel dès qu'ils arrivèrent. Adi était totalement absorbée dans le spectacle, étrangement silencieuse. Brock prit Cassie par le cou et l'attira contre lui.

— Je t'aime, Cassie. Je crois que je t'aime depuis le jour où je t'ai vue sur la plage, en train de chercher Winnie.

— Moi aussi, je t'aime, dit-elle.

Elle regarda Adi et Winnie.

— Et je les aime aussi, ajouta-t-elle.

Comme s'il avait compris, le chien jappa.

— C'est vrai ? demanda Brock en souriant.

— C'est vrai, confirma-t-elle.

Épilogue

Un an plus tard…

Cassie se réveilla d'un petit somme, au moment où un nuage voilait le soleil, et scruta la plage privée attenante à la maison qu'ils avaient louée pour leur voyage de noces. Elle vit Brock qui sortait de l'eau, bronzé et mouillé, plus sexy que jamais. Il approcha d'elle, une lueur malicieuse dans le regard.

— N'y pense même pas, dit-elle sur un ton qu'elle espérait ferme.

Mais il sourit de plus belle et la prit dans ses bras.

— Non ! Tu es tout mouillé !

Mais il était trop tard.

— Cessez de vous plaindre, madame Turner, fit-il en la reposant sur la chaise longue à deux places, avant de s'allonger à côté d'elle.

— Mmm ! Tu sens la noix de coco, dit-il en lui caressant le dos. Tu sais que j'adore la noix de coco.

Elle le savait, en effet. Il leur restait quelques jours à passer à Maui. Ils s'étaient mariés six mois auparavant, mais n'avaient pas pu s'échapper plus tôt, à cause de leur vie bien remplie. Riley leur avait offert, comme cadeau de mariage, de garder Adi et Winnie pendant une semaine. Ce qui était étonnant, étant donné son emploi du temps à l'hôpital, auquel s'ajoutait un nouveau projet sur lequel elle travaillait avec le neurochirurgien Sam Perkins.

Cassie se demandait s'il n'y avait pas quelque chose entre eux mais Riley restait évasive sur le sujet.

Madi et Luna gardaient aussi Adi et Winnie, de temps en temps, en dépit d'un planning professionnel et d'une vie sociale chargés. Madi avait toujours été la gentille fille du groupe, dévouée à son travail et à sa mère âgée dont elle s'occupait. Mais Cassie avait découvert une autre facette de sa personnalité, plus audacieuse, plus hardie, plus insouciante. Elle se demandait si cela avait à voir avec le temps que Madi passait avec Tate Griffin, l'ami de Brock, médecin volant qui demeurait à Wyckford quand il n'était pas à bord d'un hélicoptère.

Quant à Luna, il était difficile de la voir – entre son travail de kinésithérapeute, les heures qu'elle passait au Buzzy Bird à donner un coup de main à sa famille et son activité artistique. À sa connaissance, Luna ne sortait avec personne mais les choses pouvaient changer vite, à Wyckford, elle était bien placée pour le savoir.

Ben, son père, et Adi s'entendaient comme larrons en foire. Winnie n'était jamais loin. Les trois comparses étaient pratiquement inséparables. Ben avait même réussi à dresser un peu Winnie. Preuve que les miracles existaient, en effet.

Le cabinet de chirurgie que Cassie dirigerait était sur le point d'ouvrir. L'inauguration était prévue un mois plus tard.

Le cabinet que Brock avait vendu au groupe hospitalier de Wyckford ne désemplissait pas, mais la charge de travail ne reposait plus sur ses seules épaules.

Brock enlaça ses doigts aux siens et la regarda d'un air sérieux.

— Promets-moi une chose, dit-il en l'embrassant dans la paume de la main.

— Tout ce que tu veux.

— Promets-moi que nous trouverons toujours le temps de passer du temps ensemble, juste tous les deux, comme ça.

Elle sourit et se pencha pour l'embrasser.

— Je te promets.

ANNIE CLAYDON

Un été à Sydney

Traduction française de
MARIEKE MERAND-SURTEL

BLANCHE

HARLEQUIN

Titre original :
ONE SUMMER IN SYDNEY

1

Un voyage de vingt-quatre heures. Tandis que l'avion survolait les déserts australiens, le Dr Allie Maitland-Hill avait songé que si elle n'était pas encore assez loin de Londres, il n'y avait nulle part d'autre où fuir.

Cette pensée la rendit *plus* déterminée, plutôt que moins. Lorsque la nouvelle avait éclaté à l'hôpital, les chuchotements se transformant en rumeurs, puis confirmées par une annonce officielle insipide qui n'avait donné que peu de détails, Allie avait filé dans le Hampshire pour le week-end. Deux jours à parcourir la campagne avec tante Sal lui avaient toujours permis de surmonter les difficultés de la vie, mais cette fois-ci, cela n'avait pas été le cas, tant s'en fallait.

Le lundi matin, elle était retournée au travail pour découvrir que l'hôpital avait fait une autre annonce, cette fois avec plus d'informations. Le groupe en ligne, dont des membres avaient posté des photos et des vidéos – le sang d'Allie s'était glacé de panique à l'idée des vidéos –, n'était plus un soupçon, mais une réalité. Plusieurs des meneurs avaient été identifiés et immédiatement suspendus. Ils n'avaient pas été nommés, mais James était absent quand elle était passée devant son poste de travail à l'hôpital, et ce dernier était resté vide toute la semaine.

Le week-end suivant, elle avait essayé de fuir un peu plus loin. Le Yorkshire allait sûrement accomplir ce que le Hampshire n'avait pas réussi à faire ? Mais deux nuits à l'hôtel, passées pour l'essentiel dans sa chambre à contempler la vue splendide et à tenter de trouver une alternative à la seule possibilité qui se frayait un chemin dans son cœur, n'avaient rien donné.

James avait été affable et charmant, presque timide, mais il ne lui avait pas laissé l'illusion qu'il s'intéressait à elle. Allie avait aimé la gentille cour qu'il lui avait faite durant trois mois qui, de regards et de sourires, s'était transformée en rendez-vous autour d'un café, puis en un dîner. Elle avait ignoré les allusions voilées d'un ami qui lui avait dit qu'il n'était pas tout à fait ce qu'il semblait être, parce que tous ceux qui le connaissaient semblaient l'apprécier et qu'il n'avait jamais fait pression pour que leur relation aille plus vite qu'elle ne le devrait.

Lorsqu'ils avaient passé la nuit ensemble, il avait paru si parfait. Il avait rabattu les couvertures, laissé les lumières allumées, car il disait qu'il voulait voir tout ce qui se passait entre eux, et ils avaient fait l'amour pendant des heures.

Il l'avait appelée le lendemain, apparemment sincèrement contrarié. Ils avaient vécu un moment merveilleux ensemble, mais il était très occupé à l'heure actuelle et ne pouvait pas aller plus loin. Il était resté vague et anormalement indélicat, mais Allie avait ravalé les questions qui lui venaient à l'esprit et mis cela sur le compte de l'expérience. James avait dit qu'il se souviendrait toujours avec tendresse des moments passés ensemble, puis il avait raccroché.

Alors qu'elle était tristement assise dans sa chambre d'hôtel, Allie s'était demandé si James n'avait pas plus que de jolis souvenirs à garder d'elle. Peut-être avait-il un aide-mémoire, pour se remémorer leurs moments ensemble, dont elle ne savait rien. Cette idée l'avait rongée, comme un acide corrosif, et quand elle était rentrée à Londres, elle avait appelé la ligne d'assistance confidentielle que l'hôpital avait mise en place pour tous ceux qui craignaient que des images d'eux aient été diffusées à leur insu.

Cela faisait maintenant dix-huit mois. Du temps passé à affronter la vérité et non à la fuir. Finalement, Allie avait cédé à la pression et décidé qu'elle avait besoin d'un changement. Un certain anonymat où elle n'avait pas l'impression que tout le monde savait ce qui s'était passé et où elle se demandait constamment qui avait vu quoi sur Internet. Lorsqu'elle était allée voir son supérieur hiérarchique pour lui annoncer qu'elle abandonnait son travail, il lui avait proposé une autre solution. Le Dr Zac Forbes était à Sydney depuis deux ans, dans le cadre d'un programme d'échange entre leur hôpital et un autre hôpital australien. Son mandat se terminait bientôt et, comme il n'y avait actuellement aucun postulant approprié pour le remplacer, la candidature d'Allie pouvait être examinée rapidement. Elle pourrait conserver son poste à Londres et revenir sans perdre d'ancienneté.

Et l'Australie pouvait être un nouveau départ. Ou alors, il était impossible de fuir plus loin sans aller dans l'espace. Quelle que soit la manière dont Allie veuille le prendre, cela donnait l'impression d'ouvrir des options pour un avenir qui, de plus en plus, semblait n'offrir que très peu de choses, hormis réussir à passer la journée et survivre à la nuit.

Hébétée de fatigue, elle suivit la file des passagers qui descendaient lentement de l'avion et passaient la douane. Les gens avaient manifestement hâte de retrouver leur famille ou leurs amis. Allie les regarda tomber dans les bras des personnes qui les attendaient, souriant un peu à la chaleur qui s'échappait de leurs effusions. Peut-être que si elle se concentrait là-dessus, cela l'empêcherait de frissonner.

Zac avait dit qu'il viendrait la chercher et elle évoqua l'image vieille de deux ans qu'elle avait de lui, à l'hôpital. Cheveux châtain clair, yeux... elle ne savait pas quelle était la couleur de ses yeux, ils n'avaient jamais eu grand-chose à faire l'un avec l'autre en Angleterre. Probablement une nuance de marron, en accord avec les couleurs neutres qu'il portait toujours. Peut-être brandirait-il une pancarte avec son nom dessus, ce qui le distinguerait de tous les autres visages anonymes qui l'entouraient.

Allie s'assit au bout d'une rangée de sièges, agrippant la

poignée de sa valise et scrutant les personnes présentes dans la salle d'attente. Elle ne voyait pas Zac, peut-être avait-il été retenu à l'hôpital... L'envie de se renverser sur le côté, de s'enrouler sur quelques sièges et de faire une sieste la saisit, et elle ouvrit les yeux avec effort, pour apercevoir une carte posée contre la caisse d'un stand de boissons chaudes. *Dr Alexandra Maitland-Hill.*

Peut-être devait-elle demander à cet endroit où elle devait se rendre ensuite. Puis l'homme qui venait de payer un café prit le gobelet jetable ainsi que la carte portant son nom et se retourna. Zac... ?

Il n'avait rien d'anonyme. C'était un homme au regard direct, beaucoup plus large d'épaules que dans son souvenir, les cheveux blondis par le soleil et la peau dorée. Il portait un pantalon décontracté, ainsi qu'un T-shirt bleu foncé orné d'un motif de couleur vive sur le devant. Quelque chose en lui rappelait l'homme timide et doux dont elle se souvenait, et dont les deux seuls objectifs dans la vie semblaient être l'étude et se fondre dans le décor. Mais il y en avait beaucoup d'autres qui ne lui rappelaient rien.

L'Australie lui avait manifestement fait du bien. Allie leva automatiquement la main pour attirer son attention, et il lui adressa un sourire franc et ouvert qui la fit se demander brièvement si c'était *vraiment* Zac et si elle n'était pas encore endormie dans l'avion, rêvant de sa propre version d'une comédie sentimentale.

Bleu. Ses yeux étaient bleu foncé. Et Zac Forbes était beau comme un dieu.

Zac y avait beaucoup réfléchi. Lorsque la nouvelle avait éclaté à l'hôpital, la police l'avait contacté pour lui demander s'il savait quelque chose sur les abus qui avaient eu lieu, et bien que Zac ait souhaité pouvoir les aider, il était également soulagé d'être en mesure d'affirmer qu'il n'était au courant de rien. Il avait observé la situation de loin, vu le courage d'Allie qui s'était manifestée et avait incité d'autres victimes à faire de même, et il s'était rendu compte des séquelles que cela avait dû lui laisser.

Et à présent il pouvait le voir sur son visage. Elle souriait, manifestement désorientée de se retrouver dans un lieu inconnu avec très peu de sommeil, et personne ne pouvait s'attendre à sortir d'un long vol international en paraissant complètement maître de soi. Mais il y avait plus. Une vigilance tendue dont elle n'avait probablement même pas conscience. Il avait à peine reconnu la femme brillante et pétillante dont il se souvenait de deux ans plus tôt.

Et maintenant, son courage et ce que Zac supposait être le désir d'un nouveau départ l'avaient amenée ici, et il avait décidé de rendre cette transition aussi indolore que possible pour elle. C'était à lui de lui apporter autant de sécurité et de réussite qu'il le pouvait pendant leurs cinq semaines de passation.

Il s'assit à côté d'elle, laissant un siège vide entre eux.

— Comment s'est passé le vol ?

Zac opta de s'en tenir aux questions évidentes pour le moment. Elle répondit un peu trop vite.

— Bien... très bien. J'ai besoin d'un peu d'air frais.

— Tu veux un café avant de partir ? On peut le prendre dehors.

Elle hésita. Zac se demanda si elle n'avait pas perdu la capacité de faire confiance à une simple offre de boisson. Trop tard, l'idée que n'importe quelle boisson puisse être additionnée de drogue lui vint à l'esprit, et cela lui déchira le cœur que ce genre de précaution soit la première et la plus importante qu'envisage Allie ces temps-ci.

C'est alors qu'il vit un éclair de la chaleur lumineuse qu'il reconnaissait de deux ans auparavant. Il avait toujours été un peu envieux de l'esprit insouciant et extraverti d'Allie, et son sourire soudain fit bondir son cœur dans sa poitrine.

— Oui, merci, ce serait chouette. À moins que tu ne doives aller quelque part ?

— Je passerai à l'hôpital cet après-midi, mais il n'y a pas d'urgence. Nous avons tout notre temps.

Il se leva et Allie passa la lanière de son sac à main sur son épaule.

— Laisse-moi me charger de ta valise.

Encore une chose à laquelle elle devait réfléchir. Allie se sentait manifestement craintive et vulnérable dans un lieu qu'elle ne connaissait pas, mais elle s'efforçait résolument de répondre à ses ouvertures amicales. L'envie de la protéger, de lui dire qu'il ferait tout et n'importe quoi pour qu'elle soit en sécurité, lui tordait le ventre.

— Merci.

Elle poussa avec réticence sa grosse valise vers lui, et Zac prit son bagage cabine, le posa par-dessus puis attendit qu'Allie se dirige vers le stand de boissons chaudes.

Elle parcourut la liste collée à l'avant du stand en fronçant les sourcils. Zac fouilla dans sa mémoire et *café au lait* surgit des plis d'un passé qu'il pensait avoir soigneusement remisé.

— Un *flat white* se situe entre un cappuccino et un latte. Du lait fouetté sans la mousse, expliqua-t-il en souriant.

— Ça m'a l'air bien.

Elle ouvrit son sac, tripota une pochette zippée à l'intérieur, et Zac lui tendit un billet de dix dollars. Il s'était trouvé au même endroit deux ans plus tôt, choisissant un breuvage au hasard sur une liste et triant la liasse de billets inconnus qu'il avait reçus de la banque en Angleterre.

— Merci.

Elle examina le billet et lui sourit, les ombres sous ses yeux semblant disparaître un instant.

De si beaux yeux, larges et bruns, pailletés d'or quand elle tournait son visage vers la lumière. Les boucles brunes d'Allie et son sourire avaient toujours égayé sa journée à Londres, même s'il était hors de question de l'approcher pour parler d'autre chose que de travail.

Il fallait qu'il arrête ça. Vouloir faire sourire Allie signifiait qu'il devait devenir proche d'elle. Et il devinait que devenir proche serait un tout nouveau défi après ce qu'elle avait traversé. Il avait décidé de l'accueillir et de faire son possible pour lui offrir un endroit sûr où vivre, le temps qu'elle trouve ses marques. Il devait vraiment arrêter de penser au sentiment qu'il avait au creux du ventre de vouloir effacer tout ce qui était arrivé à Allie au cours des deux dernières années, d'une manière ou d'une autre.

Après le bourdonnement de l'air conditionné de l'avion, les bruits et les odeurs de l'air libre commencèrent à dissiper le brouillard qui s'était formé dans l'esprit d'Allie. Elle regarda autour d'elle et s'imprégna de son environnement, un café à la main, Zac assis en silence à côté d'elle. Elle enleva son sweat-shirt à capuche et tourna son visage vers la chaleur du soleil. Tout semblait plus lumineux, plus clair.

— Je crois que je vais me plaire ici.

Puisqu'il s'agissait d'un nouveau départ, Allie décida être optimiste.

— Oui. Il y a quelque chose dans le fait de déménager à l'autre bout du monde qui remet tout en perspective.

Était-il au courant ? Ce n'était pas impossible, il devait avoir des amis à l'hôpital, même si Zac avait toujours semblé trop occupé par ses livres et son travail pour tisser du lien. Allie rejeta cette pensée. Nouveau départ. Il était temps d'arrêter de se demander ce que tous les gens qu'elle rencontrait savaient et ce qu'ils avaient vu sur Internet. Ce qu'ils pourraient voir s'ils avaient l'idée de regarder.

— Vraiment ?

Elle but une gorgée de son café, essayant de donner à sa question un ton décontracté.

— Je pense que oui. Un peu moins de travail et un peu plus de détente. Même s'il y a encore beaucoup de travail et de choses à apprendre.

Allie avait misé là-dessus. Quelque chose qui lui occuperait l'esprit et la fatiguerait pour qu'elle puisse enfin dormir. Pour l'instant, elle était plus intéressée par le côté loisir de la métamorphose de Zac, car le travail était toujours présent, aussi bien ici qu'à Londres. Et le changement chez lui était encore plus marqué maintenant qu'ils étaient à l'extérieur. Il semblait détendu et en harmonie avec le monde qui l'entourait.

— Qu'est-ce que tu fais ? Pendant ton temps libre.

Il gloussa en étirant ses jambes devant lui.

— Eh bien… j'ai appris à faire du surf.

— Du surf ! Alors, tu es un vrai Australien maintenant ?

— Non. Toujours visiblement aussi anglais. Demande à n'importe qui à l'hôpital. Enfin, il paraît que les Cornouailles sont bien pour le surf.

— Alors, quand tu rentreras, tu y iras les week-ends ?

— Qui sait ? Je pourrais tenter le coup.

Il jeta son gobelet de café dans une poubelle voisine, et Allie bâilla derrière sa main.

— Tu veux qu'on y aille ? demanda-t-il.

— Oui. Quelques heures de sommeil me feront du bien. Ensuite, j'espère pouvoir tenir tout l'après-midi sans m'assoupir, et dormir cette nuit.

Zac avait mis ses bagages à l'arrière d'un SUV plutôt cabossé, lequel allait parfaitement bien à sa nouvelle personnalité d'homme qui aimait passer du temps à la plage. Il lui avait tenu la portière ouverte, balayant d'un air embarrassé quelques grains de sable du siège avant qu'elle ne monte, un tribut à l'homme timide et désolé qui, avait-elle pensé, viendrait la chercher à l'aéroport. Dans un lieu qui ressemblait tant à son pays par certains aspects, et si différent par d'autres, elle devait s'attendre à des contradictions.

Ils roulèrent pendant une demi-heure, le long d'autoroutes fluides, puis à travers des quartiers résidentiels, avec des maisons en retrait de la route et ombragées par des arbres. Enfin, Zac s'engagea sur une route côtière.

— Tu habites ici ?

Il sourit.

— Cronulla est du même côté de Sydney que l'hôpital, c'est pratique. Et ce n'est qu'à une demi-heure en voiture, ou une heure en train du centre-ville si tu veux sortir le soir.

Sortir. Deux ans plus tôt, Allie aurait été partante. Mais elle ne se souvenait plus de la dernière fois qu'elle était allée en soirée. Mais c'était bien d'être à proximité de l'hôpital.

— Et c'est au bord de la mer.

— Exact. Et pas très loin du Royal National Park, si tu veux aller marcher ou faire du vélo.

Activités qu'elle n'avait guère faites ces derniers temps non plus. Elle n'était pas non plus allée à la plage, même si le bleu profond du ciel, qui se confondait au loin avec l'eau, lui en donnait envie. Dans l'immédiat, elle se contenterait de l'intimité de quatre murs, et d'un peu de paix et de tranquillité pour dormir. Cette vision se désintégra un peu quand Zac tourna pour se garer sur une place de parking, à côté d'une devanture de magasin peinte de couleurs vives.

— Tu habites au-dessus d'un magasin de surf ?

Elle ne put réprimer la note de désappointement dans sa voix. Zac n'avait pas mentionné ça dans leurs brefs échanges de mails.

— Je suis ami avec les propriétaires. Ils vivaient au-dessus de la boutique, mais leur famille s'est agrandie et ils ont besoin d'un peu plus d'espace. Ne juge pas avant d'avoir vu.

Il prit sa valise dans le coffre, puis la conduisit le long d'un chemin qui contournait le bâtiment, jusqu'à une série de marches qui menaient à une porte au premier étage. Il la déverrouilla et s'effaça pour la laisser entrer.

Les rideaux étaient tirés sur le soleil matinal, et l'endroit était frais. Planchers en bois et couleurs neutres donnaient l'impression d'un espace encore plus grand à une pièce déjà immense selon les normes anglaises, qui combinait une cuisine et un salon. Tout était propre et brillant, et Allie ne voyait aucun des objets personnels qui rendaient les lieux habités.

— J'ai emballé mes affaires et je les ai mises dans la chambre d'amis.

Zac restait en retrait, attendant le verdict d'Allie.

— Tu n'avais pas besoin de faire ça...

Soudain, elle était contente qu'il l'ait fait. Si accepter son offre de vivre ici le temps qu'elle trouve ses marques avait paru sensé, Allie avait décidé que trouver son propre espace était sa priorité absolue. Mais rester ici pendant un certain temps ne semblait pas aussi difficile qu'elle l'avait imaginé.

— C'est très calme.

— Tu t'attends à devoir te frayer un chemin à travers une foule de surfeurs bronzés sirotant des bières pour atteindre la porte d'entrée ? Mark et Naomi vendent du matériel haut de gamme, donc le magasin n'attire pas cette populace. Tu ne les trouveras pas non plus en train d'organiser des fêtes nocturnes sur la plage, ils ont de jeunes enfants.

— Ouf. Ça a l'air vraiment sympa ici.

Il sourit brusquement.

— Tu n'as pas encore vu le meilleur.

Posant sa valise près de la porte, Zac se dirigea vers les rideaux et les écarta. Allie retint son souffle. Des baies coulissantes donnaient sur un grand balcon ombragé, avec des chaises et une petite table. Au-delà, c'était la mer, avec une vue sur une péninsule boisée et incurvée d'un côté. Soudain, les tons neutres de la pièce prenaient tout leur sens, car qui a besoin de couleur et de décoration à l'intérieur quand la beauté animée du panorama s'offrait à l'extérieur ?

— C'est magnifique, Zac !

Il acquiesça, semblant se détendre un peu.

— La vue est en fait plus belle depuis l'étage. Et ce n'est jamais tout à fait la même deux jours de suite.

Zac se retourna alors qu'une voix de femme parvint du seuil, lançant « Toc, toc ! »

— Hé, Naomi. Entre.

La femme qui se tenait dans l'embrasure franchit le seuil. Elle avait à peu près l'âge d'Allie, les cheveux blonds et la peau dorée, et elle portait un bébé dans une écharpe multicolore. Une petite fille d'environ quatre ans se tenait à côté d'elle, un gros bouquet de fleurs dans les mains.

Naomi sourit à Allie.

— Bonjour. Nous sommes juste passées pour te saluer et te souhaiter la bienvenue.

Naomi lâcha la main de la petite fille qui courut vers Zac.

— Coucou, Izzy.

Il s'accroupit devant l'enfant, qui lui tendit les fleurs. Zac éclata de rire, et lui dit en aparté :

— Elles sont superbes. Mais je ne pense pas qu'elles soient pour moi.

Naomi s'esclaffa.

— Non, tu peux aller cueillir tes propres fleurs, Zac. Izzy, donne-les à Allie.

Izzy se dirigea vers Allie. Malgré son mal de dos, celle-ci se pencha vers la fillette.

— Salut, tu es Izzy ? Moi, c'est Allie.

— Tiens, elles sont pour toi. Bienvenue en Australie, débita Izzy en lui mettant le bouquet entre les mains.

— Merci, Izzy. Elles sont si jolies.

— Oui. Ça, c'est du waratah, ajouta l'enfant, montrant les somptueuses fleurs à capitules pourpres, reliées entre elles par un feuillage vert foncé. J'ai aidé à les cueillir.

— C'est vrai ? Tu en as choisi de très belles. Merci beaucoup, déclara Allie en lui souriant.

— Le waratah est l'emblème floral de la Nouvelle-Galles du Sud, expliqua Naomi en lui retournant un grand sourire. Nous ne restons pas, tu dois être épuisée, mais je veux que tu saches que si Zac n'est pas là et que tu as besoin de quelque chose, mon mari Mark ou moi-même sommes toujours en bas pendant la journée. Notre maison se trouve en haut de la colline, juste derrière, alors j'espère que tu viendras prendre un café un jour.

— La maison de Mark et Naomi est celle avec les buissons de waratah, précisa Zac.

— Oui. Et avant que j'oublie, le bail de Zac se termine dans six semaines, mais tu peux rester aussi longtemps que tu le souhaites. Si l'endroit te plaît, on pourra signer un bail, ou si tu préfères aller ailleurs, n'hésite pas à loger ici à la semaine pendant que tu cherches un autre appartement.

— Merci. C'est vraiment gentil de votre part.

Allie commençait à sentir qu'elle reprenait pied sur des bases solides. Naomi échangea un sourire muet avec Zac, et Allie se demanda s'il avait quelque chose à voir avec le plan.

— C'est un plaisir de t'avoir ici. Zac, pourquoi tu n'irais pas embêter Mark dans l'atelier ? Je pense qu'Allie a besoin d'un peu de temps pour s'installer et dormir.

— Je ne peux pas. J'ai promis de passer à l'hôpital pour quelques heures. S'il est encore là à mon retour, j'irai le voir.

— Il sera là, il a beaucoup de choses à faire.

Naomi sourit, prit la main d'Izzy et les laissa seuls.

Allie avait enfin l'impression d'être arrivée à bon port. Zac avait mis les fleurs dans l'eau, en lui disant qu'elle pourrait les arranger plus tard, et avait porté sa valise à l'étage. La chambre qui donnait sur la mer avait le même balcon et la même vue panoramique, et il faisait assez frais pour pouvoir dormir. Zac détacha la clé de la porte d'entrée de son trousseau et la lui tendit.

— Pourquoi tu ne la gardes pas ? Il faudra bien que tu rentres quand tu reviendras de l'hôpital, n'est-ce pas ?

— Je ne te dérangerai pas. Je serai dans l'atelier de Mark si tu as besoin de quoi que ce soit. Tu n'as qu'à passer la tête à la porte d'en bas et Naomi t'indiquera la bonne direction. On dîne à 6 heures ?

— Parfait. J'ai juste besoin de fermer les yeux pendant quelques heures.

— Très bien. Je te laisse.

Allie entendit la porte d'entrée se refermer derrière lui et réalisa qu'elle poussait un soupir de soulagement. Seule. Dans une chambre qu'il avait débarrassée de toutes ses affaires, avec seulement des armoires vides et des draps fraîchement lavés sur le lit. Et la clé de la porte d'entrée entre ses doigts, donc elle pouvait baisser sa garde.

Savait-il ? Avait-il fait tout cela pour lui donner un peu d'espace et la faire se sentir en sécurité ? Allie n'était pas trop sûre de ce qu'elle en pensait, ou si elle devait ressentir un écho de l'humiliation qu'elle avait éprouvée à l'hôpital de Londres, où tout le monde était au courant. Elle était trop fatiguée pour y réfléchir.

Allie gagna la salle d'eau d'un pas las et se ravisa. Dormir d'abord. Elle ferma les rideaux, s'assurant qu'aucune fente ne permettait au monde extérieur de s'infiltrer, puis s'assit sur le lit, regardant autour d'elle. Sous la poignée de la porte, il y avait un verrou à bouton-poussoir.

Non. Elle prenait un nouveau départ et n'avait pas besoin de faire cela. Elle devait se déshabiller, s'allonger et dormir, comme n'importe quelle personne normale. Elle s'approcha tout de même de la porte, tourna plusieurs fois le bouton rigide pour qu'il s'enclenche plus facilement, puis verrouilla la porte de la chambre.

2

Lorsque Zac revint à l'appartement, Allie était douchée et habillée, les fleurs joliment arrangées dans un vase. Et, visiblement, elle était sortie pour se rendre jusqu'au marchand de journaux.

— Il y a un kiosque près de l'hôpital où tu peux commander des journaux anglais, si tu veux.

Elle lui adressa un sourire espiègle. Quelques heures de sommeil l'avaient rendue plus maîtresse d'elle-même, ce qui était sans aucun doute ce à quoi elle aspirait.

— Je suis en Australie, désormais.

D'accord. Donc elle prenait sérieusement un nouveau départ. Un *vrai* nouveau départ. Lui-même n'avait pas été jusque-là. Ce qu'on laissait derrière soi comptait, supposait-il. Ses propres démons avaient été essentiellement personnels, mais Allie avait eu maille à partir avec les autorités de l'hôpital, la justice et, finalement, la presse.

Il prépara le dîner, et après qu'ils eurent mangé, Zac suggéra qu'ils aillent se promener. Allie s'intéressait à tout, l'interrogeait sur sa vie ici et ce qu'elle voyait. Ils bavardèrent plaisamment de tout et de rien. La seule chose dont ils ne parlèrent pas était celle qui la préoccupait le plus. La seule chose qui semblait dicter tout ce qu'elle faisait.

Allie déclara qu'elle était prête à se coucher tôt, et Zac s'assit en bas, regardant la lune se lever sur la mer, sans pouvoir s'empêcher d'écouter les bruits légers d'elle se déplaçant à l'étage. Le son presque imperceptible du verrou de la porte de la chambre…

Il essaya de ne pas le prendre personnellement, se disant qu'Allie avait probablement verrouillé la porte lorsqu'elle était seule dans l'appartement. Quel genre d'humiliation poussait quelqu'un à se claquemurer dans sa chambre, afin de se donner le courage de s'allonger et de dormir ?

Zac soupira. Il savait ce qu'était l'humiliation. Il n'avait rien dit des railleries de ses propres parents lorsqu'il était enfant, et qu'il se réfugiait dans les livres pour tenter de ne jamais croiser le regard de quiconque. Il avait trouvé son propre espace, et maintenant il était temps de donner à Allie l'espace dont elle avait besoin.

Après une nuit agitée, Zac décida que se lever à 6 heures un samedi matin était préférable à rester au lit en pensant à des choses qu'il ne pouvait pas changer. Il avait pesé le pour et le contre : si Allie n'avait probablement aucune envie que quelqu'un ici sache ou évoque ce qui s'était passé à Londres, il estimait qu'elle avait déjà été traitée de façon malhonnête et qu'elle avait avant tout besoin de la vérité de sa part.

Les samedis matin étaient généralement consacrés à quelques heures de surf, mais Mark avait des choses à faire aujourd'hui avant d'ouvrir le magasin. Zac n'était pas très enthousiaste à l'idée d'y aller seul, alors il fit du café et sortit sur le balcon, contemplant la plage déserte. Lorsqu'il entendit du mouvement dans la cuisine, il se rendit compte, à l'horloge sur le mur, qu'il était assis là depuis une heure.

— Bonjour. Tu as bien dormi ?

— Comme une souche. C'est si calme ici.

Oui, en effet. Si l'on gardait fermées les portes coulissantes donnant sur le balcon. Zac préférait les ouvrir et s'endormir au son de la mer, mais il supposait que c'était un petit plaisir qu'Allie ne pouvait se permettre.

— Tu veux un petit déjeuner ? Il y a des œufs et du bacon dans le frigo, ou des toasts...

La silhouette mince d'Allie était soulignée par le T-shirt et le bermuda qu'elle portait ce matin, et il constata qu'elle avait perdu du poids.

— Bacon, œufs *et* toasts ? Et du café ?

— Je m'en occupe, répliqua-t-il en souriant.

Ils s'assirent au bar de la cuisine et il se rendit compte que son appétit n'était pas tout à fait à la hauteur de la tâche qui l'attendait, même si Allie mangeait goulûment. Puis elle repoussa son assiette et prit sa tasse de café.

— Tu vas regretter de partir ? Tu as l'air bien installé ici.

Zac avait amplement réfléchi à la question.

— Il est temps que je retourne à Londres. Mais je n'ai pas hâte d'être en hiver.

— Tu as des choses à faire, à ton retour ?

Il acquiesça. Malgré ses réticences à rentrer chez lui, il avait besoin de faire cette démarche. Lorsqu'il avait quitté l'Angleterre, il était en quête de quelque chose qu'il avait l'impression d'avoir maintenant trouvé. Le retour était la dernière étape pour revendiquer l'homme qu'il était devenu.

— Pas tout à fait. C'est plus... des choses à redécouvrir.

Elle réfléchissait manifestement à ce que cela pouvait signifier. Il devait dire ce qu'il avait à dire maintenant, avant que cela ne le taraude. Essayer de la rassurer sur le fait que même s'il ne pouvait pas comprendre complètement ce qu'elle avait vécu, il avait mené ses propres batailles, et savait à quel point il pouvait être difficile de laisser le passé derrière soi.

— Allie, il y a quelque chose que je voulais te dire.

Maintenant, il ne *pouvait* plus revenir en arrière...

Elle se tourna vers lui, un éclair d'inquiétude dans les yeux. Soudain, elle lui parut toute petite et fragile, et Zac voulut lui tendre la main pour la protéger.

— C'est juste que... Ces deux dernières années m'ont fait du bien à tant d'égards. Il fallait que je m'éloigne et que je fasse le point.

Le dire était plus ardu qu'il ne l'aurait cru.

—Tu as l'air différent, plus à l'aise avec toi-même.

C'était bien qu'elle l'ait remarqué. Et puisqu'il était sur le point de dire à Allie qu'il savait tout ce qui lui était arrivé, il était juste d'arrêter de généraliser sur ce qui lui était arrivé à lui. Il avait décidé d'être honnête.

— J'ai passé la majeure partie de mon enfance à subir les brimades de ma mère. De mon père aussi, même s'il n'était pas très présent. Ma réaction à cela a fini par me servir d'échappatoire. Je me suis enterré dans mes livres et je suis allé à l'université.

Zac croisa avec effort le regard d'Allie. La réaction de cette dernière le frappa comme un coup à la poitrine. Les yeux d'Allie étaient sombres et écarquillés par le choc, ses joues rouges. Son visage reflétait non seulement de l'inquiétude, mais aussi une véritable douleur.

— Je suis vraiment désolée, Zac... J'aurais aimé savoir que tu traversais une telle épreuve.

Il secoua la tête.

— Je tenais à ce que personne ne soit au courant, ou en mesure de m'atteindre, et j'avais un long entraînement dans l'art de garder un secret. Allie, je ne te dis pas ça seulement parce que j'ai eu l'occasion de faire la paix avec ce passé lors de mon séjour ici. Je sais ce qui t'est arrivé et...

L'expression d'Allie, la manière dont elle parut reculer devant lui sans bouger réellement le firent taire. Elle avait à présent les joues écarlates.

— Je me demandais si tu en avais entendu parler. Mais je suppose que tu es toujours en contact avec des amis à l'hôpital, murmura-t-elle, visiblement dévastée.

— Ça aurait pu si j'avais été proche à ce point de quelqu'un là-bas. En fait, c'est la police qui m'a contacté, et j'ai dû me rendre au commissariat de Cronulla pour répondre en visioconférence aux questions des enquêteurs à Londres.

— Quoi ? Ils pensaient que tu avais quelque chose à voir là-dedans ? C'est insensé.

— Ils devaient parler à tous ceux qui avaient travaillé à l'hôpital. Je n'étais parti que depuis six mois, et ça durait vraisemblablement depuis plus longtemps que ça.

Elle serra les lèvres.

— Jamais je n'aurais imaginé que tu sois impliqué dans une chose pareille. Même si j'ai démontré que mon jugement n'est pas toujours correct.

Deux sentiments contradictoires le submergèrent. Un élan de profonde gratitude au fait qu'Allie le pense incapable du genre de délit qu'elle avait subi, puis la prise de conscience glaçante qu'elle croyait qu'une défaillance quelconque de sa part avait contribué à ce qui lui était arrivé.

— On est tous susceptibles de se faire duper. Et de se sentir responsable de choses qui ne sont pas de notre faute.

Elle hocha la tête, n'en croyant manifestement pas un mot.

— Merci.

— Allie, tout ce que je veux dire, c'est que je sais ce que ça fait de vouloir prendre un nouveau départ. Cela m'est arrivé, et je suis certain que ça peut t'arriver aussi. Et puis... je veux être honnête avec toi et m'assurer que tu as tout l'espace dont tu as besoin à l'heure actuelle.

— Est-ce que quelqu'un d'autre est au courant ? demanda-t-elle, essuyant d'un geste impatient une larme sur sa joue.

— Je n'en ai parlé à personne. J'estimais ne pas avoir à le faire à l'époque, et encore moins maintenant. Et personne ne m'en a parlé lors de nos discussions sur le transfert.

— J'allais donner ma démission, et mon patron m'a persuadée de venir ici à la place. Il m'a dit que personne ne discuterait de ce qui s'est passé, et même si j'ai renoncé à mon anonymat pour demander aux personnes susceptibles d'être affectées de se manifester… C'était il y a quelque temps déjà. Je doute que quelqu'un fasse le rapprochement.

À l'évidence, Allie *espérait* que personne ne le fasse. Lui-même se demandait si des gens ici savaient et le taisaient. Cette incertitude, Allie vivait depuis longtemps avec.

— Je suis sûr que tu as raison. Le programme d'échange est destiné à partager du savoir-faire médical et, d'après mon expérience, il n'y a pas d'interaction sur d'autres sujets. C'est à toi de décider qui sait quoi.

Manifestement soulagée, Allie lui prit la main.

— Zac, merci pour… tout. Je ne sais pas quoi dire…

— Rien est toujours une possibilité. Tu peux toujours en rester là jusqu'à ce que tu aies quelque chose à dire.

Le bonheur commençait à ronger toutes les incertitudes de Zac, toutes ses craintes d'aller trop loin, ou peut-être pas assez. Tout ce dont il avait besoin en ce moment, c'était de sentir la main d'Allie dans la sienne. Elle lui adressa un sourire larmoyant et serra ses doigts.

— C'est une très bonne idée, Zac. Si on allait prendre notre café sur le balcon et décider de ce que nous allons faire aujourd'hui ?

Il y a toujours quelque chose à ne pas aimer, même chez le colocataire le plus parfait. Allie en avait fait l'expérience lors de ses études à Londres, et lorsqu'elle avait enfin pu disposer de son propre logement, cela avait été le paradis. Rentrer chez elle, fermer la porte et pouvoir exister dans son propre environnement.

Elle cherchait encore ce qu'elle n'aimait pas chez Zac. Il était facile à vivre, il lui avait donné une chambre à elle et c'était un excellent cuisinier. Et il avait fixé les conditions de leur relation dès le début. Il lui avait dit qu'il était au courant de ce qui lui était arrivé en Angleterre, et lui avait même révélé un peu de sa propre expérience, afin qu'elle ne se sente pas trop une étude en vulnérabilité. Si à l'époque où elle avait un emploi du temps chargé elle appréciait parfois le refuge solitaire de sa propre maison, Zac semblait être ce type de personne rarissime chez qui on avait envie de rentrer.

Et en plus, il était terriblement agréable à regarder. Quand elle était descendue ce matin et l'avait vu assis sur le balcon, en harmonie avec le monde qui l'entourait, elle avait eu le souffle coupé. Il fut un temps où elle aurait su quoi faire à ce sujet. Apprendre à mieux connaître Zac, découvrir toutes les façons dont il avait changé et voir où cela les mènerait. Allie savait aussi ce qu'il fallait faire maintenant. Rester à l'écart, parce que la confiance absolue était un cadeau bien trop grand pour risquer de l'offrir à n'importe qui.

Mais c'était le week-end, elle était dans un nouvel endroit et elle pouvait aller jusqu'à apprécier sa compagnie. Un supermarché pour les achats de la semaine n'était pas le lieu le plus attrayant, mais Zac avait dit que son stock de produits frais était en train de s'épuiser.

Ils s'arrêtèrent d'abord dans un petit marché de fruits tropicaux. Allie choisit le fruit du dragon, qu'elle n'avait jamais goûté auparavant, et ils repartirent avec plusieurs sacs en papier remplis de ce genre de choses que l'on ne voit jamais dans les magasins anglais. Le supermarché proposait une gamme plus familière de produits alimentaires, mais Zac ne semblait pas particulièrement pressé, traînant derrière elle avec le chariot tandis qu'Allie inspectait tout avec soin.

— Pourquoi tu as pris celui-ci ? demanda-t-elle après qu'il eut jeté un paquet de céréales pour le petit déjeuner dans le chariot.

Zac haussa les épaules.

— C'est celui que je prends toujours. C'est ce que je mangeais en Angleterre.

Allie inspecta une marque inconnue.

— Celles-ci contiennent des raisins secs et moins de sucre. Je vais peut-être l'essayer.

Il sourit en enlevant son propre achat du chariot.

— Alors je te suis. Ce serait dommage de partir sans avoir essayé toute la gamme des céréales australiennes pour le petit déjeuner.

Allie sourit aussi. Si des marques différentes et des fruits inconnus étaient le maximum qu'elle était prête à faire pour essayer de nouvelles choses pour le moment, au moins cela lui permettrait d'en prendre l'habitude.

— Qu'est-ce qui t'a amené à vivre ici ?

L'endroit semblait si bien lui convenir, mais elle n'arrivait pas à imaginer l'ancien Zac s'y intégrer aussi naturellement.

— Au début, j'avais un logement fourni par l'hôpital. Ils t'en ont proposé un aussi, j'imagine ?

En effet. Elle avait pesé le pour et le contre de l'offre de Zac et estimé que le risque de vivre avec une personne qu'elle connaissait était probablement moindre que celui de partager un hébergement avec des inconnus.

— J'avais vraiment envie d'avoir mon propre chez-moi, poursuivit Zac. Alors j'ai fait le tour des différents quartiers de Sydney. Il y a beaucoup d'endroits super plus proches du centre-ville, et les expats ont tendance à y graviter parce qu'il y a beaucoup de choses à faire et une vie nocturne.

— J'avoue qu'une vie nocturne n'est pas vraiment mon objectif pour le moment.

Deux ans plus tôt, Allie aurait passé son temps libre à se faire de nouveaux amis et à découvrir de nouveaux lieux. Aujourd'hui, elle voulait juste un endroit où échapper aux bavardages incessants et à l'inquiétude constante qu'une partie de ces bavardages puisse la concerner.

— Bref. Cronulla est plus calme, plus détendu et plus résidentiel. On considère le trajet jusqu'au centre de Sydney assez long, de sorte que beaucoup de gens qui vivent ici travaillent localement. Lorsque je suis arrivé ici, j'ai fait un détour par le Royal National Park, puis j'ai roulé jusqu'à la plage. Cela a suffi pour que je tombe amoureux du coin et je suis allé voir l'agent immobilier, puis je suis revenu le week-end suivant. J'ai vu l'affiche de location au magasin de surf et je suis entré pour me renseigner.

— Et tu as pris l'appartement ?

— Naomi me l'a montré, et je l'ai vraiment aimé. Il y a une telle connexion avec l'extérieur...

Allie acquiesça. La barrière entre l'extérieur et l'intérieur ne semblait pas exister. Ce qui la rendait très reconnaissante pour le confort des épais rideaux dans sa chambre.

— Naomi a laissé Mark s'occuper des clients, a récupéré Izzy et nous sommes allés discuter des conditions sur la plage. Apparemment, j'ai réussi le test avec Izzy.

— C'était quoi, le test d'Izzy ?

— Je fais de beaux châteaux de sable. Izzy a adoré. Et Naomi m'a fait une offre que je ne pouvais pas refuser.

— À savoir ?

Zac souriait de toutes ses dents.

— Elle a ajouté un *paddle* au contrat. Elle a dit que je ne pouvais pas vivre si près de la mer sans avoir du matériel de plage. Le matin suivant mon emménagement, elle est venue me chercher pour qu'on essaye.

— C'est chouette, répliqua Allie en riant.

— Oui. C'était moins chouette quand je suis tombé pour la quatrième fois, mais j'ai pris le coup. C'est ce qui m'a incité à essayer le surf. À cette heure-ci, le samedi matin, la plage commence généralement à se remplir et Mark et moi sommes assis devant le magasin en train de boire un café, après quelques heures passées à attraper des vagues.

Ils passèrent au magasin après avoir rangé les courses, et Allie fut présentée à Mark, qui lui serra la main et lui demanda si elle savait nager. Zac objecta en riant :

— Donne à Allie l'occasion de se remettre les pieds sur terre avant d'essayer de la mettre à l'eau, hein ?

— Oui, je sais nager, répondit Allie en échangeant un sourire avec Naomi.

— Moi aussi, je sais nager ! déclara Izzy en tirant sur l'ourlet du T-shirt de Zac, manifestement désireuse de participer à la conversation.

Zac la souleva et elle passa ses bras autour de son cou, visiblement heureuse d'être au même niveau que les adultes.

— Oui, tu es une sirène, n'est-ce pas ? Ta mère dit que tu as nagé avant de savoir marcher.

Naomi s'esclaffa.

— C'est vrai. Bon, avant que Mark n'intègre le fait que tu sais nager, Allie, je vais faire du thé. Il est temps de faire une pause. On a été très occupés ce matin. Zac, emmène Finn dehors et trouve-lui une place à l'ombre, en attendant.

3

Alors que Zac pensait qu'Allie commençait à se détendre et à s'habituer en regardant le monde passer depuis le petit espace ombragé devant le magasin, l'appel arriva. Mauvais moment. Mais le moment était infiniment plus mal choisi pour les personnes impliquées dans l'accident…

— Je suis désolé… Je dois aller à l'hôpital. Une urgence, déclara-t-il, en vidant sa tasse.

— Un de tes patients ? demanda Allie.

— Non, il y a eu un accident de bus. Il y a beaucoup de gens qui arrivent aux urgences, et ils ont besoin d'aide pour s'occuper de tout le monde.

— Je viens avec toi.

Allie se leva avant qu'il ne puisse objecter.

— Mais… tu es officiellement embauchée ?

— Depuis la semaine dernière. J'ai tout signé et j'ai eu une vidéoconférence avec les RH avant de venir.

— Tu es bien plus efficace que je ne l'étais.

Il murmura ces mots en sortant la voiture de sa place de parking, et Allie laissa échapper un petit rire sinistre.

— Pas vraiment. Je l'ai fait afin de ne pas me dégonfler à la dernière minute pour prendre l'avion…

Allie gagna d'un pas vif le service des urgences. Sa concentration dans le travail n'avait pas faibli, et Zac se réprimanda pour s'être demandé si ce serait le cas. L'hôpital de Londres ne l'aurait jamais autorisée à venir ici si son travail avait pâti de ce qui lui était arrivé.

Il la guida vers Beth Kramer, la responsable des urgences, qui orientait tout le monde au bon endroit, veillant à ce que l'ambiance soit efficace mais calme. Elle sourit en voyant Zac et le remercia d'être venu.

— Beth, je te présente le Dr Allie Maitland-Hill, ma remplaçante de Londres.

Beth se dispensa des présentations et alla droit au but.

— Ton embauche est déjà officielle ?

Comme Allie répondait par l'affirmative, elle annonça qu'elle vérifierait auprès du responsable des RH – procédure oblige – afin que tout soit en ordre. Allie ne se formalisa pas.

— Très bien. Tu as surmonté ton décalage horaire ?

Les réponses fermes d'Allie semblèrent la rassurer.

— Et ta spécialité ? demanda-t-elle ensuite.

— Pédiatrie, la même que Zac.

— Parfait. J'aimerais que tu travailles avec lui cet après-midi, si tu veux bien. Je n'ai aucun doute sur tes capacités...

— Merci, répliqua Allie, rejetant d'un geste les justifications de Beth. Comme je suis nouvelle, j'ai besoin que quelqu'un me dise comment tout fonctionne ici.

Lorsqu'ils revinrent, vêtus de blouses stériles, Beth avait tout réglé. Elle indiqua l'un des box à une équipe d'ambulanciers qui venait d'arriver, et fit un signe à Zac. Il s'y rendit avec Allie et celle-ci lui sourit, le stoppant presque dans son élan. Elle était là. L'ancienne Allie, qui relevait tous les défis et faisait de son mieux pour chacun de ses patients. Il l'avait observée de loin à Londres, admirant son assurance et sa capacité à communiquer avec les gens. Elle n'était pas différente aujourd'hui, et il ne devait pas supposer qu'elle était vulnérable dans tous les domaines de sa vie.

Les ambulanciers entrèrent le brancard dans le box et firent à

Zac un rapport rapide sur l'état de leur jeune patient. Il voyageait avec sa mère, qui avait également été blessée et amenée ici. Il semblait qu'elle ait la mâchoire fracturée, et ils n'avaient donc pu obtenir d'informations sur l'enfant, mais celui-ci avait dit qu'il s'appelait Billy et qu'il avait cinq ans. Ils soupçonnaient une commotion cérébrale et une cheville cassée. Billy était devenu de plus en plus somnolent dans l'ambulance, mais il s'était d'abord plaint d'avoir mal à la tête et paraissait gêné par la lumière.

— Où veux-tu que je sois ? demanda Zac.

Allie comprendrait qu'il lui marquait ainsi sa confiance.

— Occupe-toi de sa jambe. Je vais voir si je peux le réveiller et vérifier ses réactions.

Zac acquiesça. Bon choix. Si le garçon devait réagir au sourire de quelqu'un, ce serait celui d'Allie. Il retira avec précaution le support temporaire que l'ambulancier avait placé autour de la jambe de l'enfant.

— Alors ?

— Je pense que la cheville est fracturée, mais la peau n'est pas fendue et il n'y a pas de déplacement. Et toi ?

Allie poussa un soupir.

— Je ne sais pas. Quelque chose ne va pas...

— Tu penses qu'il a un traumatisme crânien ?

— Peut-être... Je ne sais pas. Je ne vois aucun signe de blessure à la tête et ses pupilles ne sont pas dilatées, même s'il semble somnolent et ne réagit pas. Zac, sa jambe peut attendre ? Je crois qu'on devrait demander un scanner, mais j'aimerais vraiment voir s'il est possible d'obtenir plus d'informations de la part de la mère.

— Bien sûr. Je vais lancer le scanner. Il y a un tableau près du bureau des infirmières qui indique qui est dans quel box, ou tu peux demander à Beth. Elle sait toujours exactement ce qui se passe et où.

— Super, merci.

Elle quitta le box en hâte et revint peu après.

— La mère est juste à côté. Sa mâchoire est en effet cassée, et j'ai dû lui poser des questions oui/non. Mais apparemment, Billy était malade avant l'accident. Elle l'amenait ici pour qu'il voie un médecin.

— Alors, résuma Zac qui réfléchit rapidement. Il est pâle, difficile à réveiller, les ambulanciers ont dit qu'il se plaignait d'un mal de tête et qu'il semblait photosensible.

— Une éruption cutanée ?

Allie l'avait devancé et Zac acquiesça. Délicatement, ils redressèrent Billy, lui ôtèrent son T-shirt et examinèrent sa peau. Allie souleva le bras du garçon et Zac vit un groupe de piqûres rouges sur son flanc.

— Tu avais raison. On dirait une méningite.

— On fait donc une analyse de sang et on lui administre des antibiotiques à large spectre ?

— Oui. Je n'annule pas le scanner, il est toujours possible qu'il se soit cogné la tête dans l'accident, et ce serait bien de vérifier que l'infection n'a pas provoqué de gonflement autour du cerveau.

Allie approuva et Zac sourit. Trouver un médecin qui semblait en phase avec ses propres pensées était toujours bon, et quand ce médecin était Allie, c'était encore mieux.

— Je pourrais aller voir si je peux obtenir plus de détails de la mère ? Si je lui donne un stylo, elle pourrait écrire ses réponses.

— Excellente idée.

L'après-midi avait été bien chargé. La mère de Billy avait refusé tout traitement autre que des analgésiques jusqu'à ce qu'elle ait communiqué aux médecins tout ce qu'elle savait sur l'état de son fils avant leur arrivée à l'hôpital, et Allie avait passé un certain temps à son chevet pour recueillir des informations. Zac était resté avec Billy, le surveillant attentivement jusqu'à ce qu'il soit transféré en pédiatrie. Il rejoignit Allie auprès de la mère et la rassura sur la prise en charge de son fils. Ce n'est que lorsqu'elle sut que ce dernier réagissait bien au traitement qu'elle autorisa ses propres médecins à s'occuper d'elle.

Puis ils enchaînèrent avec des patients souffrant de blessures moins graves, coupures, contusions, entorses.

Enfin, Beth apparut à l'entrée du box.

— Il est temps de rentrer chez vous. Je ne vous remercierai jamais assez, mais on gère maintenant. Allie, j'étais ravie de faire ta connaissance. J'espère que j'aurai l'occasion de retravailler avec toi.

Alors qu'elle se détournait brusquement, déjà concentrée sur sa prochaine tâche, Zac donna un coup de coude à Allie.

— C'est le meilleur compliment que tu puisses recevoir de Beth, tu sais.

— Oui. Je le sens bien, répliqua Allie en souriant.

Elle n'avait montré aucun signe de fatigue tout au long de l'après-midi, mais tandis qu'ils sortaient ensemble de l'hôpital, elle parut soudain épuisée. Elle s'assit dans la voiture, ferma les yeux, et quand ils arrivèrent à l'appartement, elle s'endormit sur le canapé.

Lorsque Zac eut préparé quelque chose à manger et lui toucha doucement l'épaule pour la réveiller, elle se redressa en sursaut. Il feignit de ne pas s'en apercevoir et posa les assiettes de sandwichs et de fruits sur la table basse.

— C'est le fruit du dragon ? demanda Allie.

— Oui. Goûte-le.

Elle prit l'un des morceaux de fruit et l'inspecta attentivement avant d'en prendre une toute petite bouchée. On était loin du médecin sûr de lui, capable de sortir des sentiers battus et de poser un diagnostic qui allait à l'encontre de tout ce que la situation semblait suggérer.

— Alors ? Qu'est-ce que tu en penses ?

— Je ne suis pas sûre. Il faut peut-être apprendre à aimer.

— Oui, je crois. Tu veux du thé ?

— Une infusion qu'on a achetée ce matin, volontiers.

Elle semblait soudain apathique, fixant les sandwichs comme

si elle se demandait quoi en faire. Zac savait qu'elle devait avoir faim, car ils n'avaient pas mangé depuis le petit déjeuner. Mais lorsqu'il revint de la cuisine, elle paraissait s'être ressaisie et engloutissait son assiette.

— Ça fait beaucoup, aussi, dit-il en s'asseyant. Tu n'es dans le pays que depuis trente-six heures.

— C'était bien. J'aime être occupée

Occupée jusqu'à ce qu'elle tombe, dans l'espoir de ne pas faire de cauchemars ? Zac décide de ne pas suggérer l'idée.

— Si tu veux t'occuper, je vais appeler Mark et voir s'il va surfer demain à la première heure. Je pourrais toujours apporter le paddle, au cas où tu déciderais de l'essayer.

— Pourquoi pas ? À quelle heure ?

— Lève-toi quand tu te réveilles et regarde par la fenêtre. Si on est là et que tu en as envie, descends nous rejoindre.

— Ça a l'air si simple.

Parfois, les choses *étaient* simples. Il s'était pris la tête sur ses motivations - à savoir si son instinct de protection envers Allie était strictement dû à l'horreur de ce qui lui était arrivé, ou s'il commençait à se soucier d'elle à un niveau complètement différent. Les deux pouvaient coexister - très séparément - tant qu'il s'efforçait d'agir sur le premier plan et d'ignorer le second. Allie avait besoin d'un ami, et vouloir devenir son amant lui semblait une trahison.

— Tu es bien silencieux.

Il sentit le coude de la jeune femme lui caresser les côtes. Cette amitié facile qui se développait entre eux parut soudain trop précieuse pour qu'il la mette en péril en voulant plus.

— Oui, je crois que je suis fatigué aussi. Je vais me coucher tôt, je pense.

Allie étouffa un bâillement.

— Bonne idée.

Peut-être était-ce la fatigue et le décalage horaire. Peut-être qu'elle se sentait juste en sécurité ici. Mais Allie ne s'était réveillée en sursaut qu'une fois au cours de la nuit, et encore, elle avait réussi à se détendre et se rendormir. Lorsque les premières lueurs du jour commencèrent à filtrer à travers les rideaux, elle sortit du lit, se doucha et s'habilla avant de laisser entrer le matin en ouvrant les épais rideaux.

Elle pouvait voir deux silhouettes sur la plage, l'une aux cheveux et à la peau foncés, l'autre blonde et au teint doré. Mark et Zac portaient tous deux des shorts de bain et des tops en néoprène à manches courtes, qu'elle avait vus en vente dans le magasin et qui étaient conçus pour les protéger du soleil et de l'eau. Et elle ne put détacher son regard de Zac.

Elle l'observait sans qu'il le sache. Plus précisément, elle le *reluquait* sans qu'il le sache. Son premier réflexe fut de se détourner, mais quelque chose dans la façon dont il se déplaçait, la façon dont il semblait si confiant et bien dans son corps, la poussa à ouvrir les portes coulissantes et à sortir sur le balcon. Zac était sur la plage et il ne se souciait pas de qui le voyait. Peut-être ne se souciait-il pas non plus que les pensées qui lui traversaient l'esprit en ce moment se concentraient principalement sur ce qu'elle pourrait ressentir en touchant sa peau dorée.

Elle lui fit tout de même un signe de la main, l'appelant pour annoncer sa présence. Sa voix devait être noyée dans le fracas de l'océan, mais quelque chose le fit se retourner et il leva le bras, saluant à son tour. Ça, elle avait le droit de le savourer. Un signe de la main innocent et un sourire, avec des centaines de mètres d'espace libre entre eux. Même si cela donnait néanmoins une impression d'intimité.

Il remonta la plage, laissant Mark derrière lui avec les planches de surf. Pur plaisir pour ses yeux. *Tu pourrais marcher un peu plus lentement, Zac. Que j'en profite.*

— Tu descends ?

Il avait atteint la route vide qui séparait le magasin de surf de la plage.

— Je peux voir d'ici.

Voir ce qu'elle *voulait* voir, en tout cas. Le surf, elle s'en fichait.

— D'accord.

Il pivota sur ses talons et le cœur d'Allie se serra. Peut-être qu'être sur la plage, où il était naturel de vouloir sentir le soleil sur sa peau et où les gens s'observaient les uns les autres, ne présentait pas un tel défi insurmontable à cette heure du matin. Peut-être qu'en étant avec Zac, le sentiment de liberté qui semblait émaner de lui déteindrait sur elle.

Puis il fit demi-tour. Traversant la rue, il vint se placer sous le balcon, le soleil étincelant dans ses cheveux.

— Tu ne veux pas faire du paddle ?

— Si. Mais qu'est-ce que je dois porter ?

— Tant que tu es à l'aise et que ça ne te dérange pas d'être un peu éclaboussée, tu peux porter ta plus belle robe. Des lunettes de soleil, et beaucoup de crème solaire…

— Je croyais que tu avais dit que tu étais tombé à quatre reprises à l'eau la première fois.

— C'est vrai. Mais je ne suis pas Naomi, je ne trouve pas drôle de faire basculer la planche et de renverser le débutant dans l'eau. Et j'ai emprunté son gilet de sauvetage, au cas où.

— Au cas où quoi ?

Allie avait déjà décidé de faire du paddle, mais que Zac cherche à la persuader de se joindre à lui était délicieux.

— Euh… Il y a quelques calamars géants sur ces plages à cette époque de l'année. Ils t'avalent, mais ils n'aiment pas le goût du néoprène, alors ils peuvent te rejeter à l'eau si tu portes un gilet de sauvetage.

Zac réussissait à garder un visage impassible.

— D'accord, c'est une sage précaution.

— C'est beaucoup plus sûr que de sauter dans la Tamise…

Cette fois, un sourire le trahit. Il devait se souvenir du jour où le groupe de médecins nouvellement diplômés avait sauté dans la Tamise en tenue de soirée pour récolter des fonds destinés à une œuvre de charité. Ce n'était pas aussi téméraire que ça en avait l'air, ils avaient choisi leur endroit et pris des précautions contre les infections, et Allie s'était jetée à l'eau avec un joyeux enthousiasme.

— Je ne t'ai pas vu là-bas...

— Non, parce que je n'y étais pas. Je ne suis pas aussi aventureux que toi.

Zac saisissait manifestement ce que peu d'autres comprenaient. Qu'être blessée et angoissée ne faisait pas d'elle une personne blessée et angoissée. Il restait naturel avec elle, et Allie lui en était reconnaissante.

— Très bien, j'arrive. Donne-moi dix minutes pour mettre ma crème solaire et mes talons aiguilles.

— Pas de talons aiguilles. Je vais aller gonfler la planche.

Allie aurait aimé le voir redescendre sur la plage. Comparer la vue arrière avec la vue avant. Mais elle avait trop hâte de le rejoindre, et elle se dépêcha d'aller chercher sa crème solaire dans la salle de bains.

4

L'air était frais et chaud, la brise marine omniprésente lui ébouriffait les cheveux. Une matinée parfaite pour la plage, mais Allie imaginait qu'il y avait beaucoup de matinées parfaites pour la plage ici. Mark regardait pensivement la mer et Zac avait emporté le paddle plus loin sur le rivage, là où l'eau semblait un peu plus calme.

— Salue, Allie. Prête pour ton premier plongeon ?

— Zac a dit que je ne mouillerai pas mes cheveux, répliqua-t-elle en souriant.

— Tant mieux, alors.

— N'essaie pas de me décourager, ça ne marchera pas. On ne peut pas faire ça ici ?

— Si, mais c'est un peu agité pour une première sortie. Le premier vrai bon *beach-break* de l'été s'est formé juste ici, tu vois ? La ligne des vagues plus hautes sur ce banc de sable.

— Ils bougent ?

— Oui, les bancs de sable se déplacent, et cela peut durer quelques jours, voire une semaine.

— La même plage peut donc être différente ?

— C'est pour ça que j'aime ça, acquiesça Mark. Zac s'est un peu décalé pour ne pas être sur ma route.

Allie commençait à se sentir coupable.

— Est-ce que je l'empêche d'en profiter, du coup ?

— Non. Enfin, si. Mais Zac préfère visiblement faire du paddle, ce matin.

Il semblait que Zac privilégiait sa compagnie aux vagues que Mark trouvait si captivantes. Allie laissa l'idée se former et rouler dans sa tête pendant un moment.

— Je ferais mieux d'aller voir ce qu'il fait, alors.

Mark était toujours absorbé par les vagues.

— Oh ! n'oublie pas le gilet de sauvetage, il est dans mon sac. Le rose.

— D'accord. Merci.

Allie le laissa à ses réflexions, trouva un gilet de sauvetage rose fuchsia et marcha le long de la plage vers Zac.

— C'est plus grand que je pensais, dit-elle en examinant la planche.

— C'est une planche pour deux personnes, c'est celle de Mark et Naomi. Ils emmènent Izzy avec. Prête à partir ?

— Carrément. Comment je monte dessus ?

— Suis-moi.

Zac ramassa le paddle et se dirigea vers le rivage, tandis qu'Allie lui emboîtait le pas, essayant de ne pas penser à ses épaules solides. Elle aimait les épaules solides chez un homme, et elle aimait bien Zac aussi. Combiné à une matinée ensoleillée et un océan cristallin, cela devenait une tempête de plaisir. S'avançant dans l'eau, il s'arrêta quand elle leur monta aux genoux et posa la planche, puis lui montra comment monter à l'avant et s'asseoir. C'était assez facile, et Allie sentit le paddle s'incliner un peu sous son poids lorsqu'il s'installa derrière elle. Ils s'éloignèrent lentement du rivage. Plus loin sur la plage, Allie aperçut Mark qui transportait sa planche de surf dans l'eau.

— Tu veux t'arrêter pour voir comment il se débrouille ?

Ils s'assirent côte à côte, les jambes pendantes dans l'eau.

— Regarde, il a pagayé et il est prêt à attraper la prochaine vague. S'il y arrive... Le *beach-break* peut être piégeux.

Allie vit Mark prendre pied sur la planche, se déplacer rapidement sur la crête, et soudain la planche et lui se séparèrent, et Zac laissa échapper un gémissement.

— Où est-il ? Je ne le vois pas...

— Tout va bien. Il est là, regarde.

Zac montra du doigt l'endroit où Mark nageait vigoureusement vers la plage, la planche en remorque.

— Il va réessayer ?

— À ton avis ? Il essaiera jusqu'à ce qu'il réussisse.

— Voilà donc ce que vous faites ici le matin. Vous tombez de vos planches jusqu'à ce que vous réussissiez ?

— Plus ou moins. Je ne suis pas aussi doué que Mark, alors il m'arrive d'abandonner. Mark, lui, continue.

— Les vagues ne sont pas aussi grosses que je le pensais.

Zac éclata de rire.

— Ce n'est pas toujours une question de taille. Ce que fait Mark n'est pas facile.

Mark recommençait à pagayer et ils l'observaient tous deux avec attention. Cette fois, il resta sur sa planche, surfant sur la vague sur toute sa longueur. Zac laissa échapper un « Oui » entre ses dents.

— Tu ne veux pas essayer aussi ? Mark dit que ce banc de sable est nouveau.

Il se retourna brusquement et la regarda, avec une telle intensité dans les yeux qu'Allie frissonna.

— Non, je préfère être ici.

— Mais...

Les mots s'éteignirent dans sa gorge. Les yeux de Zac étaient aussi bleus que la mer et bien plus engageants. À cet instant, tout ce qu'un homme et une femme pouvaient faire ensemble semblait à portée de main.

Mais elle avait peur. Et si toutes les choses qui lui avaient été enlevées ne pouvaient pas lui être restituées ? Ces moments privés qui avaient été partagés avec le monde entier semblaient irrémédiablement gâchés. Si elle essayait de les revivre avec

Zac, ne ferait-elle que revivre l'humiliation ? Cette humiliation serait-elle tout ce qu'il verrait si elle le laissait lui faire l'amour ?

Zac la fixait d'un air indécis.

— Tu veux essayer le paddle, ou pas ?

— Ce serait nul de venir jusqu'ici sans au moins tenter le coup.

Allie poussa un soupir qui oscillait entre déception et soulagement. Ce serait beaucoup plus facile à gérer que de regarder ses yeux et toutes les promesses qu'ils contenaient.

— D'accord. La première chose à retenir, c'est que, quoi que tu fasses, ne laisse pas tomber la pagaie.

— Bon. Ça, c'est simple. Je dois me lever ?

Le doux balancement de la planche était apaisant lorsqu'elle était assise, mais debout, cela risquait d'être un peu plus difficile.

— Non, vers la quatrième leçon seulement. Tu peux commencer en t'agenouillant, comme ça...

Il fit une démonstration, prenant position avant d'expliquer comment manier la pagaie.

— D'accord, je peux le faire. Laisse-moi essayer...

Allie avait quand même laissé tomber la pagaie quand elle s'était montrée un peu trop enthousiaste et avait perdu l'équilibre, manquant de basculer de la planche. Le bras de Zac s'était enroulé autour de sa taille, la stabilisant, mais avant que le délice de le sentir si proche puisse la submerger, il avait reculé et glissé dans l'eau, puis nagé pour récupérer la pagaie que les vagues emportaient.

— Essaie encore.

Il remonta sur le paddle. Zac n'avait pas peur de la pousser, de l'encourager à recommencer et y arriver.

— Comme ça ?

Cette fois-ci, un déclic se produisit et le mouvement parut correct. Il sourit, et son cœur se gonfla de bonheur.

— Très bien. Tu veux nous ramener à la plage ou tu es fatiguée ?

— Je ne suis pas fatiguée. Montre-moi comment nous ramener.

Elle avait réussi quelque chose ce matin, et c'était la première fois depuis longtemps que ses batailles n'avaient pas pour seul but de passer la journée. Elle n'allait pas abandonner maintenant.

— C'est facile. Laisse le mouvement des vagues faire tout le travail, et concentre-toi sur la direction...

En fin de compte, cela avait été une bonne journée. Non, une *excellente* journée. Zac commençait à saisir quand il devait reculer et quand il devait pousser Allie, et quelque chose s'était mis en place entre eux. Une sorte de proximité qui semblait juste. Tant qu'il ne pensait pas trop à ce que cela pouvait donner.

Mais il n'avait pas eu trop l'occasion de réfléchir. Naomi les avait rejoints sur la plage avec Izzy et Finn, et Mark était reparti ouvrir le magasin. Le week-end était leur période la plus chargée, et lorsque Naomi avait vu trois voitures s'arrêter sur le parking, elle avait laissé Izzy avec eux sur la plage et avait ramené Finn avec elle pour aider Mark.

— Ça te dit, une expédition au Royal National Park cet après-midi ? Il y a une petite pizzeria sympa sur le trajet.

Izzy avait finalement réussi à dépenser assez d'énergie pour la fatiguer, et Naomi était revenue la chercher pour déjeuner et passer un moment tranquille à la maison.

— Avec plaisir. Il y fait frais ?

À mesure que la plage se remplissait, le soleil montait dans le ciel et l'après-midi promettait d'être chaud.

— L'air conditionné est servi avec ta pizza et... Les forêts sont des endroits plutôt ombragés.

— Super. Qu'est-ce qu'on attend ?

Ils avaient mangé, puis s'étaient rendus à la lisière du parc. Zac avait arrêté la voiture, laissant Allie choisir l'un des chemins qui s'enfonçaient dans la vallée densément boisée. Elle se mit en route, visiblement désireuse d'explorer.

Ils passèrent devant de grands arbres et les feuilles géantes de plantes luxuriantes, que Zac ne connaissait pas quand il était arrivé ici. Il avait voulu l'emmener là parce que les proportions gigantesques de cet endroit ne manquaient jamais d'instiller un sentiment de paix. Allie regardait autour d'elle, s'imprégnant de tout ce qu'elle voyait, ressentait.

— Ces plantes... Elles sont si grandes. C'est comme ça que j'imagine une forêt préhistorique.

— C'est assez impressionnant, n'est-ce pas ?

— Merveilleux. Je me sens toute petite. L'océan et cette forêt...

— Il n'y a pas que de la forêt, ici. Il y a des lacs, des zones côtières et des mangroves, ainsi que des plateaux rocheux sur les hauteurs. Je ne suis pas sûr qu'on puisse tout voir.

Mais c'était un début. Ils marchèrent un moment sous la haute voûte des arbres, tombant lentement sous le charme d'un monde très éloigné de leur vie quotidienne.

— Ça ne te dérange pas si je te demande quelque chose ? Je n'attends pas de réponse.

Allie avait paru plongée dans ses pensées, et soudain elle leva les yeux vers lui. Zac pensait savoir de quoi il s'agissait.

— Bien sûr. Vas-y.

— Tu as l'air... Tu as changé par rapport à la personne que j'ai connue à Londres. Comment tu as fait ce parcours ?

Elle lui sourit. Il comprenait pourquoi la réponse était importante pour elle. Elle l'était aussi pour lui. Il y avait eu des allusions et des bribes d'informations données parfois à une ou deux personnes, mais Zac n'était pas sûr d'avoir jamais tout dit d'un seul coup.

— C'est une longue histoire.

— Il semble que ce soit l'endroit idéal pour une longue histoire, si tu veux la raconter.

Soudain, il avait très envie de la raconter.

— Mes parents étaient... différents. Mon père était pilote et il était souvent absent de la maison. Je soupçonne qu'il n'a pas fait beaucoup d'efforts pour changer cet état de fait. Ma mère restait à la maison et... elle gardait les lieux impeccables. Pas de désordre, tout à sa place. Maintenant, je sais qu'elle montrait des signes de troubles obsessionnels, mais quand j'étais enfant, tout ce que je savais, c'est que la maison était froide et plutôt effrayante.

— Effrayante ?

— Je suis devenu très doué pour ne pas me faire remarquer. Si je mettais du bazar ou si j'abîmais quelque chose, j'étais puni. Une fois, elle m'a enfermé dans ma chambre pendant deux week-ends consécutifs, parce qu'une bande de gamins de mon école m'avait tendu une embuscade et avait mis de la boue sur mon uniforme.

— Zac, j'aurais aimé en avoir eu conscience. Je regrette tellement, si tu savais.

Il sentit ses doigts effleurer son bras.

— Je sais que tu as parlé de ce qui t'est arrivé et j'admire ton courage. Je n'ai jamais fait ça, même enfant. Je savais que pour m'en sortir il fallait étudier et aller à l'université, et, quand j'ai quitté la maison, j'ai pensé que j'étais enfin libre. Bien sûr, cela n'a pas été aussi simple. Comme tu le sais.

Allie acquiesça avec un sourire ironique.

— On ne peut pas s'éloigner de soi-même.

— Parfois, un peu d'espace permet de prendre du recul. J'ai suivi une thérapie - sans doute pas assez longtemps, mais cela m'a aidé à partir du bon pied. Je ne savais toujours pas comment aller vers les gens autour de moi, mais j'étais au moins arrivé à la conclusion que je voulais vivre ma vie différemment.

— Tu es en contact avec tes parents aujourd'hui ?

— Il y a eu un incendie dans la maison alors que j'étais en deuxième année d'université. Ils ont dû aller se coucher et, bien que le feu ne se soit pas propagé à l'étage, ils sont tous les deux morts dans leur sommeil par inhalation de fumée.

— Ça a dû être très dur pour toi de les perdre ainsi.

— C'était... déroutant.

Le mélange complexe des émotions liées à la mort de ses parents le submergea, presque comme s'il les ressentait pour la première fois. Quand il regarda Allie, il vit des larmes dans ses yeux. Avant qu'il puisse s'en empêcher, sachant combien c'était risqué, il prit sa main dans la sienne.

— Pardon, balbutia Allie, s'essuyant le visage de son autre main. C'est toi qui devrais être bouleversé, pas moi.

— Ne t'excuse pas, ça me touche. À l'enterrement...

Il secoua la tête, essayant de donner un sens à cette journée où il aurait dû pleurer, mais n'avait ressenti que colère et désespoir.

— Tu étais seul ?

— Mes parents avaient de la famille, mais n'en parlaient jamais. Je n'ai appris l'existence de mes oncles et tantes qu'en les recherchant sur un site de généalogie. Je me suis dit qu'ils avaient le droit de savoir ce qui s'était passé. Deux de mes tantes sont venues, les autres n'ont pas voulu. L'un de mes tuteurs à l'université est venu également, avec sa femme. C'était gentil. Tout le monde a dit ce qu'il fallait, à quel point ils étaient désolés, mais personne n'a pleuré.

Soudain, Allie le serra dans ses bras. Elle recula immédiatement, avant qu'il ne puisse lui rendre son étreinte, mais Zac savait à quel point elle faisait attention à son espace et combien cela lui avait coûté. Lorsqu'il avait tenté de l'empêcher de tomber du paddle, il l'avait sentie tressaillir.

— J'ai laissé la plupart de tout ça derrière moi.

— Mais pas la totalité ?

Il y avait une chose dont il n'avait jamais parlé à personne. Mais ce bref instant où il avait senti les bras d'Allie autour de lui avait fait tomber les défenses qui protégeaient le secret le plus douloureux, et maintenant il ne pouvait plus le retenir.

— Je n'ai jamais réussi à accepter les promesses non tenues. Pour ma mère, la punition consistait à me priver des choses que je voulais. Si je faisais quelque chose de mal à table, elle prenait mon assiette et la vidait dans la poubelle. Ou bien on me promettait quelque chose pour Noël et je ne l'obtenais jamais à cause de ce que j'avais fait.

Zac frémit à ces souvenirs.

— Je ne pourrais pas accepter ça non plus. Chaque enfant doit croire qu'il a quelque chose qui lui appartient et que personne ne peut lui enlever.

Chaque adulte aussi. Zac avait pris la décision rationnelle que les abus subis par Allie signifiaient qu'il ne devait pas agir en fonction de l'attirance qu'il ressentait pour elle. Mais dans un monde où tout pouvait être retiré, devenir trop proche d'elle signifierait aussi qu'il devrait affronter la possibilité de la perdre.

Pas à cet instant, toutefois. Elle avait glissé sa main dans le creux de son bras, l'ancrant dans un présent qui pouvait échapper au passé et permettre à l'avenir de s'occuper de lui-même.

— Les choses sont différentes maintenant… mieux. J'ai fait beaucoup de changements dans ma vie.

— Je les vois. Et tu es prêt à rentrer chez toi ?

— Oui. Il est important pour moi de recoller les morceaux de ma vie - la personne qui a quitté l'Angleterre et celle qui y retourne. Revoir les choses et les endroits et… Est-ce que tout reprendre selon mes propres termes a un sens ?

Allie s'esclaffa.

— Je vois ce que tu veux dire. Tu es toujours en contact avec tes tantes ?

— Oui. Nous avons échangé des mails et quelques appels vidéo. En fait, j'ai vraiment hâte de les voir. Je ne sais pas trop à quoi m'attendre, mais ce serait bien de construire une sorte de relation.

— J'espère vraiment que vous y arriverez.

Elle avait compris tout ce qu'il lui avait dit. Pouvoir l'expliquer le mettait aussi au clair dans la tête de Zac. Il avait parlé dans le but d'être honnête et de faire savoir à Allie qu'elle pouvait le faire aussi, mais cela s'était transformé en quelque chose de plus. Quelque chose de précieux.

— Pardon de m'être confié ainsi. C'est du passé, à présent.

Elle lui sourit gentiment.

— C'est une des choses que j'aime chez toi, Zac. Que tu me considères d'abord comme une personne, et ensuite comme quelqu'un qui a été maltraité.

— C'est comme ça que j'aimerais être vu.

La réponse lui plut, visiblement.

— Alors, parlons d'un problème plus immédiat, d'accord ? Tu as une idée de la façon de retourner à la voiture ? Ou on va passer la nuit ici ?

Zac sourit, sortit son porte-clés et ouvrit le couvercle de la petite boussole qui y était accrochée.

— Par là.

5

Zac admettait être un peu nerveux à propos du premier jour officiel d'Allie à l'hôpital. Non pas qu'il doutât qu'elle s'en sorte, mais se sentir concerné par quelqu'un impliquait la capacité de s'angoisser à sa place.

Toutefois, Allie respirait la confiance en elle. Elle s'était habillée avec soin. Jupe et chemisier unis de couleur crème, ce dernier orné de rangées de boutons à chaque poignet et d'un double boutonnage sur le devant, ce qui lui donnait une allure unique. Des talons juste assez bas pour être confortables, léger maquillage et boucles brunes brillantes. Le jugement de quiconque ne serait pas impressionné par elle pouvait à juste titre être remis en question, et Zac y ajoutait secrètement son propre avis, plus subjectif. Que ce soit sur la plage ou pour une réunion professionnelle, Allie était toujours la plus belle femme qu'il ait jamais vue.

Il se gara sur le parking de l'hôpital et ils partirent chacun de leur côté. Zac pensa à elle pendant la plus grande partie de la journée. Quand ils se retrouvèrent à sa voiture après le travail, Allie semblait aussi fraîche et excitée que lorsqu'ils s'étaient quittés le matin. Sauf qu'en s'asseyant sur le siège passager, elle se pencha et enleva ses chaussures.

— Tu as été debout toute la journée ?

— Pas toute la journée. Mais ces chaussures sont neuves, et j'ai eu droit à une visite complète de l'hôpital.

— Alors ?

— C'est incroyable ce qu'on peut faire avec un peu plus d'espace que celui dont nous disposons à Londres. Et des gens compétents, bien sûr. Avec de bons équipements et un peu de réflexion. Les patients sont formidables, ajouta-t-elle avec un grand sourire.

C'était Allie tout craché. Elle n'oubliait jamais que le patient était au centre de tout ce qu'elle faisait, et à Londres, Zac avait été impressionné par la façon dont elle semblait aborder chaque patient avec une meilleure connaissance que ce n'était le cas d'ordinaire, de qui il était et ce qui lui tenait à cœur, en plus de savoir ce qui n'allait pas sur le plan médical.

— Donc tu es prête à commencer pour de bon demain ?

Zac se réjouissait de la voir un peu plus qu'aujourd'hui.

— Pas tout à fait. La coordinatrice du programme d'échange a suggéré que je passe cette semaine à travailler avec Beth. Cela me donnera une bonne vue d'ensemble de la continuité entre les admissions, le service des urgences et les unités de soin, et Beth veut trouver un peu de temps vendredi pour discuter des différences d'approche entre Londres et ici.

Bonne idée. Cela permettrait de préparer les futurs candidats au programme d'échange et de mettre en évidence les domaines dans lesquels chaque hôpital pourrait apprendre de l'autre. Zac ravala sa déception.

— Tu rejoindras l'équipe des adolescents et des jeunes adultes la semaine prochaine, par conséquent ?

— Oui, et j'ai hâte. J'ai vraiment envie d'appréhender mon travail un peu autrement.

L'équipe avec laquelle Zac travaillait depuis deux ans, et où Allie devait le remplacer, était un peu différente de l'équipe pédiatrique en Angleterre. Elle accueillait des jeunes âgés de dix à vingt-quatre ans et s'attachait à répondre aux problèmes spécifiques rencontrés par les adolescents et les jeunes adultes lorsqu'ils étaient à l'hôpital.

— C'est stimulant.

— C'est ce qui te plaît aussi ? dit-elle en souriant.

— Oui, entre autres. Et toi ?

Elle acquiesça et Zac démarra la voiture. Lorsqu'ils arrivèrent à l'appartement, Allie insista pour préparer le dîner, même si elle devait être fatiguée. Ils se promenèrent ensuite sur la plage et Zac se coucha tôt, épuisé par une journée passée à s'inquiéter inutilement pour elle.

Gérer ses propres attentes avait été une mesure de survie durant l'enfance de Zac, le blindant contre les promesses qui ne s'étaient pas concrétisées. Mais cela avait aussi ses bons côtés. Quand Allie entra dans le service le vendredi matin, il ne ressentit qu'un plaisir inattendu et total.

— Simple visite ?

Passer ces quelques instants non programmés avec elle suffisait amplement à égayer sa journée.

— Beth est occupée aujourd'hui, donc nous avons prévu une réunion avec la coordinatrice du programme d'échange lundi après-midi. Ce qui me rend désœuvrée toute la journée, alors je me demandais si cela ne te dérangerait pas que je me joigne à toi pour ta tournée matinale ?

Elle n'avait pas besoin de demander.

— Bien sûr, pas de problème. Ce serait formidable, ajouta Zac, optant de risquer d'être un peu plus expansif.

Le soleil radieux n'était pas une nouveauté ici, mais quand le rayon de soleil qu'était Allie marchait à ses côtés, la journée semblait encore plus radieuse. Les visites du matin prirent plus longtemps que d'habitude car il devait informer Allie du dossier médical de chaque patient, puis ils gagnèrent un coin isolé de la grande salle de cantine pour déjeuner.

— On a vu tout le monde maintenant. À part Carly. Comment va-t-elle aujourd'hui ? demanda Allie.

Zac se sentit coupable. Carly était arrivée la veille dans le service, et il s'était brièvement demandé si Allie l'avait vue aux urgences lorsqu'elle avait été amenée à l'hôpital.

— Elle a été évaluée par les services psychiatriques ce matin, et je pense qu'ils recommanderont un traitement psychothérapique, qui débutera maintenant et se poursuivra après sa sortie. On craint une invalidité permanente de sa main gauche, mais je pense qu'avec une petite intervention chirurgicale et de la kiné, nous pourrons l'éviter.

Carly avait dix-huit ans et avait tenté de se suicider en se coupant les veines des poignets.

— Tant mieux. C'est ce qui m'inquiétait aussi. Je m'attendais à la revoir ce matin.

Allie allait toujours droit au but, posant les questions auxquelles il était le plus difficile de répondre. Zac était resté seul la veille au soir à regarder la mer, après qu'elle était allée se coucher, se demandant comment il pourrait gérer cette situation, sans parvenir à une conclusion définitive. Il but une gorgée de son café, essayant d'évacuer la boule qui s'était brusquement formée dans sa gorge.

— J'ai eu une longue conversation avec sa mère hier. Carly est dans une école d'art, spécialisée dans la photographie. Elle était amie avec un garçon dans la même classe qu'elle, et ils sortaient ensemble pour faire des photos. De fil en aiguille, ils sont devenus plus proches et ont pris des photos de nature plus intime. Quand ils se sont séparés, il a partagé toutes ses photos sur le réseau social de l'école.

— Quoi ? Pourquoi as-tu attendu jusqu'à maintenant pour me dire ça ?

Les yeux d'Allie s'étaient soudain remplis de larmes.

— Parce que je pense que, compte tenu des circonstances, il serait préférable que tu prennes un peu de recul et que tu me laisses poursuivre seul son traitement général.

Ce geste familier d'essuyer ses larmes. Plus que jamais, il se rendait compte de la frontière ténue chez Allie entre vivre sa vie et se laisser abattre par ce qui lui était arrivé.

— Tu ne penses pas que je suis particulièrement bien placée pour l'aider ?

Zac s'attendait à ce que ce soit le premier réflexe d'Allie, mais il n'était pas convaincu que ce soit la bonne solution.

— Je présume que cela peut paraître cruel, mais tu sais aussi bien que moi qu'il faut prendre de la distance, de temps en temps, pour pouvoir continuer à faire notre travail. Te compromettre n'aidera personne.

— Mais...

— Je pense que tu devrais au moins y réfléchir pendant le week-end avant de prendre une décision.

Il vit un éclair de colère dans ses yeux.

— Il n'y a pas à réfléchir, Zac. Le groupe Internet qui a partagé mes moments les plus intimes, à mon insu et sans ma permission, m'a tout pris. Ils m'ont pris ma confiance et mon assurance. Ils m'ont enfermée dans mon appartement pendant dix-huit mois, terrorisée à l'idée de sortir et de rencontrer des gens. Ils m'ont pris mes amis et mon chez-moi...

Ses joues étaient rouges à présent et elle frappait la table du doigt. Tellement blessée qu'il crut qu'elle allait se briser. Il aurait peut-être dû attendre ce soir pour le lui dire, mais il n'y avait plus de retour en arrière possible.

— Allie...

— Ils ne m'enlèveront pas ma voix. Et ils ne m'enlèveront pas le serment que j'ai prêté, de faire de mon mieux pour mes patients.

— « Avant tout, ne pas nuire », Allie. Nous devons être prudents avec Carly, et peut-être...

Il n'y avait pas de manière délicate de le dire.

— ... peut-être que tu n'es pas prête pour ça. Peut-être que Carly n'est pas encore prête pour ta colère.

Elle le fixait toujours, son regard refusant de le lâcher. Mais elle sembla se calmer un peu, s'adossant à son siège.

— Je suis en colère contre *toi* en ce moment, Zac.

— Très bien, j'accepte ta colère. Autant que tu veux, quand tu veux, je pensais avoir été clair sur ce point.

Il n'avait pas prévu combien ce serait difficile, combien cela le meurtrirait d'entendre Allie dire ce qu'avait été sa vie ces dix-huit derniers mois, mais il avait appris une chose de l'Australie. On suit la vague, où qu'elle nous mène.

— Tu *peux* l'encaisser ?

— Chiche. L'une des raisons pour lesquelles je t'ai parlé de ma propre enfance, c'est que je voulais que tu saches que je n'allais pas reculer devant ce qui t'est arrivé. Je suis devenu expert dans l'art de nier ce qui se passe quand j'étais enfant, et je ne vais pas prétendre que ça marche.

Elle rompit la connexion entre eux et baissa les yeux sur ses mains serrées. Cela le peina encore plus que d'entendre ce qu'elle avait subi.

— Allie... ?

Elle agita la main, refusant toujours de croiser son regard.

— Ça n'a pas d'importance.

— Manifestement, si.

Soudain, Allie se leva. Elle laissa son déjeuner sur la table et se dirigea vers la porte de la cantine.

Peut-être devrait-il la laisser partir. Peut-être qu'il ne devrait pas. Elle pourrait retrouver son calme, mais ce ne serait qu'un premier pas en vue de le tenir à l'écart. Zac la rattrapa à l'extérieur de la cantine, où elle s'était arrêtée un instant, hésitant manifestement sur la direction à prendre. Il lui prit la main, espérant qu'elle ne protesterait pas assez fort pour que quelqu'un doive intervenir.

Mais Allie ne dit pas un mot. Elle le suivit à travers l'accueil bondé et dehors au soleil. Zac la conduisit jusqu'à un endroit isolé dans l'enceinte de l'hôpital et s'assit sur un banc. Allie l'imita, gardant ses distances, ce qui était tout aussi bien car Zac imaginait que quelques gestes explosifs pourraient faire partie de l'arsenal qu'elle s'apprêtait à lui balancer. Mais, au lieu de cela, elle le regarda d'un air absent. Se cachant derrière ses défenses soigneusement construites.

— Parle-moi, Allie. S'il te plaît.

— Je pense que tu as tort.

— Oui, c'est assez évident. Tu peux me dire quelque chose que j'ignore, et me faire changer d'avis ?

Elle prit une grande inspiration, réfléchissant à l'idée.

— Bon, je comprends ce que tu veux dire. Quelle que soit ma réaction, elle doit mettre Carly au premier plan. C'est elle qui a été abusée et cela fait d'elle la personne la plus importante dans la pièce.

— Avec toi.

— D'accord. Avec moi, parce que je dois travailler ici.

Au moins, elle le reconnaissait, et c'était ce que Zac avait voulu souligner. Qu'Allie était là pour une raison, et qu'elle ne devait pas ignorer son propre bien-être.

— Il s'agit de reprendre les choses en main, Zac. Et la chose importante que je veux dire maintenant, c'est que tu n'es pas l'un de ceux qui m'ont mise en position de faiblesse.

Cela comptait vraiment pour lui. Il n'avait pas toujours tout bien fait, mais il avait fait de son mieux.

— Merci.

— Je veux aider Carly, et je pense que je le peux. Je pense que je peux l'approcher d'une manière qui donne la priorité à ce qu'elle ressent, et non à ce que les autres pensent, et que je peux lui faire comprendre que c'est quelque chose qu'on lui a fait subir, et que cela n'a rien à voir avec ce qu'elle *est*.

— Tout à fait d'accord. Et toi, dans tout ça ?

Allie fronça les sourcils.

— Tu as raison, je dois le prendre en compte et c'est plus difficile. Je vais devoir coopérer avec la psy de Carly avant toute chose, et donc lui dire pourquoi je pense être capable de comprendre ce que ressent Carly. Probablement à d'autres personnes aussi. L'une des raisons pour lesquelles je suis venue ici, c'est que je ne voulais pas être dans un environnement où tout le monde savait ce qui s'était passé.

— Et... ?

— Je vais leur raconter ma propre histoire, de mon point de vue. Je n'avais pas réalisé jusqu'à présent à quel point c'est différent et à quel point c'est important pour moi. Ce sera difficile et j'aurai peut-être besoin d'un ami...

Qu'Allie le lui demande grisa légèrement Zac. C'était le genre de compliment qui venait du cœur.

— Je serai là. Et te contrarierai probablement de temps en temps avec des opinions que tu ne veux pas entendre.

Elle sourit soudain.

— C'est le marché, Zac. Je risque de te contrarier de temps en temps aussi.

Mais ce n'était pas grave, car leur relation semblait soudain plus forte que ça. Allie et lui étaient tous les deux plus forts que ça, et ils pourraient résister à un petit désaccord honnête.

— Ça marche.

Ils retournèrent à la cantine, s'attendant à ce que leurs sandwichs aient disparu. Mais l'un des serveurs leur fit signe, sortit leurs assiettes de sous le comptoir en souriant et leur servit deux tasses de café frais.

— Je pensais que vous n'aviez pas fini. Une urgence ?

— Mineure. Merci beaucoup, dit Allie avec un sourire reconnaissant.

Philippa, la psychothérapeute de Carly, avait déjà passé un peu de temps avec elle et décidé de la laisser quelques jours s'installer dans l'environnement sûr de l'hôpital, avant de commencer à travailler avec ellc la semaine suivante. Zac surveillait de près son état physique et lorsque Allie le suivit dans sa chambre, Carly la reconnut pour l'avoir vue aux urgences et sourit.

Quand Allie admit qu'il avait raison et qu'il valait mieux réfléchir à tout cela pendant le week-end, il fit comme si c'était son idée à elle depuis le début. Elle se leva tôt le lendemain, et lorsque Zac revint de son surf du samedi matin avec Mark et commença à préparer des sandwichs au bacon et du café, elle avait déjà rédigé une liste de points clés. Elle fit glisser le papier sur le bar du petit déjeuner vers lui.

— Qu'est-ce que tu en penses ?

Zac se pencha pour le lire.

— Ça a l'air pas mal. J'aime bien la partie où tu dis que Carly et toi pouvez apprendre et bénéficier de cette expérience, et que tu ne te sens pas à l'aise pour le faire sans les conseils et le soutien de Philippa. Tu le penses vraiment, ou tu cherches juste à obtenir son accord ?

— Non ! J'y ai réfléchi et, mon indignation légitime une fois estompée, j'ai décidé que j'allais avoir besoin d'un certain soutien. Un soutien clinique en plus du soutien amical, bien sûr.

— Oui, j'ai compris, répliqua-t-il en s'esclaffant. Je vais rester dans la case « ami », c'est ça ?

— Ce n'est pas une si mauvaise case pour nous, si ?

Zac était loin d'être idiot, et il n'avait pas pu manquer la façon dont leur relation avait glissé de collègues à amis à... Quelque chose de plus, qui existait dans les moments où ils se touchaient, et où leurs regards se croisaient. Quand cela se produisait, Zac reculait aussi subitement qu'elle.

— Laisse-moi relire tout ça. J'aime bien ton idée de ne pas appeler ça du *revenge porn*. Je suis plutôt mal à l'aise quand les gens l'appellent ainsi. C'est comme demander à une femme ce qu'elle portait lorsqu'elle a été agressée, comme si ça justifiait qu'un crime soit commis contre elle.

— Oui, je préfère *atteinte sexuelle à base d'images*.

— Hmm. Ça se rapproche plus de la réalité.

— Et tu penses que j'ai tout dans le bon ordre ?

— Non. Je trouve que tu devrais mettre en premier tes derniers points, à savoir ta capacité à atteindre Carly et ta volonté d'accepter du soutien pour toi-même. C'est ce que tu as décidé, et le reste est important, mais ce sont des arguments. Pour l'instant, on a l'impression que tu essayes de justifier ce que tu veux, et je pense que tu dois y aller un peu plus fort que ça, et laisser Philippa soulever tout ce avec quoi elle n'est pas d'accord. Encore que je doute qu'elle ne le soit pas, d'ailleurs. D'après mon expérience, elle est toujours ouverte à une approche commune et à un peu de bon sens.

— Merci de ta contribution. Je pensais écrire sur une feuille séparée ce qui m'est arrivé. À ton avis, c'est bien ?

— C'est pertinent. Tu préfères écrire ou c'est plus facile d'en parler face à face ?

— Je peux faire l'un ou l'autre, répondit Allie après un instant de réflexion. Mais d'une certaine manière, l'écrire…

— Te donne le sentiment de te l'approprier ?

— Oui. Voilà.

— Eh bien, c'est un point que tu pourrais également faire valoir, le fait que tu prends le contrôle de la façon dont tu racontes ta propre histoire. Bon, range ça maintenant. On y reviendra quand on aura mangé, dit-il, posant les sandwichs et le café devant elle.

6

Allie avait repris sa liste, entre les courses et la cuisine, et le soir venu, satisfaite de ce qu'elle avait fait, elle avait tout dactylographié, ainsi que le récit de ce qui lui était arrivé. Zac avait suggéré qu'ils sortent prendre l'air et ils avaient marché un moment le long de la plage, s'asseyant sur le sable quand le ciel avait commencé à s'assombrir.

— Je veux que tu l'entendes en premier, Zac. Avant tout le monde.

— Je n'en ai pas besoin...

— Mais tu écouteras, si c'est ce que je veux ?

— Bien sûr. Je suis honoré que tu me fasses confiance.

Allie inspira à fond. C'était le plus difficile, parce que la réaction de Zac signifiait plus pour elle que celle de n'importe qui d'autre ici. Et le plus facile, parce qu'elle lui faisait plus confiance qu'à n'importe qui d'autre.

— James semblait vraiment gentil. Il était amusant, et il avait l'air très respectueux aussi. Il m'envoyait des petits mots et des fleurs. Il n'a pas fait pression pour qu'on couche ensemble. En fait, je crois que c'était mon idée.

Zac ouvrit la bouche pour dire quelque chose, puis parut se raviser.

— Dans le contexte de ce qui s'est passé ensuite, on peut appeler ça du conditionnement, de la manipulation, mais je n'en avais pas la moindre idée à l'époque.

Allie exprimait l'évidence, se demandant si c'était ce que Zac avait été sur le point de dire.

— Oui. Les fleurs peuvent être... agréables. C'est tout le problème, non ? Les gestes gentils deviennent des armes.

Allie songea au bouquet de waratah sur la table à côté du canapé. L'aurait-elle mieux apprécié s'il ne lui avait pas rappelé James ? Zac n'avait pas besoin de savoir que le geste de Naomi n'avait pas été apprécié autant qu'il aurait dû l'être.

— Ce que je ne savais pas, c'est qu'il avait équipé sa chambre de caméras et qu'il avait tout filmé, toute la nuit et le lendemain matin. Il devait y en avoir au moins deux parce qu'il y avait deux angles distincts montés ensemble dans la vidéo. L'informaticien a dit que c'était très professionnel.

— Formidable ! Voilà qui remonte le moral, pas vrai ? railla Zac, sourcils froncés.

— Oui, ça manquait de tact. D'une manière générale, j'ai été interrogée par des policiers formés à ce type de crime qui étaient très gentils. James a reconnu sa culpabilité peu après son arrestation, ce qui m'a épargné un procès.

— Mais la vidéo avait déjà été partagée.

— Oui. Le fonctionnement du groupe stipulait que les personnes qui voulaient le rejoindre devaient soumettre leur propre vidéo, comme une sorte de droit d'entrée. Cela permettait au groupe d'avoir un flux constant de nouvelles vidéos, et à ceux qui le rejoignaient d'être immédiatement impliqués afin qu'ils ne puissent trahir les secrets du groupe.

Zac secoua la tête, un air de dégoût total sur le visage.

— C'est... Je dirais que c'était intelligent, si ce n'était pas aussi méprisable.

— C'était efficace, durant un certain temps. Tous les membres du groupe ne travaillaient pas à l'hôpital, et on ne sait toujours pas exactement combien ils étaient, car lorsque les premières enquêtes ont été menées, le groupe a fermé assez vite. Apparemment, la plupart des membres utilisaient des téléphones prépayés, ce qui n'a pas facilité les choses.

— Et tu n'as rien soupçonné ?

— Non. J'ai juste pensé que nous avions passé une chouette nuit ensemble et que ça n'avait pas collé entre nous. J'ai été blessée, mais je m'en suis remise. Mais six mois plus tard, quand quelqu'un les a dénoncés, l'hôpital a informé l'ensemble du personnel de ce qui s'était passé et a demandé à tous ceux qui avaient des inquiétudes de se manifester. Et soudain, James n'était plus là. J'ai fait le rapprochement et...

Brusquement, c'était comme s'il n'y avait pas assez d'air sur la plage. La main de Zac se tendit avec hésitation vers la sienne, elle la prit, la serra fort, et la panique commença à s'estomper.

— Tout va bien. J'ai presque fini.

— Prends ton temps. J'attendrai le temps qu'il faudra.

Allie inspira, se sentant plus forte maintenant.

— Certaines vidéos, dont la mienne, avaient été postées sur d'autres groupes privés et se sont retrouvées sur Internet. La police a fait ce qu'elle a pu, et j'ai effectué des recherches sur la manière de les trouver. Je suis devenue assez bonne, mais dès que j'en signalais une et que l'unité opérationnelle la retirait, une autre apparaissait.

— Tu cherches toujours ?

— Non. Ça me rendait folle, pendant un certain temps, je ne pensais qu'à ça et je passais mes nuits à chercher. J'ai dû abandonner pour ne pas perdre la raison. Peut-être qu'on a tout, peut-être pas. J'ai dû me faire à cette idée.

— Comment peut-on accepter quelque chose comme ça ?

— Beaucoup de gens m'ont aidée et... je n'avais pas le choix, en fait. Je ne pouvais rien y changer et je devais apprendre à vivre avec.

— Dire que je suis navré de ce que tu as subi ne suffit pas, Allie, lui assura-t-il en pressant fermement sa main.

— C'est le mieux que l'on puisse faire. Et j'apprécie. Zac, je ne t'ai pas raconté ça pour te mettre en colère, ajouta-t-elle en serrant sa main aussi. Je l'ai fait parce que j'ai décidé que je devais le partager, et je veux que tu le saches en premier. Si je peux le dire, j'ai le sentiment de mieux le contrôler.

— Alors, merci. De l'avoir dit.

Ils restèrent assis un moment, main dans la main, à regarder le mouvement de la mer dans l'obscurité. Se contentant d'exister, dans un intervalle de temps où il ne semblait pas nécessaire de faire quoi que ce soit d'autre.

— L'Australie change tout, n'est-ce pas, murmura Allie.

— Cela a été le cas pour moi. C'est peut-être juste la distance. Si nous étions Australiens, nous pourrions visiter des galeries d'art à Londres ou explorer les ruines romaines de St Albans. Trouver notre place là-bas.

— Peut-être. Mais il fait beaucoup moins froid ici.

— C'est vrai. Même si l'hiver à Sydney peut descendre jusqu'à huit ou neuf degrés.

— Houla. On gèle alors.

Zac éclata de rire.

— On a l'impression qu'il fait un peu plus froid, d'une certaine manière. Les maisons australiennes sont construites pour la chaleur, et le double vitrage et le chauffage central ne sont pas si courants ici.

— Ou des rideaux épais ? le titilla Allie en lui donnant un petit coup de coude. L'étiquette du prix de ceux de ma chambre est tombée ce matin.

— Ah oui ? fit Zac en tentant un regard innocent. Bon, je m'incline. Je n'avais pas de rideaux dans la chambre, parce qu'elle n'a pas de vis-à-vis et que j'aime la brise marine la nuit. J'ai pensé que tu apprécierais un peu plus d'intimité.

— C'est le cas, vraiment. Tout comme le verrou sur la porte et la peinture fraîche.

— Oh ! arrête, hein ? Je n'avoue rien de tout ça, cela aurait pu arriver pour n'importe quelle raison et à n'importe quel moment. Donne-moi juste un instant pour trouver un alibi.

— Tu as intérêt à en dénicher un bon, dit-elle en riant.

Il riait aussi, faisant semblant d'y réfléchir. Ici, sur la plage, qu'ils soient ensemble semblait si naturel, et qu'elle puisse vivre quelque chose d'aussi doux, si impossible. Les doigts de Zac s'enroulaient autour des siens, et Allie savait qu'il le ressentait aussi. Jamais il n'agirait en conséquence, et elle ne répondrait jamais, mais peut-être que l'homme qui avait dû travailler si fort pour obtenir ce sourire franc et ouvert avait besoin de l'entendre.

— Je t'aime bien, Zac.

La façon dont il lâcha sa main, l'incertitude sur son visage, montrèrent qu'il savait exactement ce qu'elle voulait dire. Mais lorsqu'il répliqua, il n'y avait nulle trace qu'il saisissait le sens de l'aveu qu'elle venait de faire. Qu'elle avait *envie* de lui.

— Je t'aime bien aussi, Allie.

Peut-être devrait-elle s'en tenir là. Elle vit alors le pouls battre sur le côté de son front.

— Je voulais dire… je t'*aime* bien. Je sais que ça n'aboutira à rien et que tu vas bientôt partir. Je voulais juste que tu saches que c'est la première fois que je pense à quelqu'un de cette façon depuis longtemps.

Il sourit, posa à nouveau sa main sur la sienne.

— Mais est-ce que c'est bien ?

Se tenir les mains ?

— Oui, c'est très agréable.

Soudain, c'était aussi intime qu'un baiser.

— Et ça ?

Il souleva sa main à quelques centimètres de ses lèvres.

— Oui, répondit Allie dans un souffle.

Ses lèvres effleurèrent ses doigts, son regard se noua au sien dans la plus délicieuse des étreintes. Ils savaient tous les deux que cela ne mènerait nulle part, mais, d'une certaine manière, cela rendait tout cela encore plus doux. Il n'y avait pas d'incertitudes, pas de doutes quant à la suite des événements. Juste le tendre constat de ce qui aurait pu être, si leurs vies avaient été différentes.

— Regarde en haut.

Il murmura les mots, et Allie ne put s'empêcher de lui faire confiance et d'incliner la tête vers le ciel.

— Oh ! Des étoiles !

— Une chose qu'on n'a pas à Londres. Trop de pollution lumineuse. Elles sont encore plus brillantes si tu t'éloignes un peu de la ville. Mais ce sont les étoiles sous lesquelles je dors depuis deux ans. Elles sont donc spéciales pour moi.

Zac effleura une nouvelle fois ses doigts de ses lèvres, ce qui la fit frissonner.

— On peut voir la Croix du Sud d'ici ?

C'était la seule constellation de cet hémisphère dont Allie avait entendu parler.

— Juste là. Tu vois, quatre étoiles en forme de croix.

Il pointa le ciel, juste au-dessus de l'horizon, et Allie se rapprocha, s'appuyant sur son épaule pour voir exactement où il indiquait. Lorsque son bras s'enroula autour d'elle, elle se blottit contre lui.

— C'est plus petit que ce que je pensais. Il n'y a que ces quatre-là ?

— Il y en a d'autres, mais il faut une bonne paire de jumelles ou un télescope pour les voir.

— Tu connais d'autres constellations ?

C'était agréable. De sentir la chaleur d'un autre être humain. Quelqu'un qui semblait vouloir être ici autant qu'elle. De sentir la chaleur de *Zac*.

— Si j'en connais d'autres ? Tu as combien de temps… ?

Allie était seule à présent, les rideaux fermés et la porte de sa chambre verrouillée. C'était dingue, car la seule autre personne dans l'appartement était Zac. Mais les pensées qui s'étaient immiscées maintenant étaient dingues elles aussi. James avait semblé si gentil lorsqu'elle l'avait rencontré pour la première fois. Elle s'était déjà trompée une fois et elle avait du mal à se fier de nouveau à son propre jugement.

Pourtant Zac était différent. Il avait été plus qu'honnête avec elle, plus que prévenant. Plus qu'un ami dans un endroit inconnu. Il avait été quelqu'un en qui elle pouvait avoir confiance. Quelqu'un qu'elle aurait facilement pu aimer, si elle ne l'avait pas trouvé trop tard pour pouvoir aimer.

Elle s'allongea dans le lit, éteignit la lumière et remonta les couvertures sur elle. Dans l'obscurité veloutée, elle ne pensait qu'au contact de Zac et aux moments précieux qu'ils avaient passés ensemble. Soudain, il y avait quelque chose de très important qu'elle devait faire. Gagnant la porte à tâtons, elle ouvrit le verrou discrètement. Elle aurait peut-être encore besoin de rideaux épais et de fenêtres fermées, mais ce soir elle pourrait dormir sans verrouiller la porte de sa chambre.

La veille au soir avait été une expérience exquise...

Zac n'était sorti avec personne lorsqu'il était adolescent. Il était hors de question de ramener une fille à la maison et, de toute façon, il était trop occupé par ses études, trop avide d'échapper aux humeurs changeantes de sa mère et à sa désapprobation constante. Lorsqu'il était entré à l'université, il s'était lancé timidement dans des relations, généralement avec des jeunes femmes aussi timides que lui. En Australie, son assurance grandissante et son nouvel amour de la plage avaient un peu élargi ses horizons, et il n'avait pas manqué de propositions, mais, même là, ses relations avaient toujours été plan-plan. Toujours faciles à nouer et faciles à dénouer. Cette habitude d'enfant de ne jamais vouloir quelque chose qui pourrait lui être enlevé l'avait clairement marqué.

Allie était différente, toutefois. Il avait ressenti une excitation incroyable à son simple contact. Il ne pouvait s'empêcher de penser à elle, et quand il parvenait à s'arrêter de penser et à s'endormir, il ne pouvait s'empêcher de rêver d'elle. Il en voulait toujours plus, mais il savait que tout ce qu'Allie pouvait lui donner était en quelque sorte suffisant.

Trente-deux ans, et il se comportait comme un adolescent. Et Zac s'en fichait. Chaque moment passé avec Allie était stimulant, excitant et plus satisfaisant qu'il ne l'aurait cru possible. Instiller un peu de logique à la situation, se dire que cela ne marcherait jamais et qu'il devait laisser tomber, n'était plus une option.

Il s'était réveillé tôt, par habitude, et avait enfilé son short de bain. Mark était sur la plage, testant les vagues qui s'écrasaient sur le sable en perpétuel mouvement. Il remarqua aussitôt les erreurs spontanées que Zac commettait pour les prendre.

— Qu'est-ce qui t'arrive, mon pote ? Celle-là est facile.

— Des trucs au boulot, éluda Zac pour justifier son manque de concentration.

Il ne put se retenir de regarder la fenêtre d'Allie. Elle était masquée par les plantes et les meubles du profond balcon, mais il pouvait voir le haut des portes coulissantes, et il retint son souffle. Les rideaux avaient été tirés et les portes étaient légèrement ouvertes. Avait-elle fait l'impensable et s'était-elle permis de dormir en compagnie des étoiles et de la mer cette nuit ? Zac rejeta cette idée, la jugeant trop optimiste. Mais alors qu'il fixait le balcon, incapable de détourner les yeux, il vit du mouvement. Allie était levée, habillée et assise dehors. Elle lui fit un signe de la main et l'effet fut électrique, comme si elle le touchait.

Une chose de plus à apprendre, dans un monde qui semblait déjà avoir basculé. Le simple fait de la voir, de savoir qu'elle l'observait peut-être, suffisait pour faire battre son cœur. Elle marcha jusqu'au bord du balcon, s'appuya sur la balustrade. Allie l'observait *sans aucun doute* à présent.

Il fit un autre signe de la main, éprouvant une soudaine et délicieuse gaucherie. Ça aussi, c'était nouveau. Zac avait toujours considéré son corps comme un moyen de parvenir à ses fins, quelque chose qui lui permettait de s'adonner aux activités qui le faisaient se sentir bien. Mais aujourd'hui, il ne pensait qu'à savoir si Allie aimait ce qu'elle voyait.

Et aujourd'hui, tout ce qu'il voulait, c'était oublier tous les torts que le passé leur avait causés à tous deux. Prendre le soleil et la houle imprévisible de l'océan, et voir où cela les mènerait. Il pointa du doigt le paddle posé sur le sable, et invita Allie d'un geste à se joindre à eux. Elle acquiesça et disparut du balcon, laissant Zac l'attendre sur la plage.

Le lundi matin, Zac fit sa tournée seul. Il avait souhaité bonne chance à Allie qui allait discuter avec Philippa, et elle l'avait remercié par un sourire nerveux. Lui-même l'était pour deux, cela dit. Il entra dans une vaste chambre hébergeant quatre jeunes patients.

— Comment ça va aujourd'hui, Jack ?

Il n'avait aucune illusion sur ce que faisait son prochain patient. Lequel, fidèle à lui-même, jouait à des jeux vidéo. Jack l'ignora, concentré sur l'écran. Puis grimaça subitement, tapa quelque chose et leva enfin les yeux.

— Désolé, docteur Forbes. Il fallait que je gagne celle-ci.

— Dans l'intérêt de la paix et de la sécurité galactiques ? répliqua Zac en souriant.

— Non, c'est un autre jeu. Là, il s'agit de la Grande-Bretagne antique.

— Bon. Eh bien, ne chamboule pas trop la chronologie, d'accord ? Je ne voudrais pas disparaître dans un nuage de fumée si tu arrivais à vaincre un de mes ancêtres.

— Aucune chance, docteur Forbes. À moins que vous ne descendiez de géants cosmiques.

— Ah. J'aurais dû me douter que l'espace intersidéral en ferait partie d'une manière ou une autre.

Zac posa la tablette qu'il transportait sur le lit, hors de portée de Jack. Il avait déjà appris que Jack ne mettait pas longtemps à parvenir à consulter ses notes.

— Jetons un coup d'œil à ta jambe, alors.

Zac dégagea les câbles qui traînaient et ferma l'ordinateur portable du garçon, qu'il posa sur le meuble à côté du lit.

— Tu ne pourrais pas descendre dans la salle d'activités pour y jouer, plutôt que de rester ici ?

— J'y suis tout le temps interrompu. Et là, c'est plus intime, je joue avec ma copine.

Zac acquiesça, notant sans mot dire que l'interruption était justement l'intérêt d'aller dans la salle d'activités commune.

— C'est vrai. Est-ce qu'elle est venue te voir ?

Jack recevait beaucoup de visiteurs, mais Zac ne se souvenait pas d'avoir été présenté à une petite amie.

— C'est un peu difficile, elle vit à Brisbane. Je ne l'ai pas encore rencontrée en vrai, mais on a une relation.

Zac ne fit aucun commentaire sur cette nouvelle forme de couple. Il se concentra sur l'examen de la jambe de Jack, brisée en plusieurs endroits lors d'un accident de voiture.

— Les muscles sont encore abîmés, Jack. Comment se passent les séances avec ton kiné ?

— Ça va, répondit Jack avec un haussement d'épaules.

Zac savait exactement comment elles se déroulaient. Jack faisait tout ce qu'on lui demandait, mais rien de plus. À la fin de la séance, il retournait dans la chambre déserte et passait son temps à regarder l'écran de son ordinateur portable au lieu d'essayer de marcher autant qu'il le pouvait, comme le lui conseillait son kinésithérapeute.

— *Ça va* n'est pas suffisant, le réprimanda gentiment Zac. Avant que tu partes d'ici, on veut te voir commencer à faire la plupart des choses que tu peux faire d'habitude.

— C'est ce que je fais d'habitude…, protesta Jack avec un geste en direction de l'ordinateur portable.

Zac prit une chaise et s'assit. Une des choses qu'il aimait dans le travail avec les adolescents et les jeunes adultes, c'était le défi. Et une autre qu'il avait apprise, c'était que la franchise et l'honnêteté étaient souvent la meilleure tactique.

— Tu as des billets pour la conférence sur les jeux vidéo à Melbourne le mois prochain ?

La mère de Jack lui en avait parlé, et Zac avait enregistré l'information pour s'y référer plus tard.

— Oui, j'ai fait une demande dès qu'ils ont été mis en vente..., répondit Jack avant de froncer les sourcils.

Il savait qu'il était tombé dans le panneau et reprit :

— Vous allez me dire que j'aurai envie de me balader là-bas, j'imagine ?

— Qu'est-ce que tu en penses ? J'aurais imaginé que devoir compter sur tes parents pour te pousser dans un fauteuil roulant te gênerait un peu. Ta copine sera là ?

— Oui, je lui ai acheté un billet.

— Crois-moi, tu vas vouloir être debout et marcher sur tes pieds quand tu la rencontreras.

Jack soupira et lui lança un regard qui indiquait clairement qu'à son avis Zac avait au moins cent ans.

— Les choses ont changé par rapport à votre jeunesse, docteur Forbes.

— J'aime penser que je suis encore assez jeune pour apprendre une ou deux choses. Éclaire-moi.

— On s'en fiche d'à quoi ressemblent les gens. Tout le monde est pareil à l'intérieur.

Excellente remarque. Jack avait beaucoup d'atouts, il était intelligent, s'exprimait bien et accordait de l'importance aux gens qui l'entouraient. Mais il avait aussi quatorze ans, et Zac en savait un peu plus que lui sur la vie.

— Tu te bats contre ta petite amie, n'est-ce pas ?

La question parut rapprocher Zac des cent cinquante ans aux yeux de Jack.

— Je ne me bats pas *contre* elle, mais *avec* elle. On se bat ensemble, pour vaincre l'oppression et l'injustice. Nous sommes des camarades.

Camarades, c'était un bon mot. Un mot dont il pourrait se souvenir quand il parlerait avec Allie.

— Et, en tant que camarades, vous devez tous les deux donner le meilleur de vous-mêmes pour faire face... à tout ce qui se présente à vous.

— Moui, je suppose... Oui, on doit rester vigilants.

— Alors, voilà. Si tu n'étais vraiment pas capable de te remettre debout, tu aurais raison de penser que ta petite amie ne te verrait pas différemment, et je suis heureux que ce soit quelque chose que vous estimez tous les deux et qui vous donne confiance dans votre relation. Mais si tu n'essayes pas, c'est autre chose.

Jack fit la moue, réfléchissant un instant.

— Vous voulez dire, à quoi ça sert d'être le meilleur possible l'un pour l'autre en ligne, si on ne peut pas le faire dans la vie réelle.

— Je ne l'aurais pas mieux formulé, admit Zac en lui souriant. Je sais que ce n'est pas facile de se relever et de recommencer à marcher, mais je ne te pousserais pas si je ne pensais pas que tu en étais capable.

Jack fronça les sourcils, retournant visiblement l'idée dans sa tête. Puis il lui sourit.

— Ouais, d'accord. Chloé est vraiment quelqu'un de bien et j'aimerais qu'elle soit fière de moi. Je suis très fier de ce qu'elle fait.

Il fit un geste en direction de son ordinateur portable. Zac l'aida à se mettre debout pour qu'il puisse atteindre l'ordinateur. L'adolescent se laissa retomber sur le lit et tapa une adresse dans le navigateur.

— Regardez. C'est le site de Chloé.

Zac se pencha sur l'écran. Le site semblait très professionnel, son message, immédiatement clair, mettait en garde contre les dangers de la pollution et l'érosion du littoral australien.

— Quel âge a Chloé, Jack ?

Le garçon leva yeux au ciel.

— Ne vous en faites pas. Quatorze ans, comme moi, et on sait tous les deux faire attention en ligne. On fait tout le temps des vidéoconférences, et mes parents ont rencontré les siens.

— Excuse-moi. C'est juste que ça a l'air génial. Elle l'a fait toute seule ?

— Non, je l'ai aidée. C'est un sujet important, et on croit tous les deux à la préservation de nos ressources naturelles. On ne joue pas qu'à des jeux, vous savez.

— D'accord, j'apprends encore quelque chose.

Zac tendit le bras, tapa sur quelques liens du menu. Les autres pages étaient tout aussi frappantes que la première.

— Est-ce que ce genre de choses est facile à faire ?

— Vous sortez d'où, docteur Forbes ? demanda Jack avec une note de frustration résignée dans la voix. Il ne faut pas aller chercher des trucs sur Internet pour être médecin ?

— Oui, tout le temps. Mais, à part ça, je n'ai pas grand-chose à y faire.

— Eh bien, on est au XXIe siècle. C'est vraiment facile de faire quelque chose comme ça.

— Je peux te proposer un marché ? rétorqua Zac, ignorant l'insulte implicite. Je partage une partie de mes connaissances avec toi et nous ferons un effort concerté pour te remettre sur pied. Tu partages tes connaissances avec moi et tu me montres comment créer un site web comme celui-ci.

— Cool. Ça marche.

Jack commença à entrer une autre adresse web dans le navigateur, mais Zac l'arrêta.

— Pas tout de suite. Je vais d'abord te guider dans quelques exercices que ton kiné t'a donnés à faire pendant ton temps libre, et on verra comment tu t'en sors. On pourrait peut-être se retrouver dans la salle d'activités, quand je ne serai pas de service et que tu n'auras pas de visiteurs, et tu pourras me transmettre quelques connaissances en matière de développement web.

— La salle d'activités, répéta Jack avec une moue de désapprobation. D'accord, comme vous voulez.

La tête de Zac bourdonnait de possibilités. Allie n'était peut-être pas encore prête, mais c'était une façon de reprendre quelque chose qui lui avait été enlevé. Il devrait tâter le terrain au préalable, mais il ne pouvait même pas le lui suggérer s'il n'avait aucune idée de la façon d'y parvenir. Il attrapa le déambulateur de Jack et le plaça à côté du lit.

— Ceci reste ici, pour que tu puisses l'atteindre. Voyons si tu peux faire quelques pas. Je veux voir ce dont tu es capable.

7

Allie n'avait pas arrêté de penser à Zac. Il ne pouvait pas ignorer les liens qui semblaient de plus en plus les unir.

Il avait été là pour elle ce week-end, et pour sa réunion avec Philippa. Malgré l'anxiété constante qui accompagnait l'idée de parler de ce qui lui était arrivé, le fait d'avoir fait le tour de la question avec Zac l'avait aidée à organiser ses pensées de manière efficace, et donné la force de s'exprimer.

Lorsqu'elle revint dans le service, il était en pleine discussion avec l'infirmière en chef, mais il la gratifia d'un sourire quand il la vit entrer. Comme il était manifestement occupé, elle murmura en passant qu'ils parleraient plus tard.

Plus tard s'avéra l'heure du déjeuner. Ils prirent des sandwichs et une boisson à la cantine, et Zac la guida vers un endroit tranquille dans le parc de l'hôpital.

— Comment ça s'est passé ?

— Très bien, répondit Allie, le souffle un peu court après le contact léger de Zac sur son bras. Philippa a suggéré qu'on parle d'abord de mon expérience. J'ai convenu avec elle que cela nous aiderait toutes les deux à trouver une approche commune qui pourrait aider Carly.

— C'est sensé, oui. Et tu en penses quoi ?

— Je suis ravie. C'est concret et je me sens soutenue dans ce que je veux faire. Encore *plus* soutenue, en fait. Je n'aurais pas pu faire ça sans toi, Zac.

— Je suis content d'avoir pu t'aider.

Mais Zac paraissait un peu déçu. Il avait ses propres hésitations concernant leur relation, et peut-être pensait-il qu'Allie avait plus besoin de lui qu'elle ne le désirait.

— C'est le métier de Philippa d'aider. Tu es mon ami, et c'est un peu différent.

— Philippa est très compétente. Je suis sûr qu'elle te donnera tout le soutien professionnel dont tu as besoin.

— Je n'en doute pas. Elle me plaît beaucoup.

Une lueur traversa les yeux de Zac. Des ombres douces d'une mer sombre et d'étoiles scintillantes. Et il y avait une incertitude sur son visage qui correspondait à la sienne. Allie jugea que c'était normal, car ils établissaient leurs propres règles et tout signifiait beaucoup plus que ce qu'aucun d'eux n'était prêt à admettre.

— Vraiment ? Tant mieux.

Allie se pencha vers lui.

— Toi aussi, je t'aime beaucoup.

Zac sourit soudain. C'était gagné.

— Moi aussi, je t'aime beaucoup. Et je suis vraiment content que ça se soit bien passé pour toi, ce matin.

Un immense plaisir la submergea. Il semblait qu'ils avaient tous les deux besoin d'être rassurés.

Pourtant, quelque chose le préoccupait encore. Zac étudiait le sol devant le banc où ils étaient assis.

— Je me posais une question. Puisque c'est le cas, que dirais-tu de sortir avec moi de temps à autre ?

Sortir ? Ils vivaient dans le même appartement, et Zac s'était déjà empressé de lui montrer tous les meilleurs atouts de sa terre d'accueil. Elle se racla la gorge.

— Quel genre de sorties, Zac ?

Il prit une expression peinée et se focalisa sur son sandwich.

— J'avais peur que tu me demandes ça. Tu as raison, il faut poser quelques limites... Pardonne-moi.

— Zac, je...

Elle chercha une façon de formuler ce qu'elle voulait vraiment lui dire. Mais il la devança en souriant.

— J'ai parlé à Jack ce matin, je lui ai demandé de poser son ordinateur portable et de se concentrer un peu plus sur sa rééducation. Il m'a dit que sa génération établissait ses propres règles, comme si j'avais au moins cent ans. Il n'a pas tort, c'est à nous de faire les règles. J'aimerais être un ami spécial pour toi, et je pense que cela signifie trouver les choses que nous voulons chacun donner et accepter.

Allie le fixa un instant, abasourdie. L'expression de Zac devint douloureuse et elle dut lui donner une réponse avant qu'il ne décide qu'il devait oublier cette idée.

— Zac, c'est l'une des choses les plus gentilles qu'on m'ait jamais dites.

— Vraiment ? répliqua-t-il avec un brusque sourire. Je ne suis pas très doué pour ça, hein ?

— Personne ne t'a jamais dit qu'un homme qui ne se fie pas à son apparence physique quand il invite une femme à sortir, mais qui réfléchit à ce qu'elle pourrait vouloir de lui, gagne à coup sûr ?

— Euh... ? Non, je ne crois pas. Peut-être qu'on me l'a déjà dit, mais que j'étais trop nerveux pour entendre.

— Alors écoute, Zac. J'aimerais vraiment sortir avec toi, et tu n'as pas besoin de me dire les bonnes choses, dis-moi juste ce que tu veux. Et au cas où tu en douterais, je ne dis pas oui parce que j'ai été blessée, mais parce que je ne me contenterai pas de moins.

Une lueur enivrante chauffait son regard et Allie se demanda un instant de quoi elle *pourrait* se contenter. Dans l'immédiat, il semblait possible qu'elle oublie la douleur... Qu'elle oublie James. Elle pouvait même faire confiance à Zac. Mais la honte, l'humiliation qu'elle avait subies avaient changé sa relation avec son propre corps, la rendant consciente et mal à l'aise avec lui. Si elle faisait l'amour avec Zac en ayant l'impression qu'elle le faisait avec un étranger, ce n'était pas parce qu'*il* était l'étranger. C'était son propre corps qui était étranger.

— Tu veux changer d'avis ? demanda-t-il tendrement.

— Non, je m'habitue juste à l'idée.

Ils se tenaient la main, et c'était bon. Si bon.

— Super. Qu'est-ce que tu penses de samedi soir ?

Allie lui sourit.

— Je crois que je suis libre. Tu as quelque chose en tête ?

— Mmm, je vais y réfléchir. Tu as des préférences ?

— J'aimerais... un endroit où je pourrais porter une robe.

Quand le vin est tiré, il faut le boire...

Il acquiesça en souriant.

— Va pour la robe. J'ai hâte.

En un sens, la prudence évidente d'Allie au sujet de leur rendez-vous rendait les choses beaucoup plus faciles. Zac n'avait pas l'habitude d'orienter ses relations dans la direction qu'il souhaitait, et même s'il avait aspiré à le faire, il estimait qu'il n'avait pas le panache nécessaire pour s'en tirer à bon compte. Allie ne savait manifestement pas jusqu'où elle voulait aller, et c'était agréable de pouvoir commencer une relation sans aucune idée préconçue.

D'ordinaire, Zac choisissait pour un rendez-vous estival un lieu en plein air – un barbecue peut-être, ou la plage. Un endroit où Allie pourrait porter une robe représentait plus un défi pour lui. Mais il avait trouvé une idée et des billets de dernière minute. Le week-end était enfin arrivé, et une heure avant qu'ils ne quittent l'appartement, il avait enfilé un costume léger de couleur pâle et une chemise à col ouvert. Puis il attendit qu'Allie redescende.

Il ne fut pas conscient de bondir sur ses pieds quand il la vit, mais soudain il était debout. Allie portait une robe bleu foncé sans manches et des talons hauts. Ses cheveux étaient arrangés afin que ses boucles paraissent plus fluides et plus sauvages, et elle était maquillée. L'écharpe qui couvrait ses épaules était peut-être là pour la protéger plutôt que pour la réchauffer, mais elle avait réellement fait un effort.

— Tu es magnifique.

Il ne savait pas encore où ils en étaient en matière de compliments, mais il s'autorisa celui-ci en se disant qu'il s'agissait plus d'un euphémisme que d'un compliment. Elle brillait, comme un clair de lune sur la mer. Et elle sourit, ajoutant une toute nouvelle dimension à son plaisir.

— Merci. Tu n'es pas si mal non plus...

Elle s'avança vers lui, et le cœur de Zac manqua s'arrêter lorsqu'elle tendit la main pour redresser le col de sa chemise. Tentant de reprendre discrètement son souffle, il lui offrit son bras et elle le prit, le laissant marcher avec elle jusqu'à la voiture et lui ouvrir la portière côté passager.

Elle écarquilla un peu les yeux quand il se gara pour leur premier arrêt. Un *food truck* sur la plage n'était pas le début le plus évident d'une sortie habillée, mais ils devaient manger. Zac ressentit un petit frémissement d'excitation.

— Je n'ai pas pu obtenir de réservation au restaurant de notre destination finale. Je me suis donc dit que le meilleur hamburger de la ville et la plus belle salle à manger imaginable feraient l'affaire.

Elle regarda les tables en bois disposées sur le sable. Il y avait quelques familles, manifestement en train de se détendre après une dure journée à la plage, et un autre couple qui semblait débuter sa soirée.

— C'est parfait, Zac. J'adore le décor.

Elle se baissa, enleva ses chaussures. Zac la guida vers un siège vide et Allie s'assit, le dos droit et les pieds repliés sous son siège, telle une reine. Il alla chercher des hamburgers et une salade verte à partager, et Allie mangea avec le genre d'appréciation généralement réservée à un restaurant cinq étoiles. Puis il la raccompagna à la voiture et reprit la route.

Il choisit un itinéraire un peu plus long pour gagner le centre de Sydney, passant par les meilleurs sites touristiques de la ville. Lorsqu'il se gara à Darling Harbour, Allie regardait autour d'elle, s'imprégnant de l'atmosphère.

— Un ferry ?

Elle lui tenait le bras, l'entraînant presque vers la passerelle qui menait à l'embarcation.

— La meilleure façon de voir le port...

En fait, la seconde meilleure façon. Leur route du retour, entouré des lumières de la ville, serait la meilleure. Allie insista pour s'asseoir sur le pont, malgré le risque des embruns lorsque le ferry se déplacerait. Le trajet jusqu'à Circular Quay dura vingt minutes et elle se cramponna à son bras tout du long, tendant le cou pour avoir la meilleure vue sur le Harbour Bridge et l'Opera House. Quand ils quittèrent l'embarcation, elle sembla presque déçue, mais reporta son attention sur la prochaine étape.

— On va voir l'Opéra ?

Zac acquiesça, répugnant à donner plus de détails. Il monta avec elle la longue série de marches, la laissant s'arrêter de temps en autre pour tout contempler, et ils entrèrent dans le bâtiment.

— Un concert ? demanda Allie, les yeux partout. Tu es fan d'opéra ?

— Je n'y suis jamais allé, répondit Zac en souriant. Il était temps que je le fasse, et même si ce n'est pas notre truc, on pourra au moins dire tous les deux qu'on est allés à l'Opéra de Sydney.

— Bonne idée. Comment diable as-tu obtenu des billets dans un délai aussi court ?

— Grâce à Beth. C'est une passionnée de musique et elle est membre de l'Opéra House. Elle a appelé la réservation prioritaire et demandé s'il y avait des annulations.

— C'est gentil de sa part. Tu lui as dit qui tu emmenais ?

Zac ne l'avait dit à personne, pas même à Mark et Naomi. Il lui avait semblé déplacé d'en parler, alors que tout le monde à Londres en savait trop sur la dernière relation d'Allie.

— J'ai dit que j'avais un rendez-vous avec quelqu'un que je voulais impressionner. Beth m'a un peu interrogé, et comme je ne voulais pas lui donner de nom, elle m'a dit qu'elle était contente que j'adopte enfin une attitude plus sérieuse en matière de relations amoureuses. Alors, si tu lui en parles, je te serais reconnaissant de ne pas dire que nous avons dîné sur la plage.

L'expression chaleureuse d'Allie lui rappela à nouveau à quel point elle avait souffert. Lorsqu'elle se rapprocha un peu plus de lui, comme si elle venait de prendre confiance en sa protection, Zac remercia sa bonne étoile d'avoir été prudent.

— Pas un mot de la plage, promis. Même si c'était parfait.

Zac rit. Cela s'annonçait déjà comme le meilleur rendez-vous galant qu'il ait jamais eu. Une redéfinition du mot « rendez-vous », en fait...

Ils avaient de bonnes places, et la musique... Zac n'y connaissait rien, et n'avait pas l'habitude des auditoriums, mais la musique avait une texture qui lui était propre. Elle enflait puis se retirait, comme l'océan. Les enveloppant dans l'obscurité, un plaisir presque physique qui le faisait parfois frissonner. Allie semblait le ressentir aussi, oubliant l'écharpe qui glissait de ses épaules. Zac imaginait qu'elle commençait à baisser sa garde. Si la musique pouvait atteindre Allie, il le pouvait aussi.

Quand ils sortirent de l'Opera House, il demanda :

— Alors ? Qu'est-ce que tu en as pensé ?

— J'ai adoré. Merci.

Allie ramena son écharpe autour de ses épaules, mais comme la plupart des autres femmes portaient des vestes, Zac décida de ne pas le prendre personnellement. Même s'il pouvait prendre l'expression radieuse d'Allie un peu personnellement.

Ils se retournèrent au pied des marches pour voir les projections lumineuses qui caressaient à présent les voiles de l'Opéra. Puis ils se hâtèrent pour attraper le prochain ferry.

— C'est merveilleux ! Sydney est une si belle ville.

Allie avait de nouveau choisi de voyager sur le pont, et elle frissonnait légèrement dans la brise fraîche. Zac enleva sa veste, et la lui offrit. Elle le remercia avec reconnaissance.

— J'ai vraiment apprécié cette soirée, Zac. C'est comme... une saveur de la vie que j'avais avant.

— Et c'est bon ?

Allie s'appuya sur le bastingage, regardant l'eau.

— Je veux juste revenir à comment les choses étaient avant. À comment j'étais *moi*, avant.

Elle semblait l'interroger. La réponse qu'il savait devoir donner était brutale, mais toute autre réponse n'était au mieux qu'un vœu pieux. Au pire, un mensonge pur et simple.

— Tu ne peux pas revenir en arrière, Allie. J'aimerais que ce soit possible, mais aucun de nous ne le peut, nous ne pouvons qu'aller de l'avant. Et qui sait, devant est peut-être mieux que derrière

Elle leva les yeux vers lui, semblant refouler des larmes.

— Merci. Je me suis répété ça encore et encore, et... C'est bien quand quelqu'un d'autre est assez honnête pour le dire.

Elle pinça les lèvres. Le ferry approchait du quai, et l'impulsion d'aller de l'avant sembla la saisir à nouveau.

— Allie, écoute. Je ne sais pas comment je ferais face au genre d'abus que tu as subi. Je n'ai aucune idée de la façon dont tu vas t'en sortir non plus. Mais je crois que tu y arriveras. Les choses seront différentes, mais tu trouveras ta propre paix et tu auras une vie à laquelle tu pourras tenir.

— Tu *crois* ?

Elle lui lança la question comme s'il s'agissait d'un défi.

— Si ce n'est pas le cas, que fais-tu ici avec moi ? C'est beaucoup moins compliqué de rester à la maison...

La douleur dut transparaître dans sa voix, car le visage d'Allie s'adoucit soudain. Elle glissa une main autour de son coude, et Zac referma automatiquement son bras dessus.

— Je suis ici parce que je le veux. Avec toi.

Tout à coup, c'était suffisant. Plus que suffisant. Zac posa sa main sur la sienne, sentant ses doigts serrer son bras.

Il fit un autre détour sur le chemin du retour, pour admirer les lumières de Sydney qui scintillaient sur l'eau de la baie. Allie lui tint la main tandis qu'ils montaient l'escalier menant à l'appartement et s'arrêtaient devant la porte.

— L'Opéra était merveilleux. Merci, Zac.

— Merci à toi. J'ai un bon souvenir à ramener à Londres.

— Je n'arrive pas à croire que tu sois ici depuis tout ce temps et que tu n'y sois pas allé, dit-elle en riant.

Elle ne semblait pas vouloir bouger, et Zac chercha dans sa poche la clé de l'appartement. Soudain, Allie tendit la main, lissant le revers de sa veste. Un effluve enivrant de son parfum le fit s'arrêter dans son élan, et lorsqu'il baissa les yeux vers elle, le regard d'Allie rencontra le sien.

Premier rendez-vous. Le pas de la porte. Il comprenait le message. Et ne savait pas comment y répondre. Il lui vint alors à l'esprit qu'il devrait simplement demander, car Allie était parfaitement capable de dire non.

— On pourrait recommencer ?

— J'en serais ravie. Mais la prochaine fois, j'aimerais que ce soit moi qui fasse la surprise. Tu es libre le week-end prochain ?

Zac réfléchit. Certes, il connaissait mieux la région qu'elle, mais leur destination n'était pas vraiment le sujet. Il voulait juste y aller avec Allie.

— Rien de prévu. Quand tu voudras sera parfait.

Il ferait sans doute bien d'ouvrir la porte maintenant. Peut-être préparer un chocolat chaud pour terminer la soirée, en espérant que cela le mette d'humeur à dormir, parce qu'en cet instant il avait l'impression que tous ses sens étaient en état d'alerte. Il sentait le mouvement de la brise, entendait le fracas de la mer derrière eux. Et ne voyait qu'Allie…

— Je pourrais… Je peux t'embrasser ?

— J'aimerais beaucoup.

Il prit sa main et porta ses doigts à ses lèvres. Chaque sensation semblait amplifiée, vertigineuse. Puis il effleura sa joue de ses lèvres. Allie se rapprocha un peu plus, posa sa main sur son épaule, et il se pencha pour embrasser sa bouche. Ce n'était pas le plus long ni le plus passionné des baisers. Mais c'était enivrant, d'une manière qu'il n'avait jamais connue auparavant. Cette lenteur, cette façon de faire selon leurs propres règles, rendait les choses plus incertaines, mais cent fois plus agréables. Chaque fois qu'ils se touchaient, il était certain que c'était parce qu'Allie voulait le toucher, assez pour franchir la ligne qu'elle s'était tracée.

— C'était magnifique. On devrait peut-être entrer maintenant, murmura-t-elle, et la caresse de son souffle contre son cou le fit frissonner.

— D'accord. Un chocolat chaud avant d'aller se coucher ?

— Ce serait bien.

Allie lui prit la clé des mains et ouvrit la porte. Puis elle se percha sur l'un des tabourets du bar, ôta ses chaussures, et il sentit son regard sur lui tandis qu'il préparait le chocolat chaud. Lorsqu'il fit glisser une tasse vers elle, elle la goûta.

— Mmm. C'est délicieux, merci. Je vais l'emporter à l'étage, si tu veux bien ?

— Bien sûr. Dors bien.

— Toi aussi. Et merci encore pour cette belle soirée...

Elle ramassa ses chaussures, lui envoya un baiser qui parut atterrir sur sa tempe en un souffle étourdissant, puis se dirigea vers l'escalier. Il écouta le bruit de ses pas et, quand il entendit la porte de sa chambre s'ouvrir et se refermer ensuite, il fit coulisser les portes qui donnaient sur le balcon.

S'il avait un lieu propice à la réflexion, c'était sans conteste celui-ci. Le fracas régulier de la mer et la clarté des étoiles mettaient toujours tout en lumière. Mais ce processus n'allait pas fonctionner cette fois-ci, parce que la perspective correcte était que tout ce qu'Allie disait et faisait avait beaucoup plus d'importance pour lui que ça ne le devrait.

Il partait. Allie était... Zac réfléchit un instant et écarta le mot *fragile*, ainsi que *vulnérable*. Allie n'était ni l'un ni l'autre, mais elle avait été tellement meurtrie qu'il lui fallait une force considérable pour fonctionner, sans parler de venir dans un nouveau pays et de repartir de zéro. Il avait pensé qu'une relation tranquille, plus amicale qu'autre chose, pourrait être la bonne façon de gérer l'alchimie instantanée entre eux. Cela leur permettrait d'accepter ce qui était incontestablement là, sans qu'aucun d'eux ne s'implique trop. Et cela aurait pu fonctionner si leur relation était effectivement tranquille. Mais lorsqu'ils parlaient, il y avait une honnêteté qui faisait que Zac se sentait exposé, presque nu. Lorsqu'ils se touchaient, cela déclenchait une réaction en chaîne de plaisir qui le traversait avec une telle force qu'il en avait le souffle coupé.

Il ne pouvait plus revenir en arrière, malgré la peur omniprésente de perdre quelque chose à laquelle il tenait. Tant qu'Allie voudrait être avec lui, il serait là pour elle. Si partir lui brisait le cœur, alors qu'il en soit ainsi.

Allie avait monté l'escalier à pas soigneusement mesurés. Elle s'était assurée de ne pas courir jusqu'à sa chambre et de ne pas claquer la porte derrière elle. Elle ferma les rideaux, alluma la lumière et s'assit sur le lit.

Elle avait voulu tout ça. Voulu à nouveau ressentir quelque chose et, plus que tout, voulu le ressentir avec Zac. Et elle avait tout adoré de la soirée et de la façon dont il l'avait planifiée avec tant de soin.

Il rentrait à Londres et elle restait ici, à Sydney. Mais cela ne changeait rien. Elle ressentait ce qu'elle ressentait, et le côté timide de Zac lui donnait le courage de le montrer. C'était le lent réveil qu'elle avait tant attendu, et qui était si doux qu'il faisait presque mal. Comme une peau pâle d'hiver exposée au soleil pour la première longue journée chaude de l'été et qui donnait ensuite une sensation d'hypersensibilité.

Allie posa sa tasse à côté du lit et enfila sa chemise de nuit. Cette situation lui suscitait forcément de l'incertitude. Tout ce qu'elle savait vraiment, c'était qu'elle sentait enfin qu'elle avait le choix de ce qu'elle allait faire ensuite, et qu'elle choisissait de ne pas renoncer à Zac jusqu'à ce que le moment soit venu pour lui de partir.

8

Le travail avait été le moyen de survie d'Allie au cours des dix-huit derniers mois. Elle y investissait tout, comme pour faire taire les pensées qui la tourmentaient, mais elle se rendait compte à présent qu'elle avait oublié quelque chose. Avoir une vie en dehors de l'hôpital la rendait plus vive et meilleure pendant les heures qu'elle passait à travailler.

Zac et elle fixaient le lit vide, dont les oreillers portaient encore l'empreinte d'une tête. Les tubes des intraveineuses gisaient sur le sol, ainsi que quelques taches de sang là où leur patiente avait retiré le cathéter du dos de sa main. Corinne avait été amenée dans le service ce matin depuis les urgences, souffrant d'une infection rénale et d'une septicémie, et on avait immédiatement commencé à lui administrer des antibiotiques à large spectre et des fluides. À son arrivée dans le service, tous les tests nécessaires pour vérifier que ses autres organes n'étaient pas atteints avaient été effectués, et après avoir fait le point sur son état et sa médication, Allie et Zac l'avaient laissée se reposer. Et maintenant, deux heures plus tard, elle n'était plus là.

— Je ne suis partie que quelques minutes..., expliqua l'infirmière qui s'occupait d'elle et les avait rejoints.

— Vous contrôliez régulièrement son état, la rassura Zac. Nous devons mettre en place la procédure de recherche. Voulez-vous prévenir le chef de service, s'il vous plaît ?

L'infirmière s'empressa de quitter la chambre et Zac jeta un regard inquiet à Allie. L'état de Corinne avait été détecté tôt et, bien que la septicémie soit toujours une affection préoccupante, elle était stable et n'avait manifesté aucune confusion, qui était l'un des symptômes possibles.

— Quelle est la procédure, Zac ?

— Il faut inspecter sa chambre et faire un rapport au chef de service. Tu regardes dans ses affaires personnelles ?

Allie acquiesça et ouvrit le placard. Il n'y avait pas grand-chose dedans, juste un T-shirt froissé et un soutien-gorge.

— Rien ici, elle porte probablement ses vêtements par-dessus sa chemise d'hôpital. Je me souviens que l'infirmière les a rangés pour elle, il y avait un sweat-shirt à capuche rouge. Et j'ai réussi à lui faire lâcher son sac à main pour le mettre là aussi, c'était une besace en cuir.

— OK, fit Zac, soulevant les oreillers et les couvertures du lit pour vérifier ce qu'il y avait dessous. Rien ici non plus qui puisse nous donner un indice. Il y a quelques taches de sang sur le sol et une tache sur le distributeur de serviettes, donc sa main saigne probablement à l'endroit où elle a retiré la perfusion. Elle n'a pas l'air d'avoir touché autre chose.

Ils allèrent faire leur rapport au chef de service.

— Espérons qu'elle porte le sweat à capuche, dit ce dernier. Elle se fera un peu remarquer avec ça. Bon, le reste de l'équipe a vérifié tous les secteurs du service. Aucune trace d'elle nulle part. Nous sommes sûrs qu'elle n'est plus chez nous. Mais il y a une grosse tache de sang sur le mur à côté du bouton d'ouverture de la porte, qui ne doit pas être là depuis longtemps, alors nous pensons qu'elle a quitté le service. Nous avons vérifié dans le couloir à l'extérieur, et il n'y a rien qui indique quelle direction elle a prise. Tous les autres services de ce bloc procèdent à la recherche, et nous avons déjà mis en place un dispositif de sécurité pour toutes les sorties possibles et le passage vers le bâtiment principal.

— Les recherches dans les parties communes vont donc commencer maintenant ? demanda Zac.

— Oui. Ça peut prendre un certain temps, mais ils la trouveront.

Allie poussa un soupir en sortant du bureau.

— J'ai envie de dire qu'il y a autant d'endroits où se cacher dans cet hôpital que dans celui de Londres.

— Voire davantage, même. La superficie et l'espace sont bien plus grands. Elle ne se cache peut-être pas.

— Elle est dans un lieu inconnu et on sait qu'elle n'a pas les idées claires, sinon elle n'aurait pas arraché sa perf'. On ferait presque mieux d'espérer qu'elle se cache, parce que, dans le cas contraire, elle a réussi à échapper à la sécurité.

— C'est impensable. Elle pourrait être n'importe où.

— À mon avis, elle est rentrée chez elle.

L'idée faisait peu à peu son chemin dans la tête d'Allie, et soudain elle ne pouvait plus s'en défaire.

— C'est peu probable, ajouta-t-elle, mais…

— *Très peu* probable, répliqua Zac. On l'a perdue assez rapidement et elle aurait dû faire drôlement vite pour passer la sécurité avant que nous ne donnions l'alerte.

— Tirer de mauvaises conclusions ne rend pas quelqu'un moins déterminé. La confusion et le fait de penser qu'on va mourir sont deux symptômes de la septicémie, et il est déjà arrivé que des patients tentent de quitter l'hôpital en douce. Où va-t-on quand on se sent mal ?

Zac réfléchit un instant, puis il retourna dans la chambre de Corinne, prit la tablette qui contenait toutes les notes de leurs patients de la matinée, et déclara :

— Il n'y a pas grand-chose d'autre à faire ici, à part chercher là où nous avons déjà cherché. Nous avons son adresse, et ce n'est pas loin.

Sans perdre une minute, il se précipita vers les casiers dans la salle du personnel et récupéra ses clés de voiture. L'instinct d'Allie et sa propre capacité d'action les conduisirent dans le bureau du chef de service, auquel ils expliquèrent leur objectif, puis ils gagnèrent le parking.

Ils roulèrent une dizaine de minutes avant d'atteindre la rue où habitait Corinne.

— C'est là. Tu repères les numéros ?

Des petites maisons de plain-pied, en retrait de la route. Allie les balaya du regard, essayant de voir les numéros, mais elle n'eut pas besoin de le faire. Devant eux, un taxi s'était arrêté et elle vit un éclair rouge lorsqu'une silhouette mince s'extirpa de la banquette arrière.

— Zac !

Il accéléra. Quand ils arrivèrent à hauteur du taxi, le chauffeur baissa sa vitre et se pencha à l'extérieur.

— Hé ! Mademoiselle… !

Corinne était manifestement si obsédée par l'idée d'accéder à sa porte qu'elle avait oublié de payer, et elle ne réagit pas. Zac s'arrêta à côté du taxi et sortit son portefeuille pour régler le chauffeur. Allie en profita pour quitter la voiture et courir à la suite de Corinne. Elle la rattrapa à mi-chemin, vit Zac saisir son téléphone au moment où le taxi s'éloignait et parler rapidement, prévenant sans doute le chef de service d'arrêter les recherches. Puis il attendit au bout de l'allée, gardant ses distances pour ne pas effrayer Corinne.

— Corinne ! Comment ça va ?

Allie ralentit et sourit à la jeune fille. Corinne avait une serviette en papier enroulée autour de sa main, et sa blouse d'hôpital était rentrée dans son jean, ne laissant apparaître que l'encolure de son sweat-shirt à capuche.

— Bien.

Ce n'était visiblement pas le cas, mais elle continua de marcher, probablement plus par automatisme qu'autre chose. Allie lui barra le chemin, et Corinne la fixa d'un air absent.

— Corinne, arrête-toi. Tu sais qui je suis, Allie, le médecin de l'hôpital.

Corinne parut la reconnaître, mais elle se détourna.

— Je dois rentrer dans la maison maintenant. Ça va aller.

— Si tu reviens à l'hôpital avec nous, tu iras bien. Si tu restes ici, ça n'ira pas, objecta doucement Allie.

— Si je dois mourir, je préfère le faire à la maison. Merci pour tout le mal que vous vous êtes donné, mais vous n'avez plus à vous inquiéter.

Le visage de Corinne était impassible, et c'était ce qui inquiétait le plus Allie. L'impression de mourir était un symptôme de la septicémie, et la jeune fille semblait avoir accepté que c'était justement ce qui allait se passer. Allie savait qu'elle devait lui offrir une issue claire et immédiate.

— Écoute-moi, Corinne. Je suis médecin. Il n'est pas rare que les gens ressentent ce que tu ressens en ce moment, mais il faut que tu reviennes à l'hôpital avec moi. Si tu le fais, je te promets que je peux te soigner et que tu ne mourras pas.

Une promesse imprudente, basée sur des probabilités plutôt que sur tout ce qui pourrait se produire dans la vie réelle. Mais Allie reconnut le regard irrité que Corinne lui lança. Il y avait une certaine paix dans le fait d'accepter que les choses ne pouvaient pas s'améliorer, et quand d'autres, notamment Zac, avaient changé sa propre vision de la vie, cela avait eu un fort impact sur Allie.

— J'ai causé tellement de problèmes...

Une larme coula sur le visage de Corinne.

— C'est pour ça que je suis payée, pour m'occuper des problèmes. Sans patients, je n'aurais plus de travail.

Allie lui prit le bras et entreprit de la raccompagner fermement le long de l'allée.

— Je ne sais pas. Je me sens si mal. Peut-être que je devrais rester ici et m'allonger un peu..., protesta Corinne, mais Allie l'ignora et continua à avancer.

— Laisse-moi décider de ce qui est le mieux. Tu seras en sécurité avec moi, Corinne, je te le promets.

Corinne ne répondit pas, mais elle ne s'arrêta pas de marcher. Allie décida de prendre cela comme un accord, mais alors que l'obsession de Corinne de rentrer chez elle semblait se dissiper, ses jambes commencèrent à se dérober. Allie essaya de la soutenir, mais Zac était là, soulevant Corinne dans ses bras et la portant vers la voiture.

Allie sortit ses clés de sa poche, essayant de ne pas penser à l'intimité qu'impliquait ce geste nécessaire. Elle ouvrit la portière arrière, poussa un sac d'équipement de surf sur le côté, et Zac déposa doucement Corinne sur la banquette, tirant la ceinture de sécurité autour d'elle. Allie lui mit les clés de la voiture dans la main et monta auprès de Corinne, passant son bras sur ses épaules pour la rassurer. Zac s'installa derrière le volant, effectua un demi-tour sur la route, et Allie poussa un soupir de soulagement.

Un infirmier attendait au bord du parking avec un fauteuil roulant. Ils ramenèrent Corinne dans le service. Elle fut déshabillée et remise au lit, et Allie se concentra sur la réinsertion du cathéter et la remise en route des perfusions.

Zac avait fixé un capteur de pouls au doigt de Corinne et regardait l'écran à côté du lit.

— Ça n'a pas l'air trop mauvais. Tu veux bien rester pour l'examiner plus en détail ?

— Oui, et je vais jeter un coup d'œil à l'endroit où elle a retiré le cathéter. Ça saigne un peu. J'aimerais aussi m'asseoir un peu avec elle.

— Bonne idée. Je peux continuer et finir les rondes.

Corinne était recroquevillée dans le lit, les yeux fermés, et Allie soupçonnait qu'elle était en train de planer plutôt que de dormir. Ce n'était pas grave, mais ce serait bien de pouvoir lui parler un peu et de la rassurer. Lorsque les antibiotiques commenceraient à faire effet, elle se sentirait beaucoup mieux et serait plus réceptive.

Zac se dirigea vers la porte, et Allie ressentit un brusque sentiment de perte. Elle le ravala et se tourna vers Corinne.

— Bien vu, au fait !

Zac s'était retourné et lui souriait, et soudain le monde d'Allie passa de l'ombre au soleil.

— Toi aussi.

Elle lui sourit à son tour. L'approbation de Zac ne devrait pas avoir d'importance, ils avaient pris un risque qui aurait pu être mauvais mais qui s'était avéré bon. Toutefois, il s'était fié à son jugement, avait considéré la situation et décidé que cela valait la peine d'essayer. Cela signifiait plus que ça ne devrait.

Allie était restée avec Corinne durant deux heures, puis était revenue prendre de ses nouvelles dans l'après-midi, tandis que Zac s'occupait de toutes les autres tâches prévues sur leur planning. C'était l'avantage d'avoir deux médecins faisant le travail d'un seul pendant quelques semaines, mais Zac était heureux que les choses se soient passées ainsi. Alors qu'ils terminaient leur service, Allie lui proposa de passer voir Corinne avant de partir.

Ils la trouvèrent assise dans son lit, une assiette à moitié mangée devant elle. Zac fit signe à l'infirmière qui prenait sa tension de les laisser seuls avec elle un moment.

— Hé ! Tu as réussi à manger quelque chose.

Le sourire d'Allie montrait qu'elle n'allait pas se focaliser sur la moitié pleine de l'assiette mais uniquement sur la vide.

— Oui, j'avais faim, je n'avais pas mangé depuis longtemps. Je n'étais pas bien pendant plusieurs jours avant d'appeler à l'aide. Je suis vraiment désolée. À propos de tout à l'heure..., ajouta Corinne avec un sourire gêné.

Allie s'installa sur la chaise à côté du lit.

— Je me réjouis de voir que tu as l'air d'aller mieux. Et il y a quelque chose que je voudrais te dire.

La bouche de Corinne s'affaissa ; elle s'attendait manifestement à des remontrances. Zac ne partageait pas cet avis. Quoi qu'Allie ait à dire, elle ne lui ferait pas de reproches. Il s'assit dans un coin et attendit aussi.

— L'un des symptômes de la septicémie est que les gens ont tendance à faire des choses qu'ils ne feraient pas normalement.

C'est très documenté. Je ne veux donc pas que tu t'excuses ou que tu t'en veuilles. C'est comme s'excuser de ne pas pouvoir marcher quand on s'est cassé la jambe.

Corinne acquiesça, visiblement peu convaincue.

— Est-ce que j'ai… ? J'ai dit que si je devais mourir, je voulais le faire à la maison ? C'était vraiment stupide.

— Non, ça ne l'est pas. Se sentir mourir est un symptôme reconnu de la septicémie et, dans ce genre de situation, l'instinct prend le dessus et la priorité absolue est de se retrouver dans un endroit familier. Peu de gens arrivent à aller aussi loin que toi, mais je suppose que ça signifie que tu es un peu plus débrouillarde que la plupart.

Corinne la fixa les yeux écarquillés.

— Vous dites ça pour me faire plaisir, n'est-ce pas ?

Allie se tourna vers Zac, lui indiquant qu'il était temps qu'il la soutienne. Il prit la parole.

— Non, Allie ne le dit pas pour ça. Demande à n'importe quel ambulancier, ils ont tous dû persuader des personnes très gravement blessées qu'elles ne pouvaient pas rentrer chez elles ne serait-ce que pour se reposer une minute.

— D'accord. Merci.

— Heureuse que tu le croies lui plutôt que moi…, railla Allie en haussant un sourcil.

Corinne porta la main à sa bouche et se mit soudain à rire. La taquinerie d'Allie avait fait mouche et apaisé la tension.

— Il n'y a pas de bonne réplique à ça, hein ?

— Aucune qui ne t'attirerait pas d'ennuis. Je me tairais si j'étais toi, dit Zac en s'esclaffant.

— C'est un bon conseil, renchérit Allie avec un sourire à Zac. Tu as quelqu'un qui peut t'apporter des affaires ?

— Oui, merci. Mes parents sont à Melbourne, mais mon frère et ma belle-sœur viendront ce soir. Avec quelques vêtements et probablement une paire de menottes au cas où l'équipe soignante en aurait besoin.

Corinne était à présent capable de risquer une plaisanterie.

— Ce ne sera pas le cas. Tu as l'air d'aller beaucoup mieux maintenant, et tous tes examens disent que tu es en voie de guérison. Hum... Tu veux que je parle à ton frère et que je lui dise ce que je t'ai dit ?

— Il ne sera pas là avant une heure, mais... vous pouvez peut-être lui téléphoner ? Si cela ne vous dérange pas trop.

— Bien sûr. Donne-moi son numéro.

Allie passa un peu de temps au téléphone avec le frère de Corinne, mais en revenant dans la chambre, elle déclara en souriant que tout allait bien et que son frère avait compris. Corinne semblait beaucoup plus sereine à présent, et Allie lui dit chaleureusement au revoir.

— Quelles sont les dispositions prises ici en ce qui concerne le syndrome post-septique ? demanda-t-elle alors qu'ils se dirigeaient ensemble vers la voiture.

— Il y a une documentation et nous organisons généralement une séance avec les patients ou les proches pour la passer en revue avec eux et discuter de leurs préoccupations spécifiques. Ils disposent d'un numéro qu'ils peuvent appeler pour obtenir de l'aide après leur sortie de l'hôpital. Les séquelles émotionnelles et physiques de la septicémie sont désormais bien connues.

— C'est bien, merci. Je peux avoir une copie de la documentation pour la parcourir ?

— Je t'en donnerai une demain. Mais je trouve que tu as bien fait de commencer à apaiser les craintes de Corinne. Je ne l'ai pas entendue dire qu'elle était rentrée chez elle parce qu'elle était sûre de mourir.

— Elle le disait si froidement, comme si elle avait accepté que ça allait arriver et qu'elle agissait en conséquence. Quand elle a trébuché, j'ai su que j'avais réussi à l'atteindre.

— Que tu l'avais persuadée qu'il y avait une alternative ?

— Oui. Quand elle l'a compris, elle s'est déconcentrée et a failli tomber. Cela a dû être difficile pour elle. Réaliser brusquement qu'elle avait quelque chose à perdre.

Elle parut soudain plongée dans ses pensées. Zac avait l'impression qu'elle ne parlait pas seulement de Corinne.

— C'est mieux que de ne rien s'autoriser, au cas où on le perdrait.

— Vraiment ?

— Oui, vraiment, acquiesça-t-il.

Elle lui sourit soudain.

— Tu es toujours d'accord pour que je nous ramène à la maison ce soir ?

— Absolument, répondit-il en lui tendant les clés de voiture. Tu peux aussi me dire où nous allons ce week-end. Je pourrai peut-être te suggérer un meilleur itinéraire.

— Bien essayé, Zac, mais je sais lire une carte.

Elle rit, et Zac se joignit à elle. Ils commençaient tous deux à se concentrer sur les délicieuses possibilités du présent plutôt que sur le passé, et il y avait toujours une possibilité que lui ou Allie trébuchent. Mais pour l'instant, ils ne perdaient pas pied.

Il monta dans la voiture et Allie démarra le moteur, quittant le parking avec assurance.

9

Allie avait désormais plusieurs fois conduit lors des trajets entre l'appartement et l'hôpital. Elle n'avait pas l'habitude de manier une voiture aussi grande que celle de Zac, automatique en outre, et cherchait en permanence le levier de vitesse. Mais après un peu de pratique, elle était convaincue de pouvoir assurer la plus longue route dans l'obscurité qu'elle avait projetée pour leur soirée de vendredi.

Elle avait demandé à Zac de prendre un pull, et elle avait fouillé dans le vaste placard de l'entrée, déplaçant une tonne d'équipement de surf pour dénicher au fond une veste chaude avec des gants dans les poches. Elle l'avait subrepticement ajoutée à sa propre veste dans le coffre de la voiture. Ils étaient prêts à partir, et Allie alluma le GPS, dans lequel elle avait programmé leur destination.

Après avoir roulé un moment, s'éloignant du centre de Sydney, Zac commença à s'agiter un peu.

— On est perdus, n'est-ce pas ? demanda-t-il en regardant les hauts buissons qui bordaient la route.

— Non. Enfin, pas moi, en tout cas. J'ai un sens de l'orientation inné et un GPS.

Cependant, elle était de plus en plus nerveuse. Et si Zac n'aimait pas ce qu'elle avait organisé ? Et si ça trahissait trop ses sentiments pour lui et qu'il en était gêné ? Bientôt, ils s'engagèrent dans le Royal National Park, ce qui révéla leur destination, mais Zac semblait toujours perplexe, et se demandait visiblement ce qu'ils faisaient là alors que la nuit tomberait dans moins d'une heure. Toutefois, alors qu'ils montaient sur les hauteurs, il se mit à sourire, et quand Allie quitta la route et qu'il vit la plate-forme de l'observatoire, il gloussa doucement.

— On va observer des étoiles ?

— Oui, j'espère que ça te plaira.

— C'est une super idée, Allie. Merci.

Il sortit de la voiture et regarda autour de lui.

— Je n'avais jamais entendu parler d'un point d'observation dans ce coin.

— C'est nouveau, il a ouvert cette année, apparemment, et il a l'avantage d'être proche de Sydney. Voilà pourquoi il fallait venir un vendredi, tous les billets pour samedi étaient déjà vendus.

Il hocha la tête. Il y avait un grand télescope sophistiqué, et un homme à côté qui parlait à quelques-unes des autres personnes présentes pour la soirée. La brise était déjà plus fraîche à cette hauteur, et il frissonna.

— J'ai apporté nos manteaux.

Elle ouvrit le coffre, lui tendit le sien, et il l'enfila avec un grand sourire.

— Merci. Quand tu as dit de m'habiller chaudement, je ne pensais pas avoir besoin de plus qu'un pull.

Elle l'entraîna vers le petit kiosque qui servait une soupe épaisse et des sandwichs, et ils mangèrent avec appétit. La lumière baissait rapidement et les premières étoiles commençaient à apparaître dans le ciel. Ils rejoignirent les autres observateurs regroupés autour du télescope, tandis que l'astronome commençait à expliquer laquelle était chaque étoile et ce qu'ils allaient faire ce soir. Des jumelles très puissantes étaient mises à la disposition de tous, et chacun aurait son tour avec le télescope.

Mais ses propres yeux et la constellation d'étoiles brillantes qui apparaissaient dans le ciel suffisaient à couper le souffle d'Allie. Elle donna un coup de coude à Zac, dont l'attention semblait accaparée par le télescope.

— J'ai vu des images sur Internet. Je pensais qu'elles avaient été embellies d'une manière ou d'une autre.

— Non, c'est vraiment comme ça. On peut les capturer avec une photo, mais elle ne rend pas vraiment justice, hein ?

Les photos mentaient. Même lorsqu'elles n'étaient pas améliorées ou modifiées de quelque manière que ce soit, l'objectif pouvait ne capturer qu'un seul moment qui ne tenait pas compte du cœur humain… Allie repoussa cette pensée, ainsi que son propre frisson d'humiliation. Là, il s'agissait d'une force immuable de la nature.

— C'est incroyable. Tu as déjà observé les étoiles ?

— J'ai déjà vu les étoiles depuis le parc, mais jamais avec un télescope ou quelqu'un pour m'expliquer. J'ai hâte que ce soit notre tour…

Le temps passa à bavarder avec les autres membres du petit groupe, à échanger des anecdotes et des impressions. Allie découvrit que les jumelles lui permettaient de voir les cratères de la lune et la longue chevelure de la Voie lactée. La clarté de l'univers qui l'entourait la stupéfiait.

— On a l'impression de faire partie de tout ça, pas vrai ?

Zac éclata de rire.

— Oui, j'ai l'impression d'être une minuscule partie de cette immensité en ce moment. Cela met tout en perspective.

Passer inaperçu, sous le grand panorama du ciel. C'était une sensation extraordinaire. Allie se blottit contre Zac qui passa son bras autour de ses épaules. Ça aussi, c'était une sensation extraordinaire.

La première heure fut consacrée à des images du télescope, affichées sur un écran pour que tous puissent les voir. Il y avait quelque chose dans les étoiles qui incitait tout le monde à se rapprocher un peu plus les uns des autres.

Arriva enfin leur opportunité de diriger le télescope où ils le souhaitaient dans le ciel nocturne. Ils virent une nébuleuse brillante, tourbillonnant lentement mais inexorablement dans un flamboiement de couleurs. Des étoiles lointaines, dont les images étaient vieilles de centaines d'années après avoir voyagé à la vitesse de la lumière à travers l'Univers. La Lune, leur plus proche voisine, révélée dans des détails complexes qui donnaient presque à Allie l'impression qu'elle pouvait la toucher. Tout cela dura plus longtemps que ce qui avait été annoncé, et la jeune femme qui distribuait de la soupe au kiosque dit à Allie en riant que c'était toujours le cas.

— Nous indiquons un temps imparti, mais sans jamais nous attendre à ce qu'il soit respecté. Les gens veulent toujours rester un peu plus longtemps. Entre vous et moi, j'ai aussi toujours envie de rester un peu plus longtemps, le ciel est si différent chaque nuit.

— Donc vous ne vous ennuyez jamais dans votre travail ?

— Comment le pourrais-je ? Vous voulez que je prenne une photo de vous ?

Allie hésita. Elle avait vu plusieurs personnes poser devant l'appareil-photo monté sur un trépied à côté du kiosque, et décida de sauter cette partie de la soirée.

— Je ne suis pas vraiment… très photogénique.

La femme haussa un sourcil, mais choisit manifestement de ne pas discuter ce point. Tant mieux.

— L'appareil-photo est réglé pour capturer les étoiles. Tout ce qui se trouve sur le sol n'est qu'une silhouette.

Allie réfléchit et commença à apprécier l'idée.

— Alors d'accord, si ça ne vous dérange pas.

Elle opta pour la partie du ciel nocturne qu'elle voulait sur la photo et, soudain, Zac fut là, à côté d'elle, voulant savoir ce qui se passait. Allie ne put s'empêcher de se sentir un peu honteuse en levant les yeux vers lui, comme s'il s'agissait d'une sorte de secret coupable.

— On prend une photo…

— Ah. Avec une ombre anonyme en dessous ?

Zac avait tout de suite compris de quoi il s'agissait.

— Oui, tu ne te sens pas un peu comme une ombre anonyme, en ce moment ?

— C'est tout à fait ça, répondit-il en riant. C'est trop vaste pour que nous soyons autre chose, n'est-ce pas ?

— Vous deux ensemble ? proposa la femme qui avait fini de manipuler l'appareil-photo et les regardait maintenant.

— Oui, tous les deux. Où est-ce qu'on se place ?

Être une ombre ne semblait pas si mélancolique, si Zac se joignait à elle.

Il était tard lorsque tout le monde fit ses adieux et remonta en voiture. Allie suivit la ligne des phares qui se déplaçaient lentement le long de la route qui descendait de la montagne, essayant de se concentrer dans l'obscurité. Zac, sur le siège passager, feuilletait les photos qu'il avait téléchargées du télescope sur son téléphone. Il leva soudain les yeux quand Allie ralentit, troublée par les ombres qui se formaient au bord du faisceau des phares.

— Tu veux que je conduise ?

— Euh... Peut-être. Je n'ai pas l'habitude de ça.

Elle arrêta le véhicule, toujours agrippée au volant.

— J'aurais dû m'en souvenir. Se retrouver dans l'obscurité totale est un peu un choc, après Londres.

Il sourit, tendit la main pour ouvrir la portière du passager, et Allie se rappela juste à temps de débloquer les serrures.

C'était stupide. Ces derniers temps, chaque fois qu'elle conduisait seule, elle verrouillait les portes de la voiture. Mais il n'y avait rien ici... Rien que des ombres qui semblaient soudain menaçantes. Et des créatures dont elle avait entendu parler mais qu'elle n'avait pas encore vues.

Alors que Zac contournait la voiture, elle vit quelque chose bouger aux confins de la portée des phares. Ce qui semblait être une paire d'yeux, reflétant la lumière, puis disparaissant à nouveau dans l'ombre des arbres autour d'eux. Et elle paniqua...

Allie savait exactement ce qui lui arrivait. Ces attaques lui étaient devenues terriblement familières lorsqu'elle avait appris ce que James avait fait, mais elle pensait les maîtriser. Mais dans cette obscurité inconnue, entourée de Dieu seul savait quoi... Elle essaya de respirer. Essaya de lâcher le volant, mais elle n'y parvint pas, car c'était la seule chose qui semblait lui permettre de garder un certain contrôle. Elle s'aperçut que Zac ouvrait la portière du conducteur près d'elle et ne put retenir un gémissement de panique.

— Allie ?

Elle entendit la voix de Zac à côté d'elle. Qui la ramenait dans le monde réel, où elle pouvait faire face aux choses quotidiennes qui l'entouraient, mais ça ne suffisait pas. Il ferma la portière et refit le tour de la voiture pour s'asseoir sur le siège passager.

— Tout va bien. Respire.

C'est ce qu'elle essayait de faire. Allie ferma les yeux, s'efforçant de chasser l'image de la scène autour d'elle. L'obscurité. Des choses inconnues qui semblaient se déplacer dans cette obscurité. Tout à coup, elle se sentit encore plus terrifiée et rouvrit les yeux, battant des cils dans la sphère de lumière autour d'eux. Cherchant...

Zac se pencha lentement en avant, enclencha les serrures des portières de la voiture. Elle essaya de se concentrer sur lui, mais la honte l'empêchait de croiser son regard.

— Allie, écoute-moi. Tu vas bien, tu es en sécurité. Respire avec moi.

Sa voix ne contenait aucune trace de reproche, juste du gentil réconfort. Cette fois, elle *pouvait* se caler sur lui et, tandis qu'il comptait lentement, elle parvint à réguler ses inspirations paniquées. Sa tête cessa peu à peu de se noyer.

— C'est très bien. Maintenant, lâche le volant avant de le casser en deux.

Son humour tranquille battit la panique en brèche, et Allie se concentra sur ses mains, forçant ses doigts à se desserrer.

— C'est bien. Essaie encore, tu y es presque.

Ce fut un effort, mais elle réussit à lâcher prise, et enfouit ses mains l'une contre l'autre sur ses genoux.

— Zac... je suis tellement désolée...

— Ne le sois pas. Tu es en terrain inconnu et tu as le droit de douter. J'aurais dû y penser plus tôt.

— J'ai tout gâché..., fit-elle en secouant la tête.

— Non, tu n'as rien gâché. Sors ton téléphone.

Se sentant pitoyable, Allie fouilla dans sa poche et en sortit son téléphone avec des doigts tremblants.

— Jetons un coup d'œil à cette photo, hein ?

Facile, c'était la seule image sur son téléphone. La photo des étoiles, avec deux silhouettes méconnaissables en dessous, s'ouvrit. Elle chassa la boule qui obstruait sa gorge.

— C'est... C'est une photo merveilleuse.

— C'était un moment merveilleux. Merci de l'avoir partagé avec moi.

— Tu veux que je te l'envoie ?

Cette idée la fit un peu frémir, même s'il n'y avait aucune raison de s'inquiéter.

— Non, je ne crois pas. Je préfère l'avoir là, dans ma tête.

— Je suis sincèrement désolée, Zac. J'ai fait tout une histoire pour rien.

Elle lui prit la main. Zac ne l'avait pas touchée une seule fois, et son instinct avait été bon. S'il l'avait fait, cela l'aurait encore plus paniquée.

— Ce n'est pas rien, Allie. C'est quelque chose que tu as dû vivre et je le regrette. Mais ça ne change rien, ni de toi ni de moi. Euh... Est-ce que je m'explique bien ?

— Tu veux dire que c'est quelque chose qui m'arrive, pas qui je suis ?

— Oui, exactement, répondit-il en serrant sa main, puis en lui souriant. Bon, puisque c'est réglé, je te rappelle que je considère de ma responsabilité de te ramener saine et sauve à la maison, indépendamment de qui de nous deux est à l'origine de la soirée passée ensemble.

Allie réussit à sourire en retour.

— Ce qui, dans le cas présent, implique probablement de te remettre les clés de la voiture.

Il lui lâcha la main, et la voiture oscilla légèrement lorsqu'il passa par la banquette arrière pour changer de place. Allie défit sa ceinture de sécurité et se glissa sur le siège passager. Zac revint à l'avant, derrière le volant.

— Prête à y aller ?

Il roula lentement vers la route principale, s'arrêtant quand un couple de kangourous décida que ce serait une bonne idée de faire la course avec eux, puis abandonna lorsque Zac refusa de relever le défi. Il sourit malicieusement.

— On ne peut pas dépasser un kangourou. Il suffit de leur laisser la route et de les laisser s'écarter du chemin...

— Je n'aurais pas dû être aussi ambitieuse. Sans lampadaires, les phares seuls donnent la chair de poule.

— Oui, je ne connais aucun endroit à Londres où il fait complètement noir la nuit, il y a toujours un peu de lumière qui vient de quelque part. Mais tu as choisi un endroit idéal pour un rendez-vous et on sera bientôt sur la vraie route.

Il était décontracté, et semblait avoir oublié la brusque panique d'Allie. Lorsqu'ils furent arrivés à l'appartement, elle lui prit la main. Cette fois, elle se sentait beaucoup plus confiante quant à la suite des événements. C'était leur deuxième rendez-vous, après tout.

— Je te remercie. J'ai passé une soirée merveilleuse.

Elle noua les mains derrière son cou, se demandant si Zac prendrait l'initiative de l'embrasser, ce soir.

— Moi aussi.

Elle sentit ses mains se poser délicatement sur sa taille. Il ne bougeait pas, ne la rapprochait pas de lui. C'était ce qu'elle aimait chez Zac. Il lui laissait en général beaucoup d'espace, mais quand il la touchait, il s'appropriait le geste. Prêt à le changer si ce n'était pas ce qu'elle voulait, sans jamais prétendre que c'était autre chose que ce que c'était.

Elle le regarda dans les yeux et il lui rendit son sourire. Puis il effleura doucement sa joue de ses lèvres, murmurant des mots doux contre sa peau.

— J'aimerais vraiment t'embrasser.

— J'aimerais aussi.

Cette fois, il était plus confiant. Son baiser était à la limite de la quête et de la domination, rendant ses genoux flageolants. Mais sa douce excitation permettait encore à Allie de sentir que tout ce qui se passait entre eux était son choix à elle. Elle se rapprocha de lui, le serra fort, sentant son corps puissant tendu contre le sien.

Il se recula, son regard lui disant tout ce qu'elle n'osait pas dire. Puis il l'embrassa à nouveau, cette fois une sensation de plaisir voluptueux sur ses lèvres. Il lui souhaita gentiment bonne nuit et elle monta dans sa chambre, encore bourdonnante de sentiments que seuls le ciel et l'Univers pouvaient contenir.

10

Le lendemain, Zac se réveilla tard. Ce sommeil avait été nécessaire, mais à présent il avait aussi besoin d'exercice, d'objectivité, et de la fraîcheur de l'eau contre sa peau, pour se débarrasser de la torpeur sensuelle qui devait plus à la nuit dernière qu'à ce matin. Mark était déjà rentré pour ouvrir la boutique, et Zac décida d'aller nager.

Il revint à l'appartement une heure plus tard, les muscles de ses épaules plus souples et un peu endoloris par l'exercice qu'il leur avait fait subir. Allie était assise au bar du petit déjeuner, son ordinateur portable ouvert devant elle et une tasse de café pour lui tenir compagnie.

— Bonjour, qu'est-ce que tu fais ?

Il se dirigea vers le réfrigérateur et en sortit des fruits qu'il coupa et mélangea à un bol de muesli.

— Je cherche des sites Internet à recommander à Carly. Je lui ai dit qu'il y en avait quelques-uns qui m'avaient aidée, mais elle ne veut pas aller sur le web les trouver elle-même.

— Je comprends son point de vue. Comment ça se passe avec elle ? demanda-t-il en allumant la machine à café.

— Bien. Maintenant qu'elle est physiquement prête à sortir, Philippa et moi travaillons sur certaines des choses auxquelles elle sera confrontée lorsqu'elle rentrera chez elle. Cela nous été très utile à toutes les trois d'en discuter. Je crois que nous avons chacune appris quelque chose.

— Et tu penses qu'elle est prête à retourner sur Internet ?

Allie fit la moue.

— Je ne suis pas sûre que *prête* soit le bon terme. Mais c'est une réalité, tout comme le fait de retourner à la fac alors qu'elle sait que tout le monde aura vu ces photos. Si nous parvenons à l'aider à se sentir en sécurité et protégée pendant qu'elle se réapproprie son espace, c'est vraiment le mieux qu'on puisse espérer dans l'immédiat.

Peut-être était-ce le moment pour Zac de dire quelque chose. Ou pas… Il s'assit en face d'elle avec son café.

— Alors… Dis-m'en plus. Ça m'intéresse.

Allie haussa les épaules.

— Il n'y a pas grand-chose de plus à dire, en fait. La seule chose pour laquelle Internet est vraiment doué, c'est le partage - d'informations, d'images, etc. Je l'ai appris à mes dépens, et j'ai toujours eu envie d'en reprendre une partie.

— Sacrée gageure.

— Oui, mais savoir qu'il existe des images que je n'ai jamais voulu partager n'est pas une mince affaire non plus. Je peux essayer de les faire supprimer, mais ça ne marche pas toujours. À mon avis, ce qui marcherait, c'est peut-être de faire entendre ma propre voix, mais je ne sais pas trop comment m'y prendre.

Zac remua pensivement son muesli. Elle avait déjà dit quelque chose de ce genre. Et s'il ne disait pas ce qu'il avait en tête maintenant, il allait devoir oublier cette idée.

— Tu veux dire, ton propre site Internet ?

— C'est un peu grandiloquent, répondit Allie avec un soupir. C'est aussi bien au-delà de mes capacités techniques.

— Je sais comment créer un site Internet. En réalité, c'est très facile.

Elle le regarda fixement en secouant la tête. Puis elle fronça les sourcils. C'était donc un *non*.

— Quand tu dis facile… ?

— Combien de fois tu m'as vu tripoter des ordinateurs ?

— Jamais. Mais je ne suis là que depuis trois semaines.

Trois semaines qui paraissaient une éternité.

— C'est assez représentatif. Quand j'étais adolescent, je n'utilisais pas les médias sociaux parce que je n'avais personne avec qui socialiser. J'utilisais beaucoup Internet en fac de médecine. Et quand je suis arrivé ici… je voulais juste faire l'expérience de la vie – celle que l'on peut toucher du doigt. Mais j'ai mon propre site web.

Zac ne put s'empêcher de ressentir une certaine fierté devant cette réussite.

— Ah bon ? Comment ça ?

Puis la compréhension apparut sur le visage d'Allie.

— Est-ce que cela a quelque chose à voir avec ces mystérieuses réunions avec Jack dans la salle d'activités à l'heure du déjeuner et après le travail, auxquelles je ne suis jamais conviée ?

— Oui. Je devais le faire sortir de sa chambre et communiquer avec le monde réel. Nous avons donc conclu un accord. Je lui ai expliqué comment fonctionne la rééducation et je lui ai donné des choses à lire, et il m'a appris à créer mon propre site web. Le faire dans la salle d'activités a été très bénéfique pour lui, les gens s'y intéressent et il a commencé à se faire des amis. Il fait aussi beaucoup plus d'exercices.

— Oui, j'ai remarqué. Les muscles de sa jambe commencent à se renforcer… Tu as fait ça pour savoir comment me créer un site web ? poursuivit-elle en lui lançant un regard interrogateur.

Il s'était plus ou moins attendu à ce qu'elle pose la question. Allie était suffisamment perspicace pour comprendre la plupart des choses dans n'importe quelle situation, et Zac avait justifié son silence en se promettant d'être honnête si jamais arrivait le moment crucial.

— C'était un bon moyen de faire bouger Jack. Et comme tu as parlé de reprendre les choses qu'on t'avait volées, il m'a semblé que c'était une bonne compétence à avoir. Si jamais tu en avais besoin.

— D'une pierre deux coups, alors.

— Je ne dirais pas ça comme ça. Mais oui, je suppose que c'est le cas.

— Et si je n'en avais jamais parlé ?

Allie n'était manifestement pas prête à le laisser s'en tirer aussi facilement qu'elle l'aurait pu.

— Alors je n'en aurais rien dit. J'aurais considéré que j'avais appris quelque chose et que cela avait aussi fait du bien à Jack.

Elle le regarda fixement. Puis se mit à rire. Zac ne savait pas trop comment réagir. Elle était littéralement hilare.

— Zac... !

Hum, il n'avait pas jugé ça particulièrement drôle. Zac ramassa sa tasse vide, jeta le reste de café dans l'évier et remit la machine en marche. Peut-être qu'ils avaient tous les deux besoin d'un peu de temps.

— Zac... Viens ici.

Il se retourna et revint vers le bar. Allie tendit les mains et prit les siennes.

— Zac, c'est le truc le plus gentil et le plus adorable que quelqu'un ait jamais fait pour moi.

— Et le plus drôle ?

Il était un peu vexé, sans bien savoir pourquoi. Allie dut le voir, et elle se calma brusquement.

— Je ne me moquais pas de toi, Zac, je me moquais de moi. J'ai fait tout ce chemin en pensant que l'Australie devait être assez loin pour échapper à tout ce qui s'était passé, parce que je ne pouvais pas fuir plus loin encore. Et puis je t'ai rencontré et je commence à sentir que je peux faire ce que j'ai toujours voulu faire, arrêter de fuir et me battre.

Quelque part, au plus profond de son passé, le rire de sa mère résonna dans la tête de Zac. La façon dont il avait essayé si fort de lui plaire, et n'avait reçu que des moqueries. Si différent d'Allie, qui avait toutes les raisons d'être amère, mais qui avait en quelque sorte conservé la capacité d'aimer.

— Je t'ai mal jugée.

Il se demanda comment il allait pouvoir se rattraper.

— Si tu veux dire que tu m'as jugée par la manière dont tu as été traité dans le passé, alors ce n'est pas de ta faute. J'aurais dû être plus prévenante. Je le serai à l'avenir, parce que je veux gagner ta confiance.

Son regard fouilla son visage. Il lui lâcha les mains et se pencha pour embrasser sa joue. Elle était si douce contre la sienne, si chaude, qu'il ne pouvait s'en détacher.

— Tu l'as déjà.

Elle tourna légèrement la tête et lui chuchota à l'oreille :

— Donc, qu'est-ce que tu disais à propos d'un site Internet ?

En d'autres termes, Allie lui faisait également confiance. Zac sourit et lui chuchota en retour :

— Réfléchis-y. Fais-moi savoir ce que tu décides.

Ils passèrent plus du double de temps au supermarché que Zac n'en consacrait d'habitude à ses courses hebdomadaires, car Allie était toujours déterminée à examiner tout ce qui était nouveau et différent. C'était deux fois plus amusant aussi, tout comme de passer ensuite au magasin pour boire un thé avec Mark et Naomi.

— Un paddle est un investissement, dit Mark à Allie d'un air sévère alors qu'elle examinait le présentoir.

Zac aurait plutôt dit qu'il s'agissait d'un moyen de s'amuser, et Naomi lui donna un coup de coude dans les côtes pour signifier qu'elle était d'accord.

— Cette planche-là est la mieux ! déclara Izzy.

— Pourquoi, Izzy ? demanda Allie.

— Parce qu'elle est jaune.

— Ah. Et est-ce que je dois porter du jaune aussi ?

Izzy réfléchit un instant.

— Tu peux porter un T-shirt jaune avec une vague bleue dessus, répondit-elle, décrivant son préféré du moment.

— D'accord. C'est bien d'avoir quelque chose d'assorti.

Mark tenta de redonner un ton plus sérieux à l'opération.

— La valve de celle-ci est plus robuste. On gagne du temps quand on la gonfle… Et c'est un bon prix.

— Papa ! Elle est pas jaune ! protesta Izzy.

— Tu n'es pas obligée d'en acheter une maintenant, dit Naomi à Allie. Emprunte la mienne, je ne l'utilise pas. Je suis trop occupée avec la nouvelle génération de surfeurs.

Elle sourit en direction du transat, où Finn agitait férocement les bras. Mark acquiesça.

— C'est ça qu'il faut faire. Ensuite, tu sauras si tu veux continuer.

Zac garda pour lui son désaccord avec cette idée. Si Allie avait sa propre planche, elle l'utiliserait, et il trouvait qu'aller sur l'eau était un pas de plus vers un endroit où elle pourrait sentir et apprécier le monde qui l'entourait. Mais il serait bientôt parti, et elle devait trouver sa propre voie.

Tout n'était pas une question de guérison, cependant. Il y avait des choses que l'on devait faire parce qu'on en avait envie, ce qui, d'après l'expérience de Zac, faisait aussi partie du processus de guérison. Deux autres clients, visiblement des surfeurs sérieux, avaient attiré l'attention de Mark, et Izzy le suivit pour donner son avis sur leur choix.

— Elle commence à donner du fil à retordre, non ? fit remarquer Zac en souriant à Naomi.

— Tu n'imagines même pas, répondit-elle en souriant en retour. On parle de la crise des deux ans, mais attends d'avoir un enfant de quatre ans.

Zac n'avait jamais envisagé cela. Il adorait Izzy, mais n'avait jamais vraiment imaginé qu'il voudrait à nouveau faire partie d'une famille. Pourtant, d'une certaine manière, cette détermination solide qui avait grandi dans son cœur, le sentiment qu'il ferait tout pour rendre Allie heureuse, même si cela signifiait s'éloigner et la laisser ici… C'était ça, la famille, n'est-ce pas ? Vouloir le meilleur pour quelqu'un, quel qu'en soit le prix ? Izzy revint en courant vers lui, et l'implora du regard. Maintenant que Mark était impliqué dans une conversation sur les propriétés respirantes de divers tissus, qui ne semblaient pas tenir compte de leur couleur, elle commençait à s'ennuyer.

— Tu veux aller sur la plage, Izzy ?

La petite fille rayonna de joie, regardant sa mère d'un air suppliant, et Naomi sourit.

— Tu n'as pas quelque chose à faire, Zac ?

Il souleva Izzy dans ses bras et elle s'accrocha à son T-shirt, signe que quoi qu'il ait à faire, elle viendrait l'aider.

— Mmm... Je pense aller à la plage...

Allie, qui s'était attardée près des paddles, se retourna.

— Faire des châteaux de sable ?

— *S'te-plaaaît*, maman.

— D'accord. Mais passez déjeuner en rentrant, hein ? concéda Naomi en leur adressant un sourire reconnaissant.

Allie et Izzy s'étaient lancées dans un ambitieux projet de château de sable, qui avait temporairement épuisé le surplus d'énergie de la fillette. Zac la porta en haut de la colline jusqu'à la maison de Mark et Naomi, Allie s'arrêtant pour admirer les buissons de waratah soigneusement entretenus.

— On reste pour le déjeuner ?

Se considérer avec Allie comme une unité qui prenait ses décisions ensemble devenait de plus en plus naturel.

— Si tu veux. Mais j'aimerais bien voir ton site Internet...

Manifestement, Allie avait déjà pris sa décision.

— Alors, c'est parti, répliqua-t-il, souriant. Prépare-toi à être impressionnée. Jack a fait du très bon travail.

Il s'excusa auprès de Naomi, promettant de repasser bientôt, et s'efforça de ne pas presser Allie de rentrer à l'appartement avant qu'elle ne change d'avis. Mais elle semblait enthousiaste, et repoussa sa proposition de déjeuner d'abord en s'asseyant au bar pour ouvrir son ordinateur portable. Zac tapa l'adresse dans son navigateur et cliqua.

— Zac ! C'est incroyable !

La page d'accueil affichait une photo que Zac aimait particulièrement. Mark l'avait pris en plein sur la crête d'une grosse vague, un panache d'écume suivant sa trajectoire.

— C'est la seule fois où j'ai réussi à faire ça sans tomber. Il faut faire défiler vers le bas, avec la flèche.

Allie acquiesça. Elle étudia l'image un peu plus attentivement puis trouva facilement le menu. Elle tapa d'abord sur l'icône « À propos de moi » et lut le texte que Jack lui avait fait écrire. Elle passa ensuite à la section surf, qui consistait en grande partie en des images provenant de son téléphone. Zac décida de la laisser faire, et que des sandwichs étaient une bonne idée, car Allie avait manifestement l'intention de prendre son temps.

— Qui est *InternetWarrior2* ? demanda-t-elle, étant visiblement descendue aux commentaires de la page.

— C'est Jack. Tu vois, *InternetWarrior1* a liké le commentaire. C'est sa petite amie. Et *WarriorMum*, sa mère.

— C'est gentil. Et je suppose que *SurfinDoc*, c'est toi ?

— Comment as-tu deviné ?

Allie lui adressa un sourire malicieux, puis poursuivit sa navigation. Le temps qu'il pose l'assiette de sandwichs au jambon et au fromage et la tasse de café sur le bar, elle avait parcouru la page où Zac parlait de son travail de médecin, et cliquait sur le lien qui donnait des trucs et des astuces sur la sécurité aquatique.

— Il n'y a rien, là ! C'est vide.

— C'est la partie la plus importante, donc je réfléchis à ce que je veux dire. Alors, qu'est-ce que tu en penses ?

— Je pense que c'est très bien, répondit Allie en prenant un sandwich. Ça a l'air très professionnel et j'avais envie de continuer à lire. Mais sois honnête, Zac. Quelle est la part de ton travail et celle de Jack ?

— Jack m'a montré comment faire, mais tous les textes et

toutes les images sont de moi, j'ai choisi le modèle du site et j'ai créé les pages. J'ai dû revenir avec certaines questions, bien sûr, mais j'en connais les réponses maintenant.

— Et la section des commentaires ?

Allie avait semblé particulièrement intéressée par ce point.

— Elle est fournie avec le modèle. Il suffit de sélectionner les éléments que tu souhaites voir apparaître sur la page.

— Combien de temps tout ça t'a pris ?

— Jack et moi avons obtenu la forme générale très rapidement, lors de notre première séance dans la salle d'activités. J'ai passé un peu plus de temps à tout mettre au point le soir, après que tu es allée te coucher.

— Eh bien, je suis impressionnée. Je sais que beaucoup de gens ont des sites, mais je n'avais jamais réfléchi à la façon dont ils s'y prenaient...

— Trop occupée par le monde réel.

L'image de l'Allie qui travaillait beaucoup mais profitait tout autant de la vie, apparemment sans se soucier du monde, le frappa. Deux ans plus tôt, Zac avait ressenti un obscur désir d'être un peu plus comme elle, non pas tant parce qu'il voulait changer, mais pour l'opportunité que cela lui donnerait d'entrer dans le cercle de lumière qui semblait toujours l'entourer, elle. Ils avaient tous deux changé. Sa propre vie avait évolué quand il avait compris qu'il devait changer pour lui-même et personne d'autre. Celle d'Allie... Il ne souhaiterait ce changement à personne, même si cela l'avait lancée sur la longue route qui l'avait menée jusqu'ici.

— Je n'avais pas besoin d'un site web à l'époque. J'en ai besoin maintenant.

— Mais est-ce que tu en *veux* un ? C'est un gros engagement.

— Je ne sais pas si quelqu'un le lira, répondit-elle en haussant les épaules. Je ne sais même pas si c'est important.

— Tu veux juste t'exprimer ? Raconter ? C'est bien, poursuivit-il comme elle acquiesçait, mais si des gens le lisent ? Tu peux être là pour quelqu'un comme Carly, qui pourrait trouver le site et avoir besoin d'aide ? Et si quelqu'un vient sur ton site et n'est pas d'accord avec toi ?

Jack lui avait parlé des *trolls*, les semeurs de discorde, et Zac ne voulait pas y penser pour l'instant. Cela ajouterait une dimension supplémentaire à la douleur d'Allie.

— Ce sera mon site. Je suppose que je peux supprimer les commentaires ?

— Oui, mais il faut d'abord les regarder. Ne te méprends pas, Allie, je t'aiderai du mieux que je peux, quoi que tu veuilles faire. C'est pour ça que j'ai commencé par ce site. Mais je ne vais pas prétendre que ce sera facile. Trouver le courage de dire ce que l'on veut exprimer n'est que le début. Et tu sais mieux que moi qu'il est difficile d'effacer ce qui se trouve sur Internet, alors, une fois qu'on a commencé, ce n'est pas forcément si simple de revenir en arrière.

— J'ai compris. Ce ne sera pas une promenade de santé.

Une larme coula sur la joue d'Allie. Tout son enthousiasme, cette précieuse lueur, avait disparu. Il avait fait éclater cette bulle aussi efficacement que sa mère avait écrasé tous ses propres enthousiasmes. Il tendit la main pour effacer délicatement la larme.

— Allie, si tu veux vraiment faire ça, je te soutiendrai jusqu'au bout. Je crois vraiment que tu en es capable, mais je ne te mentirai pas en te disant que ce sera facile.

Elle lui lança un regard farouche, résolu.

— Ça fait longtemps que je pense à quelque chose comme ça. C'est le moment pour moi de le faire, et si je dois te remercier pour ça, alors... merci. Et si tu ne m'aides pas à le mettre en place, tu auras de gros, gros ennuis.

Zac ne put s'empêcher de sourire à l'idée qu'il avait joué un rôle pour l'amener à ce *moment précis*.

— Quel genre d'ennuis ?

— Du genre que tu n'aimeras pas, répondit-elle, souriant soudain, et déposant un baiser sur sa joue.

— Je te préviens tout de suite que je peux supporter n'importe quelle quantité de ce genre d'ennuis...

Allie connaissait son pouvoir sur lui, et elle ne semblait plus en avoir peur. Zac n'en avait pas peur non plus. Il savait qu'elle lui dirait ce qu'elle voulait et qu'elle ne craquerait pas s'il la poussait un peu. Il l'embrassa, ses lèvres s'attardant sur les siennes pour explorer leur sensualité exquise.

— Je pourrais faire mes valises et aller vivre dans les logements fournis par l'hôpital...

Sa menace fut accompagnée du plus doux des sourires imaginables. Il caressa sa joue du bout des doigts.

— Tu serais malheureuse là-bas.

— Oui, j'en suis sûre. Mais j'ai pris ma décision et je ne reculerai devant rien, Zac...

Si seulement ils avaient plus de temps. Zac était encore là pour deux semaines, puis il partait une semaine dans le Queensland, avant de rentrer en Angleterre. Mais Allie savait qu'essayer de forcer l'allure entre eux ne fonctionnerait pas. Elle aurait peur et honte de son propre corps, et il s'en rendrait forcément compte, quels que soient ses efforts pour lui cacher ses sentiments. Elle s'était habituée à sourire et à continuer, même si ça l'anéantissait intérieurement, mais cette relation avec Zac ne permettait rien d'autre qu'une honnêteté totale.

Pourtant, il y avait bien des choses qu'ils *pouvaient* partager. Des choses qui semblaient exiger la même confiance et le même type d'attention et d'échange que faire l'amour. Et, étrangement, Zac et elle renforçaient à présent leur relation dans le seul endroit où Allie pensait ne jamais être en paix. Internet.

Il lui avait montré comment construire son site, Allie avait choisi parmi les modèles possibles, et aimé l'idée qu'elle pouvait incorporer un blog. Quand le soleil commença à descendre dans le ciel, Allie avait un site Internet.

— Qu'est-ce que tu en dis, jusqu'à présent ?

Ils avaient décidé de fêter l'événement avec un cocktail sur le balcon, et les glaçons tintaient dans leurs verres.

— C'est bien, répondit Zac. J'aime l'idée d'avoir une page pour qui tu es et une autre pour ta présentation personnelle de ce qui t'est arrivé. Cela permet de faire la distinction entre les deux. Et le fait d'utiliser des blogs pour couvrir les différents aspects de l'atteinte sexuelle à base d'images, ainsi que ton propre parcours, te donne un forum pour l'actualiser régulièrement.

Il fit une pause et la regarda d'un air pensif.

— Il pourrait être agrémenté de quelques photos, reprit-il.

C'était compliqué. Mais c'était aussi important pour elle.

— Je veux présenter l'image de moi que j'ai choisie.

— Mais tu n'es à juste titre pas très enthousiaste à l'idée de l'objectif d'un appareil-photo. Et celle qu'on a prise l'autre soir, avec les étoiles ?

— Je peux l'utiliser ? Tu es dessus aussi...

— C'est gentil de demander. Oui, bien sûr que tu le peux.

Allie réfléchit un moment puis poursuivit :

— J'aimerais faire un blog sur l'observation des étoiles. Ce que cela a signifié pour moi de pouvoir faire quelque chose de nouveau, juste parce que j'en avais envie. Mais si je ne peux pas montrer mon visage aux personnes que j'essaie d'atteindre, quel genre de message cela envoie-t-il ?

— Que tu es prudente. Les personnes à qui tu veux vraiment parler le comprendront, n'est-ce pas ?

— Oui, mais... Pourquoi je devrais faire ça, Zac ? Pourquoi je devrais me cacher d'un appareil-photo ?

— Parce que c'est un outil que quelqu'un a utilisé pour abuser de toi. Si quelqu'un a été poignardé, personne ne remet en cause le fait qu'il se méfie un peu des couteaux de cuisine. Tu n'as pas en faire plus que ce qui te convient, Allie, c'est important.

Il lui avait donné de bons conseils, et avec beaucoup de délicatesse. Il avait raison. Elle inspira un grand coup.

— On peut prendre des photos demain, Zac ? Juste pour essayer, et je verrai comment je le ressens.

— Bien sûr. Quand tu veux, sinon.

Allie sentait venir un froncement de sourcils et baissa les yeux sur son verre, un brin découragée. Le tintement des glaçons ne semblait plus aussi parfait, tout à coup.

— On va devoir le faire bientôt. Dans deux semaines…

Il serait parti. Allie serait seule ici, même si elle avait un bon logement et de nouveaux amis à proximité, ce qui était plus que ce qu'elle aurait pu espérer en trois semaines.

La voix de Zac interrompit sa rêverie.

— J'allais te poser la question. Je pensais faire l'impasse sur le Queensland et rester ici une semaine de plus avant de reprendre l'avion pour Londres. Ça t'irait ?

Un enchevêtrement d'émotions contradictoires la laissa hébétée.

— C'est ton appartement, Zac. Bien sûr que tu devrais rester, aussi longtemps que tu le souhaites.

Son regard se noua au sien.

— Ce n'est pas ce que je voulais dire. Je me demandais si je pouvais rester ici avec *toi*.

Il était difficile de ne pas dire oui, d'oublier la raison de sa proposition et de profiter de ce temps supplémentaire avec lui. C'était peut-être la fierté, et peut-être la prudence qui l'en empêchaient.

— C'est vraiment gentil de ta part, Zac. Mais je me débrouillerai bien toute seule ici.

— Je le sais, répliqua-t-il, avant de soupirer. J'ai complètement raté mon coup en t'invitant à sortir la première fois, alors je vais essayer de faire mieux cette fois-ci. J'ai vraiment apprécié ces trois dernières semaines. J'ai encore deux semaines de travail et une semaine avant de retourner à Londres, et j'aimerais passer tout ce temps avec toi. Si tu veux bien le passer avec moi.

Il ne pouvait être plus clair, et cela convenait parfaitement à Allie.

— Oui, ça me plairait aussi, beaucoup.

Zac sourit.

— Alors, c'est réglé. Et si on finissait nos verres, qu'on allait se promener sur la plage et qu'on se couchait tôt ? Demain matin, on ira repérer des endroits pour prendre des photos, d'accord ?

11

Zac s'était levé tôt, il avait téléchargé ses propres photos de son appareil à son ordinateur portable. Puis il le laissa sur le bar du petit déjeuner, avec un mot pour Allie disant que la carte mémoire était désormais vide pour elle. Ensuite, il rejoignit Mark sur la plage. Les vagues étaient courtes et irrégulières ce matin-là, et ils passèrent un moment assis sur leurs planches à discuter du prochain endroit où pourrait se déplacer le banc de sable. Il vit Allie marcher dans leur direction en compagnie de Naomi, qui emmenait les enfants jouer pendant que la plage était encore vide. Tandis qu'il les saluait de la main, Mark dit derrière lui :

— Vous n'allez pas travailler aujourd'hui, je me trompe ?

La question n'était pas infondée. Allie portait un joli pantalon et un chemisier à manches longues, ainsi que des sandales. Comme si elle se rendait à une réunion de travail. Il attendit qu'elle les rejoigne. Il lui laissait le soin d'expliquer si elle le souhaitait.

— J'ai appris que vous preniez des photos, dit Naomi. Pour un blog.

Zac acquiesça. Allie n'était manifestement pas entrée dans les détails, mais il semblait qu'elle était résolue à entamer sa démarche, et de ne pas en faire un secret non plus.

— Je pensais à des photos sur la plage, pour commencer.

Allie repoussait ses boucles derrière ses oreilles pour empêcher la brise de les désordonner. Zac décida de mettre ses réserves de côté. C'était déjà difficile pour Allie, et elle n'avait pas besoin de ses critiques pour rendre les choses encore plus ardues. Mais un truc clochait…

— Très bien. Où veux-tu te mettre ?

— Euh… peut-être un peu plus loin, pour qu'on ait aussi du sable et de la mer ?

Allie entreprit de remonter la plage, à la recherche d'un bon endroit, et Zac choisit de la laisser faire.

— On est sûrs de ça ? murmura Mark à l'attention de Naomi, et Zac lui jeta un regard d'avertissement. Quoi ? Elle a juste l'air un peu mal à l'aise, non ?

Mal à l'aise n'était pas bon terme. Allie avait l'air de s'attendre à ce qu'une pieuvre géante surgisse de la mer et l'attrape à tout moment. Naomi leva les yeux au ciel.

— Ce n'est pas aussi facile que ça le paraît, Mark. Je sais que, toi, tu ne mets pas d'étiquettes sur les gens, mais il y en a beaucoup qui le font.

— Qu'est-ce que ça veut dire ?

— Les gens te voient avec un enfant, et tu es une maman. Si tu es en bikini sur la plage, ils pensent que tu n'as pas de cerveau, juste un corps. Porte une tenue plus professionnelle et ils te prendront plus au sérieux, mais il ne manquerait plus que tu sois capable de faire les trois à la fois.

Naomi n'avait pas tort. Pour Allie, il s'agissait de ne pas se laisser définir par l'objectif de l'appareil-photo. Naomi venait de lui donner une piste à suivre. Il rejoignit Allie.

— Plus difficile que tu ne le pensais ?

Elle fit la moue.

— Oui. Je ne sais pas où me mettre ou… je n'arrivais pas non plus à me décider sur ce que je vais porter.

— Et tu voulais ressembler à quelqu'un que les gens prendraient au sérieux ?

— Je veux juste que les gens entendent ce que j'ai à dire.

— Très bien. Je porte un short et un T-shirt en néoprène, alors je suppose que tu peux ignorer ce que j'ai à offrir…

— C'est différent pour toi, Zac.

— D'accord. Mais je croyais que le but était de ne pas avoir honte de ce que l'on est et de montrer aux autres qu'ils ne devraient pas non plus. Qu'est-ce que tu m'as répété qu'avait dit Carly ? Que quelqu'un qui se fait photographier est considéré comme un *sujet* alors qu'en réalité, il est au centre de tout et responsable de tout ce qui se passe.

Allie lui mit brusquement l'appareil-photo dans les mains et tourna les talons. Elle lui lança par-dessus son épaule :

— Je vais me changer.

Zac sourit. Lorsqu'il se retourna, il vit que Mark avait pris en charge les enfants et que Naomi se dirigeait vers lui.

— Tout va bien ?

— Oui. J'ai écouté ce que tu as dit. Allie est allée se changer. Quelque chose d'un peu plus formel. On a pensé qu'un diadème pourrait lui donner un peu plus de solennité.

— Tu plaisantes, j'espère, Zac.

Naomi se relaxa quand dix minutes plus tard, Allie apparut. Elle portait le short cargo léger qu'elle mettait habituellement à la plage, ainsi qu'une chemise à manches courtes. Allie était toujours superbe, mais là, elle semblait aussi prête pour une journée à la plage.

— Qu'est-ce que tu en penses ? demanda-t-elle à Naomi.

— Génial, répondit cette dernière avant de lui tendre ses lunettes de soleil. Tu veux les essayer ?

Allie les chaussa et Naomi hocha la tête en signe d'approbation. Zac regretta de ne pas y avoir pensé, car elles offraient une sensation d'intimité tout en suggérant du temps libre et une journée ensoleillée.

Au début, Allie se tint un peu raide, mais elle commença bientôt à se détendre. Zac prit de nombreuses photos, estimant qu'Allie *devait* en trouver une qui lui plaise, puis quelques-unes avec Allie et Naomi ensemble, chacune un bras autour de l'autre.

— Il ne t'en faut qu'une ? demanda Naomi alors qu'ils étaient assis tous les trois, regardant Mark balancer les pieds de son fils au-dessus des vagues qui déferlaient mollement sur la plage, tandis qu'Izzy faisait de son mieux pour arroser son père et son frère.

— Je crois que je vais en prendre une autre de moi au travail. Pas vraiment *au travail*, parce que c'est privé, mais ressemblant à un médecin.

— Hum. Comment on ressemble à un médecin ?

— Avec une grosse seringue et un sourire diabolique ? suggéra Zac en s'allongeant sur le sable sous la douce chaleur du soleil. Ou un stéthoscope ?

— Je pense que je vais opter pour le stéthoscope.

— Tu pourrais emprunter Finn et faire semblant de l'examiner, si tu veux, proposa Naomi.

— Merci, mais il ne doit y avoir que moi. Le blog traite de sujets assez sérieux. J'écris un texte d'opinion et je ne devrais pas impliquer ta famille là-dedans, surtout un enfant.

Zac vit un éclair de curiosité sur le visage de Naomi. Elle se demandait manifestement de quoi tout cela s'agissait.

— C'est adorable de ta part. Je te souhaite bonne chance.

Naomi décida de ne pas poser de question, et Zac sentit la tension à l'arrière de sa nuque se relâcher un peu.

Peut-être qu'Allie pensait la même chose que lui. Il était confronté à la réalité maintenant, une conversation fortuite sur la plage devenant quelque chose de difficile et de douloureux. Allie se mettait en position de n'avoir plus nulle part où se cacher de ce qui lui était arrivé, mais il supposait qu'il n'expérimentait que le plus petit avant-goût de ce qu'elle avait vécu ces derniers dix-huit mois.

— Il s'agit de...

Allie le murmura si bas que Naomi ne l'entendit pas, son attention attirée par Izzy, qui était tombée à plat ventre dans le sable. Elle se leva pour aller la ramasser, l'épousseter, et l'embrasser, puis la fillette retourna en courant vers Mark.

— Je peux lui dire ? demanda Allie.

— Tu n'es pas obligée.

Zac se redressa et s'appuya sur son coude. Le moment était passé, et Allie n'avait pas besoin de s'expliquer.

— Mais j'en ai envie, déclara-t-elle, le regard ferme.

— Tu peux aussi. Naomi et Mark sont des gens bien.

Il les connaissait tous les deux depuis un certain temps à présent, et leur faisait confiance.

— Désolée… De quoi on parlait ?

Naomi était de retour, et elle s'installa sur le sable.

— Du blog. C'est *mon* blog. Zac m'a aidée à le faire.

— Ah. C'est bien. Tu fais bon usage de ton temps, Zac.

— C'est à propos de…

Soudain, Allie perdit courage. Zac ouvrit la bouche, sur le point d'orienter la conversation vers un sujet moins difficile, puis il aperçut le regard suppliant d'Allie.

— À Londres…, commença-t-il lentement, et Allie poussa un petit soupir de soulagement, l'approuvant d'un signe de tête. À Londres, Allie a été la cible d'atteinte sexuelle à base d'images. L'auteur est allé en prison, et Allie veut parler de ce qui lui est arrivé, dans l'espoir d'aider les autres.

Naomi la fixa, les yeux écarquillés d'horreur.

— C'était il y a dix-huit mois. Ça va, maintenant…

Naomi posa la main sur le bras d'Allie.

— Non, ça ne va pas. Pas du tout. Je suis vraiment, vraiment désolée que cela te soit arrivé.

Des larmes de soulagement se mirent à couler sur les joues d'Allie. Naomi la prit dans ses bras, l'étreignant.

— Je comprends que tu ne veuilles pas en parler. Mais je lirai ton blog.

— Merci. C'est ce que je veux que les gens fassent.

Elle prit le mouchoir que Naomi avait sorti de sa poche et s'essuya les yeux en souriant.

— Je pourrais envoyer un mail à mes amis. Leur dire de faire passer le mot ?

— Merci, Naomi. Lis d'abord le blog, et si tu es d'accord avec ce que je dis et que tu sens que tu peux le partager avec d'autres personnes, ce sera d'une grande aide.

Zac n'y avait pas pensé. Il était tellement préoccupé par Allie, tellement déterminé à ce qu'elle puisse faire entendre sa propre voix si c'était ce qu'elle voulait, qu'il n'avait pas réfléchi à *qui* allait l'entendre.

— C'est une très bonne proposition, hein, Allie, dit-il.

— C'est le moins que je puisse faire, éluda Naomi. Beaucoup de gens s'inquiètent de ça. J'ai entendu dire que les pressions exercées sur les adolescents pour qu'ils échangent des photos sont de plus en plus fréquentes de nos jours. C'est l'une des innombrables choses qui m'inquiètent pour Izzy, et si je peux faire quoi que ce soit pour aider...

— Allie n'a pas échangé de photos. C'était une vidéo prise à son insu...

Il semblait important à Zac de préciser ce point, même s'il n'était pas certain de savoir pourquoi.

— Je sais que tu dis que ce n'était pas ma faute, Zac, mais tu n'as pas besoin de me défendre. Si j'avais été au courant de la vidéo et que je l'avais faite en pensant qu'elle resterait privée, mon ex n'aurait toujours pas eu le droit de la partager, et les conséquences auraient été tout aussi dévastatrices, le reprit gentiment Allie.

— Tu as raison, je n'ai pas réfléchi. Excuse-moi.

Naomi avait blêmi à la mention du mot « vidéo », et elle paraissait encore en train de digérer cette information. Mais elle adressa à Zac un brusque sourire.

— J'ai toujours pensé que tu avais une profondeur cachée, Zac. Tant mieux pour toi. Bon, Mark va ouvrir la boutique dans une minute et il peut se débrouiller tout seul pendant un moment. Pourquoi ne viendriez-vous pas tous les deux chez moi, et on pourra trouver un mur vierge pour la photo du médecin. J'ai des brownies au chocolat.

Les brownies au chocolat scellèrent l'affaire, et, pour être honnête,

Zac avait besoin de quelques calories. Naomi alla chercher Finn et Izzy, tandis que Zac prenait sa planche de surf sous le bras et remontait vers l'appartement.

— Tu es d'accord avec tout ça ? demanda-t-il à Allie.

— *Pfiou*. J'ai l'impression d'avoir couru un marathon et mes genoux tremblent. Mais oui, je vais mieux que bien.

— Et tu es prête pour les photos du médecin ?

— Oui. Qu'est-ce que je dois porter, à ton avis ?

C'était la première fois qu'Allie lui posait cette question, et cela ressemblait à un nouveau petit pas pour l'homme et à un énorme bond pour la gent féminine.

— Ce que tu portais tout à l'heure est très bien. Attache tes cheveux en arrière et mets un stéthoscope autour de ton cou, et tu auras l'air de la même personne qu'au travail.

Elle acquiesça, posant sa main sur son dos, même si Naomi et Mark observaient probablement. Quand Zac passa son bras autour de ses épaules, elle se rapprocha un peu plus.

— Tu sens bon. Comme la mer.

Malgré tout, Zac se sentit soudain heureux. Dans ces moments-là, on aurait dit qu'ils pouvaient tout faire ensemble et le désir urgent de Zac de protéger Allie céda la place à une ambition plus puissante. Il voulait se battre à ses côtés, en sachant qu'ils se protégeraient l'un l'autre.

Allie n'en revenait pas. Zac avait dit que Mark leur avait demandé de passer le lundi soir, après le travail. Naomi avait fait du thé, et les deux hommes approuvaient en silence ce qu'exposait Naomi, qui parlait pour eux trois.

Ils l'admiraient de vouloir défendre ses convictions et aider les autres. Mark et Naomi avaient lu chaque mot de ce qu'elle avait écrit sur le site, après qu'elle eut donné à Naomi le mot de passe pour le consulter, et ils croyaient tous les deux en ce qu'elle faisait. Mais elle n'avait pas besoin d'être seule. Ils étaient ses amis, et si

Allie acceptait d'ajouter une photo d'eux quatre sur la plage, ils en seraient honorés.

Allie éclata en sanglots et Naomi sortit de nulle part une boîte de mouchoirs qu'elle poussa vers elle.

— Penses-y comme ça. Tu montres que tu as des amis qui te soutiennent. Il faut que les gens sachent ça aussi.

— Vous êtes sûrs ? demanda-t-elle, indécise.

— Sûrs et certains, répondit Zac. Si tu as besoin d'une confirmation écrite, nous serons ravis de te la fournir. En grosses lettres dans le sable.

Il lui fit ce sourire irrésistible qui était le sien et Allie rit à travers ses larmes.

Le mercredi, le site était terminé. Allie avait réclamé des commentaires honnêtes à Naomi, qui avait fait quelques suggestions qu'Allie avait vraiment appréciées. Tous les quatre avaient dressé une liste d'amis à qui envoyer des mails pour essayer de faire connaître le site. Mais la chose la plus touchante, celle qui la faisait toujours sourire, c'était la photo en bas de la page « À propos de moi ». Allie et Naomi sur la plage, avec Zac et Mark de chaque côté, le bras de Zac autour de ses épaules et celui de Naomi autour de sa taille.

Allie et Zac se dirigèrent vers la maison en haut de la colline, Zac portant son ordinateur portable et Allie une bouteille de champagne frappé. Zac retira cérémonieusement le mot de passe du site, le rendant officiellement opérationnel, et tous envoyèrent leurs mails. Zac fit ensuite sauter le bouchon de champagne, et ils trinquèrent tous les quatre ensemble au succès du nouveau projet d'Allie.

— Maintenant, on attend, dit Zac, mettant son bras sur ses épaules tandis qu'ils redescendaient vers l'appartement.

— Je ne m'attends pas à des miracles. Peut-être que quelques personnes le verront grâce à nos mails, mais ça ne me dérange pas de parler à une salle vide. Je l'ai fait, et c'est l'essentiel.

— Oui. On verra bien. On a travaillé dur ces derniers jours, ça te dirait d'aller voir un film demain soir ?

— Ce serait super. Un truc sympa en perspective.

Si l'espoir d'un homme pouvait faire grimper les statistiques d'un site web, Zac pensait que celui d'Allie aurait déjà recueilli un millier de visites. Ils n'avaient pas eu le temps de regarder le jeudi matin avant le travail, mais Allie avait allumé son téléphone pendant leur pause-café et il s'était mis à tinter furieusement.

— Qu'est-ce que c'est que ça ?

— J'ai configuré le premier article du blog pour recevoir un mail quand quelqu'un le commente, expliqua Allie. J'ai plus de cinquante messages non lus, regarde.

Zac se pencha sur son téléphone, le cœur soudain battant. Il réalisait seulement maintenant à quel point il avait voulu cela pour Allie. Elle souriait de contentement.

— Ah ! Mon premier commentaire est de *SurfinDoc*. Un gars plutôt sympa. Et puis il y a *Naomi1357* et *Mark2468*.

— Pas très imaginatifs, comme pseudos.

Zac tenta de contenir sa joie. Ils devaient retourner au travail dans une minute.

— Oh ! chut, Zac. C'est vraiment gentil de leur part.

Allie recommença à faire défiler la liste.

— Je ne reconnais aucun de ces noms, *qui* sont-ils ?

— Euh... Lui, c'est un type que je connais, qui travaillait ici et qui a déménagé à Melbourne, Geoff Andrews.

Elle ouvrit le mail et parcourut rapidement le texte.

— C'est un très bon commentaire. Il soulève des points importants sur la façon dont les professionnels de la santé peuvent soutenir les personnes qui ont été victimes d'abus.

— Oui, Geoff est un chic type. Sa femme enseigne dans un lycée, je ne serais pas surpris qu'elle ait fait un commentaire aussi… Allie, je suis désolé, mais il faut qu'on retourne travailler. On les lira tous pendant le déjeuner…

Lorsqu'ils réussirent à se libérer pour un déjeuner tardif, il y avait encore d'autres commentaires. Allie les parcourut tous, aima chacun d'eux et ajouta son propre commentaire pour remercier tout le monde de leur intérêt et dire qu'elle était bouleversée par ces réactions. Puis elle sursauta à l'arrivée d'un nouveau mail dans sa boîte de réception.

— Ça devient fou, fit-elle remarquer.

Zac acquiesça en souriant. Il l'avait tellement voulu, mais maintenant qu'il y avait plus de commentaires qu'il n'avait jamais osé l'espérer, il craignait qu'ils ne submergent Allie.

Attention à ce que tu souhaites…

— Que dirais-tu de laisser tomber le cinéma ce soir, pour te donner un peu de temps pour répondre à tout ça ?

— Je dois faire en sorte que ce soit viable. Je dois aussi travailler et je pourrais passer mon temps à discuter avec tout le monde. Mais je ne peux pas répondre à tous individuellement. Je posterai à nouveau ce week-end, comme je l'avais prévu, donc, si tu veux bien, allons au cinéma ?

— Très bon plan, Allie. Il faut que tu gardes du temps pour toi. Je me réjouis d'aller au cinéma avec toi.

12

Que disait l'adage ? *Attention à ce que tu souhaites ?* Le nombre de commentaires ayant réduit après le premier jour, Allie passa le samedi à visiter le centre de Sydney avec Zac. Ils se régalèrent et, de retour à la maison, leurs baisers étaient plus tendres que jamais. Tout allait bien, et le seul nuage à l'horizon était que Zac retournerait bientôt à Londres.

Le deuxième article de son blog était déjà prêt et devait être publié samedi soir. Allie avait désactivé les alertes qui inondaient sa boîte de réception, préférant consacrer une heure chaque jour à les parcourir tous d'un coup et à écrire un commentaire global en bas de page pour remercier.

Puis, le dimanche matin, le premier défi arriva. Heureusement, Allie le repéra pendant que Zac surfait, et il ne vit pas sa réaction. Ce n'était qu'une ligne, mais une main glacée parut se refermer sur son cœur et le serrer très fort.

> Laisser quelqu'un prendre des vidéos de vous, c'est s'attirer des ennuis.

Durant un instant, elle se retrouva au point de départ. Humiliée et effrayée, elle avait envie de courir dans sa chambre, de fermer la porte à clé et de s'y recroqueviller. Allie ferma son ordinateur portable en tremblant.

Elle pouvait effacer ce commentaire. Le faire disparaître. Elle rouvrit l'ordinateur, fit défiler la page un peu plus loin et vit qu'elle n'avait pas besoin de faire quoi que ce soit. Cinq réponses firent tout pour elle, expliquant pourquoi le commentaire était si blessant et erroné, et la défendant.

Merci. Merci ! Elle envoya cette pensée dans l'éther, puis tapa son propre commentaire, remerciant ceux qui s'étaient exprimés en sa faveur et fermant ce fil de discussion. Malgré tout, elle se sentait encore mal à l'aise. Elle décida qu'elle en avait fait assez pour aujourd'hui et ouvrit sa messagerie.

Puis elle vit le mail, et son sang se figea. Il provenait de l'une des infirmières de l'hôpital à Londres, qui disait d'abord qu'elle avait obtenu l'adresse électronique d'Allie grâce à une vieille invitation à un pot d'anniversaire. Anya Patel la félicitait pour son nouveau site web et la remerciait d'avoir eu le courage de faire entendre sa voix. Au nom d'elle-même et de trois amies, qui n'avaient jamais eu celui de se manifester et de dire qu'elles aussi avaient été victimes du groupe qui avait partagé la vidéo d'Allie...

— Salut. On a pris quelques bonnes vagues ce matin.

Allie sursauta et ferma son ordinateur en entendant la voix de Zac. Elle se força à sourire.

— Ah oui ?

— Tu vas bien ?

Il semblait si insouciant, beau et bronzé. Zac était toujours doré, mais en ce moment il semblait presque étincelant. Elle ne pouvait pas gâcher cela.

— Oui, très bien. Je suis juste un peu fatiguée, on a marché très longtemps hier.

Zac sourit à l'évocation. Allie avait soigneusement rangé cette journée dans sa cachette de souvenirs précieux, mais elle avait l'impression que ce matin les avait ternis.

— Tu as l'air d'avoir vu un fantôme.

Elle ne pouvait plus échapper à son regard. Perspicace et pourtant indulgent. Aussi bleu que la mer, et cent fois plus engageant. Et elle n'avait pas de réponse à lui donner.

— D'accord. Je pourrais monter prendre une douche. Me

préparer un petit déjeuner et peut-être aller chercher un journal pour le lire. Quand tu voudras m'en parler, j'arrêterai ce que je suis en train de faire...

— Ce n'est vraiment rien, Zac.

Et ce n'était pas juste de partager ça avec lui. Zac ne méritait que des journées ensoleillées, un ciel bleu sans le moindre nuage.

— Maintenant, je *sais* que c'est quelque chose.

— Je pourrais avoir un câlin ?

Il acquiesça et s'approcha d'elle. Le mélange enivrant de son odeur et de celle de la mer, sentir ses bras autour d'elle renforcèrent la détermination d'Allie. Zac ne méritait pas les retombées de cette histoire alors qu'il avait tant fait pour lui rendre sa voix. Plus encore, elle l'aimait et ne supportait pas de lui faire du mal. Elle *devait* l'épargner.

— Je ne l'ai jamais vraiment dit. Mais il y a beaucoup de choses pour lesquelles je dois te remercier, Allie.

— Moi ? rétorqua-t-elle, stupéfaite. Pourquoi voudrais-tu me remercier ?

Il la fixa, l'enlaçant dans son regard.

— Tu ne sais pas, hein ? Pour ta gentillesse et ton respect. Ton courage. Je pensais que bien fonctionner dans le monde était tout ce que je pouvais espérer, mais tu m'as appris à vouloir plus. Je ne l'oublierai pas.

— Je ne pense pas t'avoir appris quoi que ce soit que tu ne saches déjà, Zac.

— C'est là que tu te trompes. Je tiens à toi et ça me rend audacieux. Et c'est pour ça que ça me fait mal quand tu me mets à l'écart.

— Tu n'as pas besoin de continuer à me soutenir et à me protéger, objecta Allie en secouant la tête.

— Non, en effet. Mais j'en ai envie. Je veux aussi partager ce qui te tracasse.

Il avait retourné la situation contre elle, de la manière la plus affectueuse qui soit, et Allie n'avait plus le choix.

— Il y avait un commentaire négatif sur le blog ce matin.

Je me suis sentie très mal, et puis j'ai vu que les gens m'avaient défendue, en disant à la personne qui l'avait posté exactement pourquoi elle avait tort de tenir ce propos.

— C'est... bouleversant. Et très gentil en même temps.

— Oui, je vais me concentrer sur la partie agréable.

— Et... ?

Zac savait que ce n'était pas tout. Allie poussa un soupir.

— J'ai reçu un mail de quelqu'un que je connaissais à l'hôpital. Je ne peux pas te dire qui, parce que ça a dû être très dur pour elle de m'écrire, et je dois respecter la confidentialité.

— J'ai compris. Tu peux me dire de quoi ça parlait ? Je garderai cela pour moi, bien sûr.

— Il le faut, Zac. Même si ça te met en colère.

— Bien. On peut être en colère ensemble, hein ?

Allie prit un moment pour rassembler ses idées.

— La personne qui m'a écrit dit qu'elle avait été victime du groupe qui a diffusé ma vidéo. Il y a aussi trois autres personnes, qui ne se sont pas manifestées.

— Il y en a eu d'autres ? souffla Zac.

— Au moins quatre. Et elles ont porté ce poids pendant tout ce temps, sans aucun soutien de l'hôpital. Moi, j'avais ça, au moins.

— Et tu as répondu au mail ?

— Pas encore. Je veux revenir vers elle le plus vite possible parce que je sais que ça a dû être dur de m'écrire, mais je ne sais pas trop quoi dire.

— Pourquoi ne pas lui demander si elle aimerait parler de certaines choses ? Il semble que ce soit le cas, sinon elle ne t'aurait pas écrit, et vous pourriez peut-être organiser une vidéoconférence. Tu connais déjà cette personne.

— C'est une bonne idée. Elle serait plus à l'aise. Je pourrais lui dire que si elle ou ses amies veulent parler, j'aimerais être là pour elles, quand elles seront prêtes.

— Tant que tu es prête aussi.

— Je peux y arriver. J'ai beaucoup appris en travaillant avec

Philippa, en partageant ma propre histoire avec Carly et en écoutant la sienne. Beaucoup de ce que dit Carly me touche, et je crois qu'on a toutes les deux réalisé que nous n'étions pas seules.

— Pourquoi ne lui écris-tu pas maintenant, et je préparerai un petit déjeuner ?

— Parfait. Ensuite, on passera une journée de farniente sur la plage, à se faire du bien. Et mutuellement, bien sûr.

Zac sourit de son sourire chaud et doré.

— Génial.

L'un des aspects positifs du travail avec les jeunes adultes, c'était qu'ils étaient stimulants et exigeants, un ensemble complexe de problèmes médicaux et émotionnels à résoudre. Autre chose agréable, certains jours, ils faisaient le travail à votre place.

Jack avait fait beaucoup de progrès et avait été transféré dans un centre de rééducation, mais il envoyait toujours des messages aux amis qu'il s'était faits ici, à l'hôpital, et Zac avait pris le temps de passer voir comment il allait. Corinne se remettait bien, mais elle trouvait encore difficile tout effort physique, et elle était gardée à l'hôpital car l'on craignait que son cœur n'ait été affecté par le traumatisme massif que son corps avait subi. Mais elle s'était liée d'amitié avec Carly, qui revenait régulièrement lui rendre visite. Les deux jeunes femmes passaient du temps ensemble, s'apportant l'une à l'autre la compagnie dont elles avaient tant besoin.

Zac semblait naviguer avec aisance dans le réseau complexe des nouvelles amitiés et des nouveaux défis, des personnalités et des besoins en constante évolution. C'était trompeur, et Allie savait que donner à chacun de ses patients l'impression qu'il avait tout le temps du monde pour eux était le résultat d'un travail acharné, et parfois un numéro de jongleur. Mais cet après-midi, le service était calme et tournait comme une horloge, ce qui était aussi bien car Allie était épuisée par quatre nuits tardives d'affilée.

Carly était dans la chambre de Corinne, elles regardaient toutes deux des feuilletons télévisés de l'après-midi. Allie s'était assise une minute pour parcourir le dossier de Corinne...

C'est alors qu'elle sentit Zac la secouer. Elle ouvrit les yeux en sursaut, soudain complètement réveillée. Zac précédait de quelques instants le directeur du service, le Dr Jamieson, qui s'était arrêté devant la chambre de Corinne pour s'entretenir avec l'infirmière en chef.

— Ah, je me demandais où vous étiez, docteur Maitland-Hill.

Le Dr Jamieson dirigeait l'unité comme une machine de précision, ce qui facilitait la vie de tout le monde, mais dormir au travail ne faisait pas partie de sa politique, qui voulait que son personnel consacre du temps à ses patients.

— On passait en revue nos programmes de rétablissement en cours. Carly et moi nous encourageons mutuellement.

Corinne s'était empressée d'éteindre la télévision et de répondre à la place d'Allie. Belle présence d'esprit. Allie lui jeta un regard reconnaissant.

— Excellent, dit le Dr Jamieson, qui semblait satisfait. C'est un plaisir de te revoir, Carly. L'une ou l'autre a-t-elle des préoccupations dont elle aimerait me faire part ?

C'était le but de la présence du Dr Jamieson. Il veillait à ce que le personnel et les patients voient son visage au moins une fois par jour et sachent qu'ils pouvaient s'adresser directement à lui s'ils le souhaitaient.

— Non, tout va bien.

Carly commençait enfin à s'exprimer, et le hochement de tête du Dr Jamieson montrait qu'il était conscient du travail accompli. Il les salua toutes les deux.

— Parfait. Alors je vous laisse. À demain, Corinne.

Le Dr Jamieson sortit de la pièce, et Carly et Corinne échangèrent un regard amusé. Zac ne paraissait pas partager leur amusement et fit signe à Allie qu'il voulait lui parler seul à seule. Elle sourit aux filles.

— J'y vais. J'ai vraiment apprécié la... euh... discussion.

— Pas de problème.

Carly s'empara de la télécommande et Allie surprit Zac lever les yeux au ciel. Elle adressa une grimace à Corinne et glissa sous son bras la tablette qui contenait ses notes sur les patients. En sortant, elle entendit Corinne murmurer à Carly :

— Je me verrais bien faire quelques nuits tardives si je travaillais avec le Dr Sublime toute la journée…

Si seulement elles savaient. Allie suivit Zac, qui remontait le couloir comme s'il était en mission urgente. Il ouvrit la porte de la réserve, jeta un coup d'œil autour de lui puis lui fit signe d'entrer. Il dramatisait un peu, non ?

— Qu'est-ce qui se passe, Allie ?

Il croisa les bras, le visage sombre. Elle décida que l'attaque pouvait être la meilleure forme de défense.

— Je suis désolée. Et merci de m'avoir couverte. Mais tu peux honnêtement dire que tu n'as jamais eu l'occasion de t'asseoir un moment et de t'endormir au travail ?

— Quand j'étais de garde, tout à fait au début, oui. Ça ne m'est pas arrivé récemment. Ce n'est pas ce que je veux dire.

— Qu'est-ce que tu veux dire, alors ?

La culpabilité, la conscience d'avoir mal agi, ajoutaient une note d'irritation à sa voix.

— À quelle heure tu t'es couchée hier soir ?

— Pas très tard. Je n'ai pas très bien dormi, c'est tout.

Allie avait fait une vidéoconférence avec Anya dans sa chambre, puis écrit un mail de suivi qui avait pris du temps. Mais elle s'était couchée à une heure raisonnable.

— Oui, mais je t'ai entendue te relever à 3 heures du matin et tourner en rond toute la nuit. Allie, tu es en vidéoconférence et tu envoies des mails tous les soirs depuis trois jours. Tu as un travail exigeant et tu brûles la chandelle par les deux bouts. Ça ne va pas marcher, Allie. Tu vas devoir trouver un moyen de faire de ton site un investissement responsable. Et le trouver rapidement.

Elle le savait. Zac partirait dans dix jours, et il ne serait plus là pour préparer les repas et la soutenir de toutes les autres petites manières qu'il avait imaginées pour l'aider.

— S'il te plaît, ne sois pas si en colère contre moi, Zac...

— Je ne suis pas en colère, je suis inquiet. Il faut qu'on en parle et qu'on trouve une solution.

En réalité, Zac ne lui devait rien du tout. Il pouvait tourner le dos et s'en aller, la laissant essayer de faire face à ce qui semblait être deux emplois en une seule journée. Mais Zac ne tournait pas le dos, ni à ses patients ni à elle.

— On parlera, promis. Je te suis très reconnaissante de t'inquiéter pour moi et, à vrai dire, je m'inquiète pour moi-même. Je préparerai le dîner ce soir, puis nous irons nous promener sur la plage et nous nous coucherons tôt. Demain, c'est vendredi et on pourra parler à ce moment-là.

— Je pourrais te confisquer ton ordinateur portable. Et ton téléphone, poursuivit-il.

— Pas grave. Ce serait presque bien, en fait. Je n'ai qu'un nombre limité d'heures à consacrer aux personnes venues sur mon blog. Je regrette presque de l'avoir créé, ou du moins de ne pas l'avoir laissé de côté jusqu'à ce que je sois plus calme.

Il effleura sa joue du bout des doigts. Le sentiment qu'elle voulait ne jamais le laisser partir inonda ses veines.

— Mais non, ce n'est pas vrai.

— Tu as raison, admit-elle en soupirant. C'est beaucoup de travail, mais j'ai l'impression d'avoir enfin commencé à m'assumer, et à assumer ce qui m'est arrivé. Je n'aurais pas pu le faire sans toi, Zac. C'est ta réussite autant que la mienne.

Il acquiesça en souriant.

— Tu vas me pardonner, maintenant ?

— Non, répliqua Zac en s'esclaffant. Je ne pense pas que je le ferai jusqu'à ce qu'on parle demain et qu'on trouve un moyen de s'en sortir.

Une bonne nuit de sommeil avait fait des merveilles. Allie accomplit sa journée de travail avec fluidité, et Zac proposa qu'ils prennent leur repas du soir au *food truck* sur la plage avant de rentrer à l'appartement pour boire un café et se débarrasser de leur tenue de travail. Assis sur le balcon, avec vue sur la plage, le bruit de la mer apporta un peu de sérénité. Après un moment de réflexion, Zac entama la discussion.

— J'ai une proposition à te faire. Il faudra que nous soyons tous les deux d'accord pour que ça marche.

Ils avaient toujours établi leurs propres règles. Et peut-être que Zac était sur le point de proposer une autre règle qui fonctionnerait mieux qu'Allie ne l'avait jamais imaginé.

— Je t'écoute.

— Il est clair que tu ne peux pas continuer comme ça. Tu pourrais décider de limiter le temps que tu passes sur ton site, mais, en pratique, cela va être difficile parce que tu es très attachée aux questions qu'il soulève et que tu veux aider les gens. Je m'étais dit que je retournerai à l'hôpital de Londres quand je rentrerai, mais je ne m'y suis pas encore engagé.

Un brusque espoir joyeux fit battre le cœur d'Allie plus vite. Zac allait lui annoncer qu'il restait…

— Mais rentrer est important pour toi, Zac. Tu as toujours dit que c'était la dernière étape pour te réapproprier ta vie.

Allie étouffa son propre désir égoïste de dire *oui* au plan avant même que Zac n'ait eu l'occasion de le suggérer. Il avait toujours tenu compte de ses besoins, et elle devait tenir compte des siens.

— Oui. Je pourrais le faire maintenant, ou l'an prochain. Tant que je le fais, et je sais que je le ferai, ce ne sera pas un problème.

Il allait demander. Ils allaient vivre ensemble, ici, au soleil, et avec le temps ils apprendraient à faire leur vie ensemble. Mais avant de s'emballer elle devait savoir.

— Tu es sûr ?

— Je suis sûr.

Un avenir semblait se dessiner, là, devant elle.

— Euh… Tu veux dire que tu as envisagé de rester ici ?

Avec moi. Allie n'osait pas prononcer les mots.

— J'ai envisagé beaucoup de choses. Ce que je souhaite le plus, c'est pouvoir rester avec toi et découvrir où notre relation pourrait nous mener, mais…

Il secoua la tête, comme s'il disait adieu à ce rêve.

— … la seule chose qui puisse nous convenir à tous les deux, c'est que je reste pour que tu puisses rentrer, toi.

— Quoi ? Zac… ?

Elle s'était trompée, et le monde s'écroulait soudain, l'ensevelissant sous les décombres de ses espoirs brisés.

— J'y ai beaucoup réfléchi et je suis sûr de deux choses. Tu ne peux pas abandonner les gens à Londres qui ont besoin de ton aide, même si cela signifie que tu dois te déchirer en deux. Et c'est ta chance de faire la différence et de reprendre tout ce qui t'a été volé. Ton site web a montré que tu peux le faire. Ce n'est que le début.

— Mais…

Allie essuya une larme. Elle ne pouvait pas le laisser la voir pleurer, et Zac ne devait pas savoir ce qui avait provoqué ces larmes. Ne s'était-elle pas promis de ne plus jamais laisser un homme l'humilier ?

— Je vais de l'avant ici, Zac. Il n'y a pas de retour en arrière possible pour moi.

— On peut faire ce retour en arrière. Je peux remplir tes engagements ici, et tu auras la possibilité d'aller faire quelque chose qui pourrait remettre toute ta vie en perspective. C'est beaucoup te demander, mais ce n'est pas impossible.

Allie ne pouvait plus croiser son regard, de peur qu'il ne voie ce qui se passait dans sa tête. Elle se raccrochait à ce qu'elle pouvait, essayant de trouver quelque chose qui leur permettrait d'être ensemble. Mais, au fond d'elle-même, elle savait que Zac avait raison.

— Je peux y réfléchir ?

— Et essayer de trouver un moyen de m'en dissuader ? riposta-t-il en souriant

— Oui, en fait. Comment sais-tu toujours ce que je pense, Zac ?

— Parce que tu sais ce que je pense. C'est pourquoi tu ne peux pas te résoudre à contester cette idée...

Ni elle ni Zac n'avaient plus rien à dire. Ils savaient tous les deux ce qu'ils devaient faire, mais Allie n'était pas encore prête à l'accepter. Et même si c'était le plan de Zac, il parut soulagé quand elle mit fin à la conversation en disant qu'elle partait marcher. Un mois plus tôt, elle serait montée s'enfermer dans sa chambre. Mais aujourd'hui, le besoin de réfléchir s'accompagnait d'une envie de sortir et de laisser l'air libre lui laver la tête. Et diluer l'amère déception.

Elle avait essayé de se dire qu'elle détestait Zac et qu'il était devenu comme James, qu'il la blessait et la laissait tomber. Mais elle savait que ce n'était pas vrai. Il ne lui avait jamais rien promis qu'il ne puisse tenir. Et il avait raison sur ce point. Elle avait besoin de retourner à Londres, et lui devait rester ici pour la remplacer à l'hôpital.

Si cela signifiait qu'ils devaient se séparer, alors peut-être que c'était ce qu'ils avaient tous les deux besoin de faire aussi. Ils avaient tous les deux peur de l'engagement, et tous les deux avaient leurs raisons de craindre des promesses qui ne pourraient pas être tenues. Ils n'avaient pas le luxe d'avoir du temps pour permettre à leur relation d'évoluer et de guérir ces blessures. Ils devaient agir maintenant, avant d'être prêts.

Allie marcha longtemps, cherchant une autre solution, ou au moins à dissiper la déception qui la hantait. Lorsque le crépuscule commença à tomber et qu'elle revint à l'appartement, elle trouva Zac profondément endormi sur le canapé. Il semblait si paisible, mais Allie ne voulait pas qu'il se réveille après qu'elle se fut couchée et qu'il découvre qu'elle l'avait laissé là. Elle lui toucha l'épaule.

— Allie... ? dit-il, se redressant en sursaut.

— Tu n'as pas dormi la nuit dernière ?

Zac avait toujours semblé infatigable, mais ce soir il avait vraiment eu l'air épuisé. Comme si l'étincelle habituelle s'était éteinte.

— Non, pas beaucoup. Tu es en colère contre moi ?

— Pas contre toi. Je suis en colère parce que la vie ne semble pas vouloir nous donner de répit.

Et que ni elle ni Zac ne pouvaient faire les promesses nécessaires pour lutter contre cela.

— Je dois croire qu'elle le fera, répliqua-t-il.

Son haussement d'épaules indiqua à Allie qu'il n'en est pas très sûr. Elle se pencha pour l'embrasser sur la joue.

— Moi aussi. Je vais me coucher tôt, et tu devrais en faire autant.

13

Le week-end avait été difficile. Ils avaient fait les mêmes choses que d'habitude, mais elles avaient perdu de leur éclat parce qu'il n'y aurait pas de retour en arrière sur cette séparation. Zac savait qu'il devait rester en Australie pour l'année à venir, sous peine de compromettre tout le programme d'échange. Et si Allie rentrait à Londres, elle devrait y rester pour respecter ses engagements envers les personnes qu'elle avait l'impression d'avoir laissées derrière elle en venant ici. Mais c'était la bonne décision.

Ils avaient rediscuté le dimanche après-midi et finalement pris leur décision ensemble. Zac avait suggéré une rupture nette, afin de leur épargner au moins la douleur de perdre un peu plus chaque jour, et Allie avait accepté.

Il avait demandé au Dr Jamieson un rendez-vous avec la coordinatrice du programme d'échange. Ils se retrouvèrent tous les quatre à 10 heures du matin, Allie pâle et nerveuse. Zac expliqua ce qu'elle et lui voulaient faire, précisant bien qu'il resterait à son poste toute l'année, afin de respecter les engagements contractuels d'Allie. Fidèle à lui-même, le Dr Jamieson parut mécontent. Il n'aimait pas les surprises.

— Vous avez donc pris cette décision entre vous. Avons-nous notre mot à dire ?

— Bien sûr. Allie doit retourner à Londres pour des raisons personnelles pressantes. Si vous voulez que je reste ici pour assurer la continuité et respecter les engagements pris par Londres dans le cadre du programme d'échange, je suis à votre disposition.

L'idée que le Dr Jamieson puisse les licencier tous les deux sur-le-champ traversa l'esprit de Zac.

— Honnêtement, je ne suis pas satisfait de cette situation, docteur Forbes. Nous ne pouvons pas laisser nos médecins copermutants changer leurs plans sur un simple coup de tête, et comme aucun de vous n'a donné de raisons au retour du Dr Maitland-Hill à Londres, je ne suis pas en mesure de les évaluer.

— Mais en pratique, c'est une bonne solution, docteur Jamieson, intervint la coordinatrice, qui savait ce qui était arrivé à Allie, et avait écouté d'un air compatissant. Le dossier de Zac est exemplaire, et nous aurions de la chance de le garder une année de plus.

— Ce n'est pas la question, riposta le Dr Jamieson. La fiabilité est une condition essentielle, et j'ai l'intention d'écrire à Londres pour exprimer ma désapprobation.

— Non.

Trois têtes se tournèrent vers Allie.

— Docteur Jamieson, c'est moi qui ne suis pas fiable et Zac propose simplement de régulariser la situation.

— Mais vous avez imaginé ce plan ensemble, c'est évident.

Le Dr Jamieson ne semblait guère apaisé par la défense d'Allie. Zac lui signifia d'un signe de tête qu'elle n'avait pas besoin d'en dire plus, mais Allie l'ignora.

— Je suis sûre que vous êtes au courant du problème qui s'est posé à l'hôpital de Londres, concernant les atteintes sexuelles basées sur l'image, il y a environ dix-huit mois.

— En effet, admit le Dr Jamieson, soudain adouci.

— J'ai été l'une des personnes touchées par cela...

Allie raconta son histoire de manière claire et concise, ce qui n'en atténua pas l'impact. Zac était si fier d'elle.

— Je le dois faire, docteur Jamieson, pour mon propre bien et pour celui des autres personnes qui ont été impliquées dans cette affaire et qui ne se sont pas encore manifestées. Et pour le bien de patientes comme Carly, qui ont été traumatisées par ce type d'abus et qui ont besoin d'une réponse pratique, cohérente, de la part de leurs soignants. Je suis très attachée à cette question, et je pense aussi que vous êtes injuste envers Zac. Il n'a fait que me soutenir et soutenir cet hôpital.

Allie s'arrêta, apparemment à bout de souffle, car elle aspira une bouffée d'air. Le Dr Jamieson regarda la coordinatrice du programme d'échange, qui leva un sourcil.

— Allez-y, docteur Jamieson. Je vous laisse donner votre avis en premier.

— Merci, Sheena. Merci de nous avoir exposé tout cela, Allie. J'espère que vous accepterez mes excuses personnelles pour vous avoir mise dans une situation où vous vous êtes sentie obligée de vous livrer de la sorte.

Zac n'était pas surpris de la réaction du Dr Jamieson. Il était direct et ferme, mais ne pouvait jamais être accusé de manquer de compassion. Allie sourit brusquement.

— Ce n'est pas grave. J'apprends que ce genre d'abus se nourrit de secrets, et être ici m'a aidée à trouver ma propre voie. Nous n'aurions pas dû vous demander d'accepter notre proposition sans l'expliquer un peu plus en détail.

— C'est possible. Zac, si vous êtes prêt à rester, nous serions ravis de pouvoir vous garder un an de plus. Et Allie, je vous souhaite bonne chance. Si je peux vous aider d'une manière ou d'une autre, j'espère que vous saurez me le faire savoir immédiatement.

— Tu n'avais pas besoin de faire ça, murmura Zac à Allie alors qu'ils quittaient ensemble la salle de réunion.

— Si, il le fallait. Tu étais sur le point d'accepter tout ce que disait le Dr Jamieson sans te défendre. Je veux parler au nom des victimes d'abus sexuels par l'image, et il n'est pas question que tu sois compromis par ma démarche, Zac. Je ne vais pas rester à l'écart et laisser qui que ce soit te rabaisser.

Il sentit ses doigts frôler les siens. De la douceur pénétra la lourde tristesse qu'il avait ressentie à la confirmation finale de leur plan. Allie comptait beaucoup pour lui et ce qu'elle avait fait comptait beaucoup aussi – elle lui avait peut-être épargné de voir sa réputation de médecin salie, mais cela n'avait pas tant d'importance que le fait qu'elle se souciait suffisamment de lui pour vouloir le défendre.

Toute la semaine avait été un exercice d'optimisation des derniers jours d'Allie en Australie. Leurs derniers jours ensemble. Zac la remplaçait désormais à l'hôpital, et elle l'y avait conduit tous les matins et l'y avait rejoint tous les soirs pour qu'ils puissent passer du temps ensemble, visiter tous les endroits que Zac aimait et voulait partager avec elle.

Le jeudi soir, Allie sortit son téléphone dès qu'il monta dans la voiture. Elle regarda sa montre et lança :

— Il faut que je te demande ça maintenant, parce que je dois répondre au gars avant six heures et demie… Je pensais à un truc qu'on pourrait faire ce week-end, plutôt que de nous morfondre dans l'appartement et nous sentir tristes.

Zac avait réfléchi à la même chose.

— Qu'est-ce que tu as en tête ?

— Il y a un chalet dans les Blue Mountains. On peut y aller vendredi soir et revenir lundi matin, avant mon vol de lundi après-midi. J'ai réussi à trouver une annulation de dernière minute mais, comme je l'ai dit, je dois le faire savoir rapidement. Et il y a un hic.

Elle plissa son visage en une expression à la fois d'excuse et de… quelque chose d'autre. Zac ne savait pas quoi.

— C'est quoi le hic ?

— C'est magnifique sur les photos, et le coin est superbe. Mais il n'y a qu'une seule chambre.

Cela ne semblait pas un problème pour Zac, mais il ne devait pas oublier les sentiments d'Allie. Et le fait qu'ils seraient sur deux continents différents la semaine prochaine.

— Ce n'est pas grave. Je mettrai un lit de camp dans la voiture et je dormirai dessus.

— Hum, fit Allie avec une moue. Ou bien on pourrait utiliser la chambre tous les deux.

— Non. Je ne pense pas que ce soit une bonne idée. La résistance d'un homme à la tentation a ses limites.

Il pouvait l'admettre maintenant.

— Celle d'une femme aussi. Ça ira très bien.

Elle agrippait son téléphone d'une main et le volant de l'autre, et Zac se demanda lequel des deux allait se briser le premier sous la pression de ses doigts.

— Tu dis... un dernier week-end ? Ensemble ?

En dépit de tout bon sens, cela semblait merveilleux. Et peut-être qu'il y avait une certaine liberté dans le fait de n'avoir plus rien à perdre.

— Je parle d'un dernier week-end où nous pourrons créer tous les souvenirs que nous voudrons emporter avec nous. Où rien n'est prévu et où l'on se laisse porter par le courant. Bavarder, et faire ce qu'il nous semble bon sur le moment.

Zac se pencha vers elle et l'embrassa.

— Ça semble parfait, Allie. Appelle le gars.

Zac passa une nuit agitée, seul, avant qu'Allie ne le conduise au travail le vendredi matin. Elle avait anticipé son propre sentiment, que les souvenirs centrés sur l'appartement pourraient s'avérer trop difficiles à supporter, et lui avait fait comprendre que ce week-end était quelque chose de distinct et de très spécial. Force était d'admettre qu'il attendait avec impatience la partie *très spéciale*.

Elle passa le prendre à l'hôpital. Ils quittèrent Sydney en direction de l'ouest et, avant la tombée de la nuit, trouvèrent le chemin du chalet en rondins, situé au sommet d'une crête, au milieu d'un panorama époustouflant de pics boisés.

— On voit à des kilomètres à la ronde ! s'exclama Allie en sortant de la voiture. C'est tellement beau, Zac.

Il la serra dans ses bras.

— Et nous aurons les étoiles pour compagnie, ce soir.

— Hum. Elles devront peut-être attendre leur tour. Je t'ai *toi* aussi pour compagnie.

Ils portèrent leurs bagages à l'intérieur et découvrirent que le chalet était petit mais bien équipé, et aussi joliment décoré que les photos du site Internet qu'Allie lui avait montrées. Elle se mit à préparer le dîner dans la minuscule cuisine, et ils s'assirent dehors pour un repas paisible. Allie ralentissait le rythme, laissant la majesté tranquille de leur environnement opérer lentement sa magie, et Zac était d'accord. Ce week-end n'avait pas pour but de se dépêcher de faire tout ce qu'ils voulaient faire avant de devoir se séparer. Il s'agissait de s'éloigner des réalités du monde et de prendre le temps de profiter de ce que ces deux jours leur réservaient. Ils parlèrent durant des heures, rentrèrent à l'intérieur quand l'air frais de la montagne commença à les faire frissonner, pour s'asseoir ensemble près du poêle dans le douillet salon lambrissé.

— C'est presque agréable d'avoir froid, n'est-ce pas ?

Allie se blottit contre lui et il rit.

— Surtout quand tu me tiens chaud.

Leur conversation s'était transformée en longs et lents préliminaires, tandis qu'Allie l'interrogeait sur ce qui lui faisait du bien. Il lui dit à quel point la sensation de l'eau salée contre son corps et le grondement des vagues avaient paru le libérer. Il décrivit le plaisir qu'il éprouvait en sentant le bout de ses doigts effleurer sa peau et, quand elle le lui demanda, il lui donna le pouvoir ultime sur lui et dit ce qui l'excitait pendant l'amour.

— Je ne l'avais jamais dit à personne avant. Je me sens un peu exposé. Bon, à ton tour maintenant que je suis à ta merci.

Allie lui adressa un sourire timide et chuchota à son oreille. Zac rit doucement.

— Oui, j'ai vérifié aussi. Je pense qu'on peut être sûrs que personne n'a mis de caméras ici.

— C'est très gentil de ta part, dit-elle en l'embrassant. C'est un peu idiot, mais maintenant que nous sommes si proches de le faire, j'ai un peu peur.

— De moi ?

— Jamais. Mais je ne veux pas gâcher les choses. J'ai passé dix-huit mois à vouloir que les gens ne me voient même pas. Et si je panique quand tu me regardes ?

— Si ça arrive, on le gérera. Tout ce que je te demande, c'est de me dire si tu n'es pas sûre de quelque chose. Sinon, c'est moi qui pourrais paniquer.

— Je te le promets, Zac. Tu peux compter sur moi.

Une chaude plénitude envahit son corps. Allie savait ce que représentait pour lui une promesse inébranlable. C'était peut-être pour cela qu'ils étaient venus ici. Pour s'offrir l'un à l'autre ces précieux cadeaux.

Elle se coula à califourchon sur ses genoux, son regard brûlant d'un feu tendre. Telle une reine conquérante qui aurait éliminé tous les obstacles sur leur chemin et qui revendiquerait maintenant ce qui lui appartenait. Il était à elle, depuis le premier instant où il l'avait vue.

Elle l'embrassa, l'enfermant toujours dans son regard. C'était la chose la plus enivrante qu'il ait jamais vécue, et il fit glisser ses mains sur son torse, s'arrêtant juste avant que de rencontrer ses seins. Allie frémit, comme si elle sentait déjà ce qu'il voulait faire maintenant.

— On va le faire ? demanda-t-il pour s'en assurer.

Allie posa une main au-dessus de son cœur, et il se sentit lui en donner chaque battement. Son autre main déplaça la sienne, et la manière dont elle haleta lorsque ses doigts se refermèrent sur le renflement exquis de son sein indiqua qu'elle avait autant envie de lui qu'il avait envie d'elle.

— Oui, Zac. Nous allons le faire.

Chaque toucher. Chaque geste. Le regard de Zac ne quittait pas le sien, et elle voyait son propre désir se refléter dedans. Elle était déjà plus nue qu'elle ne l'avait jamais été, et personne ne pourrait jamais lui enlever ça. C'était à Zac et elle uniquement. Quand il l'embrassa, elle sentit le feu déferler dans ses veines. Et quand il posa sa main sur son sein, le désir délicieux qu'elle éprouvait pour lui se fit encore plus pressant. Puis Zac la conduisit sur les quelques mètres qui les séparaient de la chambre à coucher.

Il alluma la lampe, et les teintes miel du bois devinrent dorées. Allie s'assit sur le bord du lit, mais lorsqu'elle tendit les bras vers lui, Zac secoua la tête.

Il retira son pull et sa chemise d'un seul geste, les laissa tomber sur le sol. Puis ses bottes et son jean, et enfin son caleçon. Toutes ces heures sur la plage lui avaient permis de ne pas avoir honte de son corps, et il n'existait aucune gêne inutile d'être observé. Et elle l'observait.

Elle tira hâtivement sur le premier bouton de son gilet, et il secoua de nouveau la tête.

— Tu ne veux pas d'abord me découvrir un peu plus ?

— Viens là, répliqua-t-elle en se levant.

Il était à portée de main maintenant, et elle pouvait caresser sa peau et sentir l'ondulation des muscles quand son corps réagissait à son contact. Il y avait une insistance affamée dans son baiser, et quand elle glissa ses mains vers le bas, elle sentit son érection gonfler sous ses doigts.

Et il se retenait. La laissait faire ce qu'elle voulait de lui et essayait d'oublier ses propres désirs. Cela incitait Allie à avoir encore plus envie de lui. Elle se mit sur la pointe des pieds et lui murmura à l'oreille :

— Aide-moi avec mes boutons.

Ses mains tremblaient, mais il fit ce qu'elle lui demandait. Lorsqu'elle se tint nue devant lui, Allie n'éprouva aucune honte, juste un besoin irrésistible d'aller plus loin dans leurs ébats amoureux. Elle recula vers le lit et il se pencha pour tirer les couvertures d'un côté. Elle lui attrapa la main.

— J'aimerais te voir, Zac. C'est d'accord ?

Son sourire lui dit que ça l'était tout à fait, et qu'il ne voulait pas plus qu'elle se cacher sous les couvertures. Zac s'installa sur le lit, se cala contre les oreillers et étendit ses longues jambes devant lui.

— Est-ce que ça va ?

— Magnifique. Tu es magnifique, Zac.

Elle le fit taire d'un doigt sur la bouche. Il n'avait pas besoin de répondre. Il la regardait, et la réaction qu'il ne pouvait pas contrôler lui disait qu'il aimait ce qu'il voyait.

Allie avait laissé les préservatifs derrière la tête du lit, et quand elle se pencha pour les prendre, elle sentit la main de Zac glisser doucement le long de sa cuisse.

— Sommes-nous tout à fait prêts pour cela ?

Elle l'était. Il l'était assurément aussi. Allie agrippa les préservatifs tandis qu'il l'attirait sur ses genoux. Il l'installa de nouveau à califourchon sur lui et entreprit de redéfinir plus précisément le mot « prêt ».

— Zac ! Je t'en supplie...

Si elle avait su que c'était ce qu'il attendait, Allie l'aurait dit un peu plus tôt. Mais elle n'aurait pas su ce qu'un homme pouvait accomplir avec ses doigts et sa bouche. Il lui arracha le paquet de préservatifs, qu'elle lâcha avec reconnaissance.

Zac l'embrassa tandis qu'elle le guidait avec précaution en elle. Il enroula un bras autour de sa taille et il commença à bouger, d'abord doucement, puis plus vite et plus fort, stimulé par ses mots d'encouragement confus.

Puis elle les ressentit. Les premiers frémissements d'un orgasme. Allie s'était demandé si elle aurait un jour le courage de revivre cela avec un homme, et elle gémissait de désir, non seulement pour Zac, mais aussi pour ce qu'ils avaient fait ensemble. Elle ferma les yeux, essayant de se concentrer sur cette sensation et de la nourrir, craignant que son corps ne la trahisse. C'est alors qu'elle sentit Zac s'immobiliser brusquement.

— Non, Zac. Ne t'arrête pas. Je ne veux pas que tu t'arrêtes...

Elle sentit sa main se poser sur son épaule. Puis il se remit en mouvement, la serrant dans ses bras tout en bandant les hanches. Il avait appris à connaître son corps et savait exactement quoi faire, et la sensation était revenue, plus forte et plus insistante. Allie faillit pleurer de soulagement, s'accrochant à lui tandis que des vagues de sensations la submergeaient. Elle s'effondra contre lui, le cœur battant la chamade.

— Tu vas bien ?

Non, en fait. Il lui avait tout donné et pris si peu pour lui. Mais répondre *non* risquait de donner à Zac une mauvaise impression.

— Mieux que bien. J'ai adoré chaque instant.

— Moi aussi. Tu veux te reposer, maintenant ?

Elle souleva son poids de son corps, poussant sur ses épaules jusqu'à ce qu'il se laisse glisser sur le lit.

— Tu viens de me donner ce que je ne pensais plus pouvoir attendre d'un homme. On n'a pas encore fini, Zac.

Cela lui fit plaisir et il lui sourit lorsqu'elle plaça un des oreillers sous sa tête. Puis son sourire s'élargit lorsqu'elle se pencha sur lui, ses doigts le caressant.

— Je n'ai pas besoin de...

Son corps se cambra alors qu'elle augmentait un peu la pression.

— Si, en y réfléchissant bien, j'en ai besoin.

Le prendre à nouveau en elle n'était que pure félicité. Elle bougeait comme il voulait qu'elle bouge. S'assurait qu'il ressentait toutes les choses qu'elle avait ressenties avec tant d'intensité. Zac prit tout, poussant fort contre elle jusqu'à ce qu'elle jouisse encore, juste pour le plaisir de voir et de sentir son excitation à lui.

Puis, soudain, il la renversa sur le dos. Allie glapit de plaisir, voyant le désir brûler dans ses yeux. Il lui bascula les hanches, s'enfonça plus profondément en elle, et elle ressentit une immense satisfaction l'envahir tandis qu'il criait en explosant, les membres tremblant.

C'était bien qu'il ne puisse pas parler tout de suite. Elle l'entoura de ses bras, sentant la chaleur de sa peau et les battements frénétiques de son cœur. Ce moment était le souvenir qu'elle garderait de lui, et il était gravé en elle, devenant désormais une partie d'elle-même.

— Allie. Cette fois, je ne te le demande pas. Je dois me reposer, maintenant.

14

Zac avait regardé Allie enfiler une fine chemise de nuit rangée sous les oreillers avant de se blottir contre lui dans la chaleur du lit. Ne pas sentir sa peau n'était pas grave, elle avait tant osé ce soir.

Il eut la joie de lui enlever à nouveau sa chemise de nuit le matin. Ils avaient trouvé leur équilibre, se faisaient désormais assez confiance pour pouvoir combiner son plaisir et le sien. Avec la confiance venait l'assurance, et Zac ne doutait pas qu'Allie aimait autant que lui que leurs ébats deviennent plus audacieux et plus assumés.

Alors qu'ils étaient isolés dans la beauté spectaculaire des montagnes, il était plus facile de sentir que le temps s'était arrêté. Il n'y avait plus de secrets à garder, plus de promesses à briser, et cela leur permettait de profiter au maximum des quarante-huit heures dont ils disposaient. Mais lorsqu'ils chargèrent leurs sacs dans la voiture le lundi et qu'Allie lui fit des adieux déchirants depuis le chalet qui les avait protégés du monde, il n'y avait plus d'échappatoire à ce qui allait suivre.

Quand ils arrivèrent à l'appartement, les bagages d'Allie attendaient. Ils eurent le temps de déjeuner et de serrer Naomi et Mark dans leurs bras, puis ils firent le trajet silencieux vers l'aéroport. Zac agrippa la main d'Allie tandis qu'ils se dirigeaient vers le poste de contrôle de sécurité.

— Je ne veux pas partir, Zac. Je ne peux pas...

La réalité s'imposait à eux à présent, brutale.

— On en a parlé, Allie.

— Je sais, mais on ne peut pas en reparler ? On ne peut rien faire pour changer notre décision ?

— On s'est engagés, Allie. On ne peut pas revenir dessus et... Je ne veux pas que tu reviennes là-dessus, parce que c'est ce que tu dois faire.

Elle noua les bras autour de son cou.

— J'aimerais tellement que tu n'aies pas raison.

— Moi aussi.

Il l'embrassa. Un dernier goût de ses lèvres, à retenir et à conserver avec ses autres souvenirs.

— Allie, il est temps, maintenant. Promettons-nous de nous dire au revoir et de nous en aller. Sans se retourner.

— Oui, c'est le mieux. Je t'aimerai toujours, Zac.

Il sentit sa détermination flancher. Il devait tenir bon, sinon il briserait toutes les promesses qu'il avait faites, et la supplierait à genoux de rester. S'il faisait cela, il savait qu'Allie briserait les siennes aussi et qu'il ne se le pardonnerait jamais. Il lui dit une dernière fois adieu, se força à tourner les talons, à ne pas penser à l'expression bouleversée d'Allie quand elle avait compris que le moment qu'ils redoutaient tant était arrivé. Il parvint tant bien que mal à regagner sa voiture. Le soleil semblait plus dur, et l'air dans le véhicule vicié et chaud.

Je t'aimerai toujours...

Pourquoi avait-il été incapable de dire à Allie qu'il l'aimerait toujours aussi ? Mais il était trop tard. C'était une mauvaise promesse à faire, une promesse qui ne pouvait qu'être brisée. Il n'avait plus qu'à rentrer à Cronulla.

Cela faisait un mois, et chaque jour avait été difficile. Allie avait débarqué de l'avion, les larmes aux yeux, et Londres lui avait semblé très froide et grise. Son appartement n'avait pas été chauffé pendant son absence, et elle avait grelotté sous sa couette jusqu'à ce que la température redevienne vivable. Elle s'était maudite d'être tombée amoureuse de l'homme le plus honorable qu'elle connaissait et s'était réveillée la nuit en pleurant.

Puis elle s'était levée et s'était mise au travail.

L'argent qu'elle avait économisé, en ne sortant jamais et en ne s'achetant rien de joli, lui servait maintenant, car elle avait plus de six mois devant elle avant de devoir chercher un nouvel emploi. Elle avait pris contact avec Anya, qui lui avait présenté les trois autres femmes de l'hôpital dont les images avaient été volées et diffusées sur Internet. Elle avait frappé à toutes les portes, parlé à tous ceux qui voulaient bien lui parler et passé des heures sur Internet à essayer de retrouver des vidéos et des photos pour qu'elles soient signalées et retirées. Elle avait embêté le service des ressources humaines de l'hôpital, qui considérait l'affaire des atteintes sexuelles à base d'images traitée et close, et lui conseilla de laisser tomber et de tourner la page.

C'est alors qu'elle reçut un appel téléphonique.

— Docteur Maitland-Hill. Je suis la secrétaire de Sir Anthony Greve, et il aimerait vous rencontrer. Il est bien sûr très occupé, mais j'ai un créneau dans son agenda à 14 h 10.

Sir Anthony Greve, le directeur général de l'hôpital. Soit Allie avait de gros ennuis, soit il s'agissait d'une avancée, et d'après le ton de sa secrétaire et l'immédiateté de l'horaire, on pouvait penser que c'était la seconde hypothèse.

Allie posa son téléphone et compta silencieusement jusqu'à dix. Le temps qu'il fallait pour consulter un agenda.

— Oui, je suis libre à 14 h 10.

— Dans ce cas, venez à mon bureau à 14 heures… Non, attendez. J'ai une note de Sir Anthony disant qu'il vous rencontrera pour un café chez Sloanes dans le quartier de Mayfair. Vous connaissez ?

Sloanes était un restaurant très select, où réserver était pratiquement impossible à moins d'être au moins chevalier du royaume ou d'être connu personnellement de la direction. Un de ces endroits dont personne ne parlait jamais et dont Allie ne connaissait l'existence que parce que plusieurs personnes des échelons supérieurs de l'hôpital s'y étaient rendues à l'invitation de Sir Anthony et que cela avait filtré.

— Oui.

— De toute façon, je vous enverrai une confirmation et l'itinéraire. Vérifions votre adresse mail, voulez-vous ?

Puis la secrétaire de Sir Anthony mit fin à l'appel.

S'agissait-il d'une plaisanterie ? Ou quelque chose de plus machiavélique ? Toutes les vieilles peurs la frappèrent soudain en pleine face. Elle était surveillée. Il y avait des gens dans l'ombre qui voulaient l'empêcher de parler, de peur que leur propre rôle dans l'abus par l'image ne soit connu. Si seulement Zac était là, il saurait quoi faire.

Elle ouvrit son ordinateur portable. Plusieurs mails dans sa boîte de réception, dont l'un de la secrétaire de Sir Anthony. À défaut de chaleur personnelle, cette femme était efficace. Allie examina attentivement les métadonnées du mail. L'adresse de l'hôpital était authentique, et tout semblait légitime. Il pouvait quand même s'agir d'une sorte de piège, et parfois elle ne savait plus où sa propre paranoïa s'arrêtait et où la prudence raisonnable commençait. Elle pouvait aussi se voir proposer, poliment mais fermement, de fermer son site. Hors de question. Allie avait renoncé à trop pour cela. L'image de Zac, bronzé et doré, sortant de la mer, l'assaillit et elle souhaita presque que Sir Anthony *l'oblige* à fermer le site et la renvoie en disgrâce en Australie...

Mais elle devait y aller. Zac aurait pris le taureau par les cornes et l'aurait fait, et cette pensée lui donna du courage.

On accédait à Sloanes par une porte d'apparence anodine, dans une partie très chic de Mayfair. Allie portait son plus beau tailleur, qui n'impressionnerait sans doute personne, et elle arriva en avance, attendant de l'autre côté de la rue.

À 14 h 5, elle vit Sir Anthony marcher sur le trottoir d'en face.

Il s'arrêta devant la porte, laquelle s'ouvrit presque aussitôt, et il entra tout aussi rapidement. Au moins, il était là, ce qui écartait certaines des craintes d'Allie. Elle ne devait pas le faire attendre, et elle traversa la rue. Dès qu'elle eut donné son nom, elle fut accueillie à l'intérieur.

Le lieu était composé de tables très espacées les unes des autres. Très calme, très discret, et les serveurs semblaient glisser sans bruit sur l'épaisse moquette. On introduisit Allie dans un petit salon magnifiquement meublé, où Sir Anthony se leva aussitôt d'un fauteuil en cuir.

— Docteur Maitland-Hill. Merci beaucoup d'avoir pris la peine de me rencontrer.

Le doux accent du Yorkshire, le sourire franc et l'apparence plutôt fripée de Sir Anthony démentaient l'influence réelle qu'il exerçait.

— J'avoue être un peu perplexe, Sir Anthony. De quoi s'agit-il ?

— Droit au but. C'est bien, dit-il d'un ton jovial.

Le serveur prit le manteau d'Allie et sa commande de café. Sir Anthony lui demanda de laisser la porte ouverte, et indiqua à Allie de prendre un des fauteuils.

— Ça sent un peu le renfermé, ici. Je pense qu'un peu d'air frais s'impose.

Il faisait preuve de tact. Allie avait écrit que, parmi beaucoup d'autres choses, les portes fermées dans des endroits inconnus lui inspiraient de la crainte.

— J'apprécie le geste, Sir Anthony. Je n'ai pas l'impression que ça sente le renfermé.

Sir Anthony éclata soudain de rire.

— Non, n'est-ce pas ? C'est une tentative plutôt maladroite de ma part pour vous mettre à l'aise. Vous me pardonnerez aussi de vous inviter ici. Je voulais vous parler dans une atmosphère plus discrète que celle de l'hôpital.

— C'est aussi très appréciable. C'est très agréable ici.

— J'aimerais vous parler de votre site web et de l'initiative qui a déjà été mise en place à l'hôpital afin de faire ce que nous pouvons pour aider ceux qui ont été affectés par des atteintes sexuelles à base d'images. Je vous serais reconnaissant de me faire part de vos observations...

Allie marchait si vite que les gens s'écartaient de son chemin. La tête qui tournait.

Sir Anthony avait été aussi pragmatique que tout le monde le disait, et il semblait savoir tout ce qui se passait à l'hôpital. Les rumeurs selon lesquelles il apparaissait dans la salle d'attente des urgences à minuit, ou en gériatrie aux heures de visite, et qu'il s'asseyait tranquillement, observait les gens et leur parlait, n'étaient manifestement pas exagérées.

Il avait aussi de toute évidence lu tout ce qui se trouvait sur son site, y compris les commentaires et le post qu'elle avait publié la veille, et il avait fait le rapprochement à partir des photos, ajoutant quelques remarques très gentilles sur le professionnalisme de Zac et sur le succès de son mandat en Australie. Ses manières avenantes cachaient un esprit aussi aiguisé qu'une lame chirurgicale.

Allie était au courant de l'initiative mise en place à l'hôpital. Elle avait vu les affiches et lu les directives fournies pour le personnel et les patients. Tout cela lui avait paru un peu trop officiel pour quelque chose d'aussi douloureusement personnel, et elle avait essayé de chercher de l'aide dans les témoignages de victimes. Et c'est de cela que Sir Anthony avait voulu lui parler.

Il lui avait fait part de sa propre expérience d'impuissance horrifiée quand il avait découvert que sa nièce partageait des images privées à l'école. Il avait également proposé à Allie d'avoir son propre bureau et un poste à l'hôpital, mais elle avait refusé en lui disant que les contacts qu'elle avait établis avaient besoin d'une écoute discrète et impartiale de la part de quelqu'un qui avait vécu la même chose qu'eux. Sir Anthony avait compris, demandant si son plaidoyer et son soutien personnel, ainsi que sa longue liste de contacts dans les médias, les services de santé et le pouvoir judiciaire, pourraient l'aider. Il avait fallu à Allie une bonne dose de maîtrise de soi pour s'empêcher de lui sauter au cou.

Elle était lancée. La route était encore très longue, mais elle avait un allié de poids en la personne de Sir Anthony, et son instinct lui disait qu'il écouterait ce qu'elle et les autres rescapées voulaient, et qu'il tiendrait ses promesses.

Ce qu'elle voulait maintenant, c'était appeler Zac. L'homme qui avait déjà tenu toutes ses promesses, l'homme dont elle s'était éloignée car il avait été si catégorique sur le fait que c'était la bonne chose à faire. L'homme dont la perte lui faisait plus mal que n'importe quoi d'autre.

Il saurait. Allie devait croire que, malgré son insistance pour une rupture nette, Zac ne se détacherait pas d'elle si facilement, et qu'il garderait un œil attentif sur sa campagne. Un des avantages d'Internet... En descendant les marches du métro, Allie ne pensait qu'à la chaleur du contact de Zac sur sa peau. Et à quel point il lui manquait.

Zac berçait Finn dans ses bras, à l'ombre du grand auvent qui s'étendait à l'une des extrémités du patio. Mark s'efforçait d'éloigner Izzy du barbecue tout en évitant de brûler les steaks, et Naomi s'occupait des boissons.

— Des nouvelles d'Allie ? demanda-t-il tandis que Naomi posait devant lui une bière glacée.

— Je t'ai invité à venir manger, Zac, pas à m'interroger. Manger, tu sais ? Ce truc qu'on fait pour rester en vie.

Zac mangeait. Il surfait aussi. Mais pas avec le même enthousiasme qu'avant. Il savait que Naomi restait en contact avec Allie, et sa soif de nouvelles n'était pas assouvie par la lecture de son site tous les soirs. Demander à Naomi si elle avait reçu un mail chaque fois qu'il la voyait était peut-être un peu exagéré, en effet...

— Pourquoi tu ne lui envoies pas un mail ? Un mail, tu sais ?

Le truc que les gens normaux font quand ils veulent avoir des nouvelles de quelqu'un ?

— Elle doit faire ça seule. Je ne peux pas m'en mêler.

— D'accord. Et elle le fait – elle a décroché une interview sur une radio locale, l'autre jour.

Zac dressa l'oreille. Il n'en avait pas entendu parler.

— Laquelle ?

— Une radio londonienne. Je ne sais pas laquelle.

Naomi leva les yeux au ciel, puis eut pitié de lui.

— Tu veux que je t'envoie le lien ?

— Oui, s'il te plaît. Merci.

— Je l'enverrai ce soir. *Après* qu'on aura mangé. Mais quel est le problème avec le fait d'envoyer un mail à Allie ? Il est tout à fait possible de la laisser faire ce qu'elle a à faire et de lui demander poliment comment elle va, non ?

— Il n'y avait aucune rancune entre nous quand elle est partie, dit Zac en réponse à la question implicite de Naomi. Au contraire, même.

— Oui, j'ai remarqué cette partie-là. Zac, Allie est la meilleure chose qui te soit arrivée.

Le chagrin étreignit son cœur, et Zac regarda l'enfant dans ses bras, se demandant si Finn allait bientôt se réveiller et lui donner l'occasion d'un peu d'insouciance, de légèreté. Penser n'aidait vraiment pas.

— Je sais. On a rompu pour de bon. Retourner à Londres était la bonne chose à faire pour Allie, la chose qu'elle devait faire. Je l'ai juste facilitée en décidant de rester ici à sa place.

— Je comprends, et je sais que ça n'a pas été une démarche facile pour toi. Mais honnêtement, Zac, ça ne ressemble pas à une rupture si nette que ça. Tu as été malheureux ces six dernières semaines.

Malheureux était l'aspect le plus positif, celui qu'il montrait au monde. Naomi devrait le voir quand il était seul.

— J'ai fait une promesse.

— Oui, et tu tiens tes promesses, même quand c'est difficile. C'est très louable. Mais tu vois cet enfant ? poursuivit-elle en indiquant Finn. Je briserais toutes les règles, toutes les promesses que j'ai faites pour lui et Izzy. Et pour Mark aussi, mais si jamais tu lui dis ça, tu es mort.

Quelque chose s'enflamma dans la poitrine de Zac. Un espoir fort, éclatant, douloureux.

Vendredi soir. Lundi, cela ferait six semaines jour pour jour qu'il avait accompagné Allie à l'aéroport. Zac essayait de ne pas se laisser aller à de tels calculs, mais quand il était fatigué, c'était difficile de résister.

Il monta les marches de son appartement, heureux de rentrer. Après avoir jeté ses clés sur le comptoir et son sac sur le sol, il se dirigea vers les portes coulissantes qui donnaient sur la mer, puis se ravisa. Il n'avait pas envie de communier avec le monde pour le moment, ou du moins pas ce côté-là. Zac s'affala sur le canapé et ferma les yeux.

Après mûre réflexion, il avait envoyé un mail à Allie, à peine deux jours plus tôt. Il lui avait dit qu'il lisait toujours son blog, qu'il avait entendu les interviews radio qu'elle avait données, et qu'il était impressionné par le succès qu'elle avait obtenu en si peu de temps. Et puis un petit paragraphe, avouant ce qu'il regrettait amèrement de ne pas avoir dit à l'aéroport. Il chérissait le temps qu'ils avaient passé ensemble et ne lui souhaitait que de l'amour et du bonheur. Il ne s'attendait pas à une réponse, et l'avait précisé à la fin de son mail. Mais il en avait reçu une, rédigée pendant qu'il dormait et qu'il avait lue le lendemain matin. Son cœur avait saigné. Allie lui avait dit qu'elle l'aimait.

Cela rendait les choses encore plus difficiles. Elle l'avait dit à l'aéroport, même s'ils savaient tous les deux qu'elle devait partir. Il avait presque espéré qu'elle ne le pensait pas vraiment, ou que cet *amour* pouvait être pris au sens où il aimait Naomi, Izzy, Mark et Finn : il ne voulait que le meilleur pour eux et était heureux quand ils l'étaient, sans avoir besoin qu'ils soient là tous les jours.

Il entendit frapper à la porte. Probablement Naomi avec un autre colis de nourriture. Il allait devoir lui faire un café, la faire s'asseoir et lui demander gentiment qu'elle le laisse se débrouiller seul. Il irait au supermarché demain et les inviterait tous à déjeuner dimanche. Mais Naomi n'entra pas directement, comme elle le faisait d'habitude.

— C'est ouvert. Tu peux entrer. Je suis encore décent.

Il n'avait pas encore sacrifié à son rituel du vendredi soir, qui consistait à prendre une douche et à se promener nu.

— Quelle déception.

Zac ouvrit les yeux en sursaut. Allie se tenait dans l'embrasure de la porte. Il crut un instant que c'était un mirage, car elle semblait fraîche et parfaitement éveillée. Zac essaya – en vain – de calculer le décalage horaire, la durée du vol et le temps qu'il faudrait pour avoir l'air aussi impeccable et les yeux aussi brillants qu'Allie.

— Allie... ? Je croyais que tu étais à Londres.

Remarque inutile. *Bien sûr* qu'elle était à Londres, encore la semaine dernière, pour son interview à la radio.

— J'ai reçu ton mail le matin avant de partir pour ici.

Voilà un mystère résolu. Allie fronça les sourcils, et il comprit qu'elle attendait qu'il l'invite à entrer.

— Entre. Je vais faire du café. Tu loges où ?

— Naomi est venue me chercher à l'aéroport. J'ai dormi dans sa chambre d'amis pendant presque toute la journée.

Deuxième mystère résolu. Zac ne pouvait se résoudre à l'interroger sur le troisième, d'une importance insoutenable.

Il se dirigea vers la cuisine et alluma la machine à café. Si Allie n'en avait pas besoin, lui oui. Et il devait trouver un moyen de ne pas la regarder. Elle était sublime, dans une robe jaune sans manches, sa peau pâle dans l'été de Sydney.

— Alors, comment ça va ? demanda-t-il par-dessus son épaule, tandis qu'Allie s'asseyait au bar du petit déjeuner.

— Bien. Je suppose que tu sais par Naomi que Sir Anthony Greve m'a contactée et qu'il m'a beaucoup aidée en me présentant des gens qui peuvent faire changer les choses et en s'assurant que tous ceux qui veulent se manifester sont traités avec respect et attention.

— Je... hum...

— C'est bon, Zac. Naomi m'a dit que tu posais des questions, et je lui ai dit qu'elle pouvait répondre à toutes celles que tu voulais. Ce sont tes amis, Zac, et ils t'aiment.

Encore ce mot. Dans *ce* contexte. Zac ravala sa déception.

— D'autres personnes se sont manifestées ?

— Oui. Il s'est avéré que l'infirmière de l'hôpital avait une copie de la vidéo qui avait été faite d'elle. Je l'ai accompagnée à la police et, comme ils avaient des preuves, ils ont pu arrêter l'auteur très rapidement. C'était une avancée, car, comme il ne s'était pas débarrassé du téléphone qu'il utilisait pour le groupe, ils ont pu retrouver tous les autres membres. Nous avons aussi réussi à trouver d'autres victimes et à les contacter...

Allie fronça les sourcils et Zac vit sa main trembler tandis qu'elle passait les doigts sur ses yeux avec lassitude.

— Zac, ce n'est pas important pour l'instant...

— Si, c'est important. Je veux savoir.

C'était pour cela qu'il avait renoncé à Allie, et il avait *besoin* de savoir. Le souffle d'Allie parut se bloquer dans sa gorge et elle baissa les yeux sur ses doigts, serrés sur ses genoux. Zac crut voir des larmes dans ses yeux.

— Allie ?

— C'est important, mais ce n'est pas la raison pour laquelle je suis ici. Tu as eu raison de dire qu'il fallait que je parte, et que je ne me pardonnerais jamais si j'abandonnais les gens qui m'ont contactée. Mais nous avions aussi tort tous les deux. Je ne pouvais pas croire que je parviendrais un jour à guérir suffisamment pour m'engager vraiment avec toi, et tu ne pouvais pas croire que certaines promesses peuvent ne jamais être rompues.

— Mais j'ai rompu la promesse que je t'avais faite en t'écrivant ce mail.

Il n'aurait jamais dû s'engager à ne pas le faire, en fait...

— Oui, et je savais que tu étais sérieux, parce que tu ne romps pas tes promesses. Ce n'est pas pour cela que je suis revenue. J'avais déjà fait mes valises et j'étais prête à partir. Mais cela a rendu le voyage beaucoup plus facile.

Peut-être devrait-il attendre. Laisser Allie dire exactement ce qu'elle faisait ici et ce qu'elle attendait de lui. Mais il ne pouvait pas. Il le savait déjà, et n'avait pas besoin de mots. Il contourna le bar et prit les mains d'Allie dans les siennes.

— Allie, je t'aime. Peut-être avions-nous besoin de ce temps de séparation pour savoir que notre relation est plus forte que tout ce qui est arrivé dans le passé. Mais je sais maintenant que c'est le cas, et je veux être avec toi. Tu es la chose la plus importante dans ma vie, et nous pouvons trouver une solution. Je ne sais pas comment, mais...

Une larme coula sur la joue d'Allie. Une larme heureuse, car elle souriait.

— Nous n'avons pas besoin d'arranger quoi que ce soit. À Londres, Sir Anthony m'a proposé un travail et je l'ai refusé. Maintenant il parle de créer un partenariat avec l'hôpital ici, en Australie, pour aider les patients comme Carly et leurs familles et pour toucher les communautés locales et le web. J'ai accepté d'en prendre la direction, à condition de pouvoir choisir de travailler ici ou à Londres. Si je viens ici, il s'occupera de mon permis de travail...

Elle pouvait cesser de parler maintenant. Zac l'embrassa et elle passa ses bras autour de son cou. Il murmura :

— Je t'aime.

— Je t'aime aussi, Zac.

— Veux-tu m'épouser ?

Allie poussa un cri de joie et l'embrassa à nouveau.

— Oui, Zac. Je veux t'épouser.

Plus besoin de mots. Ni de projets, car ils venaient de faire le seul et unique projet dont ils avaient besoin. Tout le reste se mettrait en place autour de ça.

Épilogue

Cinq mois plus tard...

L'été de Zac et Allie avait comporté tant de jours parfaits. Mais celui-ci avait été le meilleur de tous. Ils s'étaient mariés lors d'une joyeuse cérémonie informelle, entourés d'amis et de collègues. Les parents d'Allie avaient fait le voyage, et même Sir Anthony avait déplacé une visite prévue à l'hôpital de Sydney pour assister à la cérémonie. Quand elle regarda Zac dans les yeux en prononçant ses vœux, elle sut qu'il avait entendu ses promesses et qu'il savait qu'elles ne seraient jamais brisées.

La réception se tint à l'ombre d'arbres massifs, un après-midi plein d'amour et de projets d'avenir. Carly était présente, ayant accepté d'être la photographe officielle du mariage. Allie et elle avaient beaucoup parlé de la relation qui se formait à travers l'objectif d'un appareil-photo, et cela avait influencé son travail, qui avait pris une nouvelle dimension. Elle était en train de redevenir une jeune artiste pleine de promesses, dont les photographies représentaient véritablement les personnes qu'elles cadraient.

Lorsque le soleil commença à descendre dans le ciel, il y eut des baisers et des adieux. Un dernier toast, et il était temps pour Allie et Zac de partir. Ils allaient passer une nuit sur la plage – leur plage – à Cronulla, puis se rendre le lendemain matin au chalet dans les Blue Mountains pour leur lune de miel.

Main dans la main, pieds nus sur le sable, ils s'avancèrent au bord de l'océan. Allie portait sa robe de mariée, simple, fluide, ornée de dentelle, et le costume de lin de Zac, dont il avait roulé le bas sur ses chevilles, s'accordait parfaitement.

Les premières traînées rouges commençaient à apparaître dans le ciel et ils avaient la plage pour eux seuls. Les vagues leur léchaient les pieds, la brise faisait flotter la robe d'Allie.

Un mariage. Une maison en construction avec vue sur la mer à Cronulla. Et peut-être, après avoir passé deux semaines dans le chalet en rondins des Blue Mountains...

Zac avait promis qu'ils auraient une famille et elle savait que c'était ce qu'il voulait. Son enfance ne lui avait peut-être pas montré ce que c'était que d'avoir deux parents aimants et compréhensifs, mais il était en train d'écrire son propre scénario. Zac allait être un père formidable. Quant à Allie, elle avait promis à Zac qu'elle ne renoncerait jamais à se réapproprier son propre espace. Elle avait beaucoup progressé avec sa thérapeute, et travaillé dur pour que la nouvelle collaboration, parrainée par les hôpitaux de Sydney et de Londres, soit un succès. Aider d'autres personnes qui avaient souffert comme elle était difficile, mais cela lui procurait un sentiment de profonde satisfaction.

Ils s'embrassèrent, jurèrent à nouveau de tenir leurs promesses, puis regardèrent le soleil se coucher sur le premier jour de leur mariage. Un jour si parfait.

Le premier d'une longue série d'autres, qu'ils avaient hâte de découvrir ensemble.